Die Geige des Barden

Von Nadim Affani

Buchbeschreibung:

Fluchs' größter Schatz ist eine abgenutzte Geige. Jeden Abend spielt er sie in der Taverne, um sich und seine Schwester vor dem Hungern zu bewahren. Eines Nachts bietet ihm ein Fremder einen Auftritt auf einem entlegenen Schloss an - für einen fürstlichen Lohn! Fluchs begibt sich auf die aufregende Reise und bleibt nicht lange allein. Doch schon bald erkennt er, wie gefährlich sein Weg ist...

Über den Autor:

Nadim Affani wurde 1983 in Paderborn geboren und lebt als Buchautor und Game Designer in Düsseldorf. Die Geige des Barden ist sein Debüt als Schriftsteller fantastischer Romane.

Nadim Affani

Die Geige des Barden

ROMAN

Dieser Titel ist auch als E-Book erschienen

2. Auflage: April 2018
© 2018 Nadim Affani
Düsseldorf

Herstellung und Verlag:
BoD - Books on Demand, Norderstedt

Bibliografische Information der Deutschen Nationalbibliothek:
Die Deutsche Nationalbibliothek verzeichnet diese Publikation in
der Deutschen Nationalbibliografie; detaillierte bibliografische
Daten sind im Internet über dnb.dnb.de abrufbar.

Umschlaggestaltung: JB Benitez / 99Designs
Titelillustrationen: Created by Freepik
Lektorat: Elisabeth Affani
Gesetzt aus der Garamond

ISBN: 978-3-746-03088-3

Sie finden den Autor im Internet unter
www.nadimaffani.de

Inhaltsverzeichnis

DANKSAGUNG

Mein Dank gilt allen, die mir bei diesem Buch geholfen haben. Ganz herzlich danke ich meiner Familie für ihre Unterstützung und insbesondere meiner Lektorin und Mutter Elisabeth, die dieses Buch mit Erfahrung und Können korrigiert hat.

Ich grüße alle Barden, Musiker und Träumer, die mit mir musiziert haben. Ihr seid meine Inspiration und ich denke immer gerne an unsere gemeinsamen Stunden.

PROLOG

Mit einem lauten Krachen zersplitterte der Ast unter den Füßen der jungen Frau und hallte durch die morgendliche Stille des Waldes. Doch das Geräusch konnte sie nur gedämpft wahrnehmen, denn eine Erkenntnis blitzte in ihren Gedanken auf:

»Ich wurde entdeckt! Wie haben sie mich nur gefunden?!«
Bereits einen halben Atemzug später konzentrierte sie sich wieder auf den Boden vor ihren Füßen und rannte ohne Unterlass weiter. In einem so hohen Tempo zu laufen gestaltete sich jedoch wesentlich schwieriger, als sie es sich wünschen würde: Der dichte Bodennebel, der nach der regnerischen Nacht seit den frühen Morgenstunden durch die Wärme der ersten Sonnenstrahlen vom Waldboden hinauf in die Wipfel stieg, sorgte dafür, dass sie immer nur kleine Teile des vor ihr liegenden Terrains erahnen konnte. Also musste sie notgedrungen jeden zweiten Schritt in den Nebel vor sich setzen. Die Angst, ins Straucheln zu geraten, wurde jedoch überlagert von der Angst, erwischt zu werden. Sie wusste, dass hinter ihr die übelsten Schurken der ganzen Gegend her waren, selbsternannte Verteidiger, die hinter der Maske der Hilfsbereitschaft jedoch nichts weniger waren als Söldner, Schurken und Sadisten.

Sie würde ihnen nicht in die Hände fallen, solange sie es verhindern konnte.

Sie musste nur einen sicheren Ort erreichen, dann könnte sie endlich eine Nacht Ruhe finden und ein bisschen schlafen. Seit Tagen war sie unterwegs gewesen, und die Muskeln in ihren Beinen durchzog ein brennender Schmerz. Als sie den Waldrand erkennen konnte, lockerten sich ihre Schritte ein wenig. Hinter sich hörte sie keine Stimmen mehr, und in ihr kam die Hoffnung auf, vielleicht den Fängen ihrer Verfolger entgangen zu sein.

Dort! Nur noch wenige Bäume, und sie würde es geschafft haben. Ein weiterer Blick nach oben ließ sie aufatmen: Vielleicht dreihundert Schritte hinter dem Waldrand konnte sie die Laterne einer Schänke sehen und davor eine kaiserliche Handelsstraße.

Sie nahm alle Kräfte zusammen und wollte zu einem letzten Spurt anlegen, als das Unvorstellbare geschah. Im Nebel hatte ihr linker Fuß zwar Halt auf dem Boden gefunden, jedoch hatte sie nicht bemerkt, dass direkt davor eine Baumwurzel nur einige Handbreit aus dem Boden hervor ragte und so ihr nächster Schritt wie von einer Schlaufe gefangen stecken blieb. Jäh wurde sie in voller Bewegung abgebremst und ihr bereits völlig verspanntes Bein gab mit einem peitschenden Geräusch nach. Vor Schmerz und Überraschung entfuhr ein Schrei ihrer vor Trockenheit brennenden Kehle, bevor sie nach vorne fiel und längs zu Boden ging. Das nasse Laub fing ihren Sturz ein wenig ab, doch es dauerte einige Augenblicke, bevor sie sich wieder aufraffte und mit voller Kraft ihrer Arme nach oben stemmte.

Vergebens. Kaum hatte sie ihr Bein auf den Boden aufgesetzt, zerriss der Schmerz ihren Körper und sie knickte ein. Mit diesem Bein würde sie es nicht schaffen. Sie griff sich einen Ast vom Boden und versuchte mit dieser Gehhilfe zumindest langsam voranzukommen. Einen Schritt nach dem anderen setzte sie mit unterdrücktem Schmerzensgewimmer ihren Weg fort, als ein dumpfer Schlag sie an der Schulter traf und zu Boden warf. Sie griff sich an die schmerzende Schulter. Dabei ertasteten ihre Finger etwas Warmes und der Stoff war an der Stelle seltsam nass. Sie zog die Hand zurück und sah entsetzt auf die blutverschmierten, zitternden Finger. Sie war ihnen nicht entkommen.

Kriechend bewegte sie sich bis zum Baumstamm der großen Eiche weiter, unter der sie lag, und lehnte sich mit der unverletzten Schulter zwischen Wurzeln und Stamm. Die kühle Rinde tat ihr gut und zwischen den Blättern des alten Baumes schien das Sonnenlicht in einem Bündel von Strahlen durch den Nebel. Sie versuchte, ihren Atem zu beruhigen, und spürte, wie ihr ganzer Körper sich langsam entspannte.

Mit der rechten Hand zog sie eine Flöte aus der Tasche und betrachtete sie. Das fein gearbeitete Instrument war von herausragender Qualität und hatte ihr all die Jahre gute Dienste geleistet. Sie dachte auch an ihre Familie. Dann sah sie bereits im Nebel die Silhouetten ihrer drei Verfolger. Müde und geschlagen beobachtete sie, wie die Gestalten immer näher kamen, konnte sich jedoch nicht mehr darauf konzentrieren, ihre Gesichter zu erkennen, da ihre Sicht immer mehr verschwamm. Lediglich die roten Umhänge mit den aufwändigen Stickereien konnte sie erkennen. Langsam legte sich ein dunkler Schleier über das, was sie sah. Zuerst verschwammen die Ränder ihrer Sicht, dann wurde auch das Licht der Sonnenstrahlen von der Dunkelheit verschluckt. Mit einem tiefen Seufzer verlor sie vollständig das Bewusstsein.

KAPITEL 1

Fluchs dämmerte noch im Halbschlaf, als er eine Stimme hörte. »Fluchs? Bist du wach?«

Unwillig und verschlafen drehte er sich auf seinem einfachen Holzbett um und verkniff missmutig die Augen. Ein Sonnenstrahl drang durch einen Spalt im Holz der Fensterläden und traf genau sein Gesicht.

»Fluhuuuchs! Komm schon, raus aus den Federn!«

Er wandte sich erneut um und lag nun auf dem Rücken. Mit einem tiefen Atemzug gähnte er laut und ausgedehnt. Dann streckte er seine Arme und Beine in alle Richtungen, bis ein leises Knacken zu hören war.

»Ich komme ja schon ...« Seine Worte galten mehr sich selbst als seiner Schwester, die seiner Meinung nach wie so oft viel zu früh aufgewacht war. Mit einer geschickten Bewegung holte er Schwung und rollte sich aus dem Bett. Nur einen kurzen Moment später stand er auf den Beinen. Kraftvoll stieß er die Fensterläden auf und ließ die von der Sonne angewärmte Luft in seine winzige Kammer einströmen.

Obwohl es im Haus seit dem Tod seiner Eltern vor über fünfzehn Jahren genug Platz gab, hatte er sein Kinderzimmer nie gegen ein größeres gewechselt. Außerdem besaß er sowieso nichts, das mehr Platz erfordert hätte. Nachdem er seine Stoffhose und das alte Leinenhemd seines Vaters angezogen hatte, öffnete er die Tür seiner Kammer und ging zum Zimmer seiner großen Schwester. Ohne zu klopfen, öffnete er die Tür und trat ein. Ihr Raum war weitaus geräumiger als seiner. Wie immer lag sie im Bett, den Kopf an der Rückenlehne auf einem Kissen hochgelegt. Sie sah ihn fröhlich an.

»Guten Morgen, mein Lieber!«, rief sie gut gelaunt, als er an ihr Bett trat.

»Morgen ...« Seine Antwort glich mehr einem Gähnen als einem verständlichen Wort und doch verlor seine Schwester nicht ihren freudigen Gesichtsausdruck.

»Rufst du mich wieder wegen dem Bein?«, fragte Fluchs und schritt dabei einmal um das Bett herum. Verlegen nickte seine Schwester, und Fluchs bemerkte nun, dass ihr Bein tatsächlich aus dem Bett hing.

Der Winkel, in dem ihr Knie abknickte, sah alles andere als angenehm aus.

»Wie ist das denn wieder passiert?«, fragte Fluchs seufzend, während er ihr Bein vorsichtig anhob und zurück auf das Bett legte.

»Ich habe heute Nacht geträumt, dass ich richtig laufen kann. Wir waren auf dem Markt und ...«, doch Fluchs unterbrach sie. »Jaja, ist ja schon gut.«

Sie hielt inne und sah ihn erwartungsvoll an. Ohne sie anzublicken, ging er zum Fenster und zog die Vorhänge auf, die von einer sanften Brise hin und her wiegten.

»Entschuldige bitte. Du weißt, wie gerne ich es sehen würde, wenn du endlich wieder laufen könntest.«

Er blickte einen Moment lang traurig auf die Felder, die sich vor seinen Augen erstreckten.

»Das ist schon in Ordnung, Fluchs. Mach dir nichts draus.« Die Stimme seiner Schwester klang zart und verletzlich, und Fluchs ärgerte sich plötzlich, sie unterbrochen zu haben. Er schüttelte die Schwermütigkeit mit einem Kopfschütteln ab und setzte ein Lächeln auf.

»Ich gehe mal Wasser holen und dann besorge ich uns etwas zum Frühstück. Worauf hast du Hunger?«, fragte er und ging zurück zur Zimmertür, ohne sie mit einem weiteren Blick zu bedenken.

»Meinst du, dass Bauer Moltke wieder ein paar Erdbeeren hat? Du könntest auch frische Milch mitbringen, die Kühe sind schon auf der Weide. Ich hab sie schon heute früh gehört.« Sie klang immer so begeistert, wenn sie etwas von draußen hören konnte.

Seit sie das Bett kaum noch verlassen konnte, nahm sie die Welt häufiger mit ihren Ohren wahr als mit den Augen.

»Erdbeeren?«, erwiderte Fluchs. »Ich kann ihn ja mal fragen. Aber erwarte nicht zu viel. Ich kann wirklich nicht versprechen, dass der alte Stinkstiefel nicht zu viel Geld dafür haben will.«

Mit diesen Worten verließ er den Raum und schloss die Tür hinter sich. Er hob den Beutel auf, den er am Vortag sorglos in die Ecke des kleinen Flures geworfen hatte, zog seine löchrigen Stoffschuhe an und trat hinaus vor die Tür.

Das Dorf, in dem sie lebten, bestand aus kaum mehr als zwanzig Häusern und ebenso vielen Bauernhöfen, die an den Kern anschlossen.

Das Haus, das er mit seiner Schwester bewohnte, lag direkt am Ortsrand. Jeder Durchreisende vermochte eindeutig zu erkennen, dass es das ärmste Haus im Dorf war. Das Dach war seit letztem Winter über der Küche löchrig und er hatte sich bei dem Versuch, es zu reparieren, beinahe den Hals gebrochen. Er dankte den Göttern dafür, dass sein Sturz nur eine Handbreit neben dem Zaun im weichen Gras geendet hatte. Auch die Holzbalken des Fachwerks hatten bereits bessere Zeiten gesehen. Sie waren an einigen Stellen morsch und splitterten bereits dort, wo sie noch intakt waren. Den Garten hatte seit einer Ewigkeit niemand mehr mit Aufmerksamkeit bedacht. Hoch gewachsenes Unkraut stand in voller Blüte und überragte die kümmerlichen Überreste der vertrockneten Gemüsepflanzen.

Lediglich die kleine Holzbank seitlich der grün gestrichenen Eingangstür war in tadellosem Zustand. Hier setzte sich seine Schwester immer dann hin, wenn die Schmerzen in ihrer Hüfte schwach genug waren, um das Bett zu verlassen. Solche Tage wurden jedoch seit einem Jahr zusehends seltener.

Neben der Bank war das Gras kürzer geschnitten und einige Kornblumen ragten aus dem wenigen Unkraut hervor. Fluchs hatte seiner Schwester dort einen Hund aus Ton hingestellt. Er hatte ihn gekauft, um ihr draußen Gesellschaft zu leisten, wenn er nicht zuhause war. Gemeinsam tauften sie ihn auf den Namen Bricky. Die wachsamen Augen des liegenden Schäferhundes hatten das Gartentor fest im Blick. Es war das Letzte, was Fluchs hatte kaufen können, bevor ihm das geerbte Geld ausging und er seine Arbeitsstelle antrat. Er betrachtete einige Sekunden lang die Bank und die Blumen und ließ die Erinnerungen auf sich wirken. Danach seufzte er kurz und ging im Gras auf die Knie.

Entschlossen griff er zu und rupfte wahllos das Unkraut zwischen den Blumen heraus. Als er nach einigen Minuten ein Büschel der hässlichen Ranken gesammelt hatte, warf er es mit Schwung in hohem Bogen über den Zaun auf das Feld neben dem Haus. Jeden Morgen versuchte er, es bis zum hölzernen Ortsschild werfen zu können, auf dessen verwitterten Planken in weißen Lettern der Name »Danningen« geschrieben stand. Auch heute hatte er damit leider keinen Erfolg. Obwohl er stets seine ganze Kraft in den Wurf legte, schaffte er es nie, sein Ziel zu treffen.

»Morgen sehen wir uns wieder, dann erwisch' ich dich«, murmelte Fluchs zu sich selbst. Er stand auf und klopfte sich die Erde von seinen Kleidern und Händen. Voller Tatendrang betrat er die Straße. Es war die einzige im ganzen Dorf, von der einige kleinere Pfade abzweigten. Sie führten jeweils zu den Höfen des Dorfes. Es war eine Handelsstraße, die hier hindurch lief und die Kleinstadt Königsruh mit dem Rest des Landes verband. Fluchs kannte diesen Rest jedoch lediglich aus Geschichten, die ihm durchreisende Händler erzählten, er selbst hatte es nie weiter als bis zum Nachbardorf geschafft.

Es gab schlichtweg keinen guten Grund dafür, sich so weit weg zu bewegen, außerdem gehörte Laufen zu den Tätigkeiten, denen er besonders wenig abgewinnen konnte.

Er wandte sich nach links und schlenderte den Gartenzaun entlang. Sein Ziel war jedoch nicht der Hof von Bauer Moltke. Dort durfte er sich nicht mehr blicken lassen, seit der Bauer ihn einmal beim Diebstahl einiger Birnen aus dem Obstgarten des Hofes erwischt hatte. Als Gegenleistung dafür, dass der Alte seiner Schwester nichts von dem Vorfall erzählte, hatte Fluchs versprochen, sich in Zukunft vom Hof fernzuhalten. Nein, den Hof würde er nie mehr betreten wollen, er hätte sich eh nicht getraut.

Stattdessen ging er zu einem kleinen Haus am anderen Ende des Dorfes. Dort lebte die Bäuerin Trella. Sie bearbeitete alleine ein kleines Feld und einen Gemüsegarten, dessen üppige Ernte sie gerne für kleines Geld mit Fluchs und seiner Schwester teilte. Das windschiefe Haus war schon von weitem gut erkennbar, es war das einzige im Dorf, dessen Dach mit roten Tonziegeln gedeckt war. Sowohl das Haus als auch der Garten erstrahlten in tadellosem Zustand, kein einziges Büschel Unkraut verunstaltete die lockere Erde. Wenn Fluchs bei Trella zu Besuch war, bekam er immer gute Laune. Sie war eine herzensgute Frau und half ihren Nachbarn bei jeder Gelegenheit. Er bewunderte sie für diese Eigenschaft, vor allem weil er und seine Schwester auf ihre Unterstützung angewiesen waren.

Selbstsicher ging er mit wippendem Schritt durch das eiserne und kunstvoll verzierte Gartentor auf die Haustür zu. Als er dort ankam, klopfte er dreimal an die Tür.

»Ich bin hier drüben! Bei den Gurken!«

Fluchs erkannte Trellas helle Stimme sofort und drehte sich um. Er wunderte sich, dass er sie wirklich nicht gesehen hatte, als er den gepflasterten Gartenweg entlanggegangen war. Erst jetzt erkannte er, dass einige große Stauden und Tomatenpflanzen die Sicht auf Trella versperrt hatten. Doch dort zwischen Radieschen und Gurken, Tomaten, Zwiebeln und Kartoffeln kniete sie und hackte zwischen den Beeten. Ihre blonden Haare hielt ein bunt geblümtes Kopftuch zusammen, lediglich eine einzelne freche Strähne schaffte es, ihr ins Gesicht zu fallen. Fluchs liebte ihre Augen, die wie grüne Edelsteine funkelten, wenn sie ihn ansah. Ihre Schürze war fest um die Hüfte gebunden und verdeckte wie immer jeden Blick auf ihren wunderschönen Körper. Er hatte sich insgeheim schon seit seiner Jugend ausgemalt, wie sie wohl darunter aussehen mochte.

»Komm schon, Fluchs, steh da nicht einfach rum und guck Löcher in die Luft. Beweg dich! Hilf mir und lauf zum Schuppen rüber. Bring mir die Schubkarre mit dem Mist.«

»Muss das sein?«, erwiderte Fluchs mürrisch auf ihre Bitte. Er hatte wirklich keine Lust, Mist durch die Gegend zu schieben, allein der Geruch erregte in ihm stets das Bedürfnis, schleunigst das Weite zu suchen. Ja, wenn es etwas gab, das er hasste, dann war es Mist.

»Beweg dich, du faule Socke!«, rief Trella und hob ihren Kopf. Ihr fröhliches Gesicht erstrahlte im Sonnenschein und sie hob erwartungsvoll eine Augenbraue.

»Zwing mich nicht, aufzustehen und das selber zu machen.«

»Ich bin ja schon auf dem Weg«, antwortete Fluchs und setzte sich widerwillig in Bewegung. Er hielt es für besser sie nicht zu verärgern, schließlich war er hier, um sie um etwas zu bitten. Als er mit der Schubkarre zurückkehrte, stellte er sie neben dem Beet ab und wich ehrfürchtig einige Schritte zurück, bis der unangenehme Geruch weniger streng war.

Trella streckte ihm ihre Hand wortlos entgegen. Er half ihr mit einem Ruck hoch. Sie klopfte sich den Staub von der Schürze, legte ihre Hände an die Hüfte und sah ihn mit einem breiten Grinsen an.

»Was kann ich heute für dich tun?«

»Na, ich wollte fragen, ob du mir ein bisschen Milch verkaufst. Und vielleicht einige Kartoffeln.«

Fluchs war es kaum noch unangenehm, um Hilfe zu bitten. Ihm blieb nichts anderes übrig.

»Du weißt schon, dass ich dir zeigen kann, wie du selbst Gemüse ziehst, oder?« Sie zwinkerte ihm zu. »Aber ich weiß ja, wie sehr dir Gartenarbeit widerstrebt. Na komm, ich pack dir eben alles ein.«

Sie drehte sich um und ging ins Haus. Erst jetzt fand Fluchs seine Sprache wieder. Die ganze Zeit hatte er nur gebannt auf ihre wunderschönen Augen geschaut. Eine unangenehme Frage musste er dennoch klären.

»Ähm«, stammelte er, »wie viel möchtest du denn dafür haben?«

Er spürte, wie die Schamesröte in sein Gesicht stieg. Bei den grundlegendsten Dingen nach dem Preis fragen zu müssen war ihm peinlich, weil es stets verriet, wie wenig Geld er und seine Schwester besaßen.

»Ich glaube, 5 Kupfertaler sollten reichen.«

Trella verschwand im Haus, um seine Bestellung zusammenzustellen.

Währenddessen öffnete Fluchs seinen Rucksack und zog den kleinen Stoffbeutel hervor, in dem sich sein Geld befand. »Mist, nur drei Taler.« Er überlegte kurz, bekam jedoch keine Idee, was er tun sollte. Im selben Augenblick verließ Trella mit voll bepackten Armen das Haus.

»Ich habe leider nicht genug Geld bei mir.« Mit gesenktem Kopf starrte er auf seine Hände.

»Und wie möchtest du mich dann bezahlen?«

»Heute ist Freitag, da bekomme ich wieder Geld«, versicherte er ihr und wie immer willigte Trella ein. Sie hätte ihm den fehlenden Betrag auch erlassen, doch er wollte ihr nichts schuldig bleiben. Sie berechnete ihm bereits deutlich niedrigere Preise als üblich und ohne sie hätte er keine Ahnung gehabt, wie er mit seiner Schwester über die Runden hätte kommen sollen.

»Viel Glück heute Abend!«, rief ihm Trella noch hinterher, als er den Hof verließ. Er winkte ihr zu und bedankte sich erneut. In seinen Händen hielt er einen Korb mit Milch, Kartoffeln und sogar einer Handvoll Himbeeren, die sie ihm auf Nachfrage umsonst dazu gepackt hatte. Er musste sich heute Abend anstrengen, damit er ihr morgen das Geld geben konnte. Mit diesen Lebensmitteln würden er und seine Schwester erst einmal einige Tage genug zu essen haben. Er hatte es sogar geschafft, seiner Schwester etwas Besonderes mitzubringen. Über die Himbeeren würde sie sich nämlich bestimmt freuen, auch wenn sie Erdbeeren lieber mochte.

Nachdem er seinen Einkauf zuhause verstaut hatte, servierte er seiner Schwester eine Schale mit Haferkleie und Milch, deren Krönung drei besonders große Himbeeren waren. Zufrieden beobachtete er, wie seine Schwester das Essen genüsslich zu sich nahm. Er selber würde bis zum Abend warten müssen, denn er aß nur an Tagen, an denen er arbeitete. Den Rest der Woche unterdrückte er den Hunger, so gut er konnte.

Nachdem seine Schwester gegessen hatte, ging er auf sein Zimmer und schloss sorgfältig die Tür. Er nahm den schmalen Koffer, der neben seinem Bett stand, und legte ihn auf der Matratze aus Stroh ab. Mit einem lauten Klicken ließ er die Verschlüsse aufschnappen und zog mit einer sanften Bewegung das rote Samttuch zur Seite. Darunter kam sein wertvollster Besitz zum Vorschein: eine Geige. Das kastanienrote Holz hatte unter den Jahren sichtlich gelitten und doch verrichtete das Instrument unermüdlich drei- bis fünfmal pro Woche seinen Dienst. Fluchs sog den unverwechselbaren Duft des Holzes tief ein und sofort verschwanden all seine Sorgen und Gedanken in weiter Ferne.

Sie wichen einem Gefühl tiefster Zufriedenheit, welches er immer dann verspürte, wenn er eine Melodie im Kopf hörte. Diese Geige war nicht nur sein ganzer Besitz, sie war die Lebensader, die sein Herz am Schlagen hielt. Und heute Abend würden sie wieder gemeinsam zu eben diesem Takt das Leben feiern.

KAPITEL 2

Lange bevor die Sonne unterging, breitete sich in Fluchs eine gespannte Vorfreude aus. Zuerst war es nur ein Kribbeln, das sich langsam, aber sicher von seinem Bauch aus vergrößerte, bis ihm die Freude beinahe aus der Brust zu springen schien.

Er liebte diesen Moment sehr. Gab es einen Abend, an dem er nicht arbeiten durfte, sehnte er die Zeit voller Ungeduld herbei, in der er endlich wieder sein Tagewerk verrichten durfte. Als die Sonne den Horizont berührte, hörte er den lang erwarteten Ton der kleinen Glocke, auf den er so sehnlich gewartet hatte. Er legte seine Geige vorsichtig in ihren Koffer zurück, klappte die kleinen Verschlüsse aus angerostetem Metall zu und trat zur Tür hinaus. Er hätte es nie gewagt zu gehen, ohne zuvor seiner Schwester eine gute Nacht zu wünschen. Wie jeden Abend rief sie ihm aus ihrer Kammer zu, er solle sich gut vergnügen, was er mit der gleichen Regelmäßigkeit erwiderte, bevor er die Tür schloss.

Von seiner Haustür bis zur Dorfschänke waren es genau 217 Schritte. Diese Zahl kannte er deshalb so gut, weil seine Schwester ihm so das Zählen beigebracht hatte, als er noch ein kleiner Junge war. Damals hatte sie ihn an ihre Hand genommen und war mit ihm in langsamen Schritten die

Straße hinab gelaufen, während sie gemeinsam laut die Zahl jedes Schrittes riefen.

An Regentagen hatte sich Fluchs einen Spaß daraus gemacht, die Schritte so zu verlängern oder zu verkürzen, dass er genau passend zu ganzen Zahlenschritten eine der vielen Pfützen mit einem gekonnten Sprung traf. Dadurch war er bei der Ankunft in der Schänke so nass, dass er sich erst in der Küche aufwärmen musste, bevor all seine Kleider wieder getrocknet waren. Unterdessen ging seine Schwester ihrer Arbeit als Schankfrau nach und bewirtete die fahrenden Händler aus allen Teilen des Königreiches. Sie strahlte bei der Arbeit dieselbe Freude aus, die sie sich bis heute hatte bewahren können.

Er erinnerte sich noch gut an diese Tage, und es stimmte ihn glücklich, dass er heute seiner Schwester die harte Arbeit erwidern konnte. Er vermochte nicht viel zu tun, um ihrer beider Leben angenehmer zu machen, doch das bisschen Geld, das er verdiente, sicherte ihr Überleben. Als er die Schänke erreicht hatte, atmete er tief durch, richtete sich gerade auf und ging mit wiegenden Schritten auf den Eingang zu. Die schwere Eichentür ließ sich nur unter größter Anstrengung öffnen und wieder schließen. Er musste sein ganzes Gewicht gegen das Holz werfen, um sie zu bewegen. Der daraus resultierende Schmerz in seiner Schulter konnte seine gute Laune aber nicht im Geringsten vermindern.

Endlich war der Moment gekommen, da er sich nicht mehr wie ein Niemand fühlte. Nein, jetzt war er Barde.

»Fluchs der Unterhalter! Ein Virtuose! Ja, der vermutlich größte Geiger des Königreiches!« - zumindest waren dies die Worte, mit denen Brentar, der Wirt, ihn jeden Abend ankündigte.

Die Schänke war groß und bot alles, was das Herz eines fahrenden Händlers oder Reisenden sich wünschen konnte: sichere Stallungen für bis zu sechs Pferde, eine Scheune mit Platz für drei Wagen und ein gutes, wenn auch hartes, Nachtlager. Hinzu kam eine Garküche, in der die Köchin Berta deftige Speisen zubereitete, und ein schweres, süffiges Bier, welches in der Stadt Sonnenfels hergestellt wurde.

Fluchs war für die Unterhaltung der Gäste zuständig. Sie fanden an den vielen Tischen im Gastraum Platz. Manchmal waren es so viele, dass Brentar aus der Scheune einige alte Schemel herübertragen ließ. Das war jedoch nur in seltenen Fällen nötig, etwa wenn das Greifenfest stattfand. Da an allen anderen Tagen nicht genug Reisende im »Dampfenden Kessel« - so hieß die Schänke - zu Gast waren, hatte Fluchs mit dem Wirt abgemacht, dass dieser eine kleine Glocke läutete, wenn der Abend anbrach. Sobald Fluchs die Glocke hörte, ging er los, ansonsten blieb er zuhause und langweilte sich.

Fluchs stieg über zwei Heuballen auf einen erhöhten Tisch, den er als Bühne nutzte, und verneigte sich kurz. Dann legte er seinen Geigenkoffer ab und befreite das wertvolle Instrument vorsichtig aus seiner Hülle. Dabei huschte sein Blick kurz ins Publikum. Heute zählte er nur wenige Gäste, es saßen gerade einmal neun Menschen an den Tischen. Der Kerzenschein reichte kaum aus, um ihre

Silhouetten und Gesichter erkennen zu können. Für mehr langte das Licht nicht.

»Brentar könnte sich wirklich mehr Lampen kaufen«, dachte Fluchs. Er räusperte sich kurz, bevor er die Stimme erhob:

»Meine Damen und Herren, herzlich willkommen zu unserem heutigen Abendkonzert!« Er machte eine ausschweifende Geste mit dem Arm und fuhr dann mit kräftiger Stimme fort.

»Ich bringe Euch die schönsten Lieder des ganzen Königreiches und darüber hinaus. Somit beginnen wir nun also mit einem Stück, das einst Prinz Caldian seiner Geliebten widmete: *Dein Herz sei mein Schild.*«

Ohne auf eine Reaktion zu warten, die im Übrigen auch ausblieb, begann er zu spielen.

Mit behutsamen Armbewegungen entlockte er seiner Geige eine Melodie und verfolgte mit geschlossenen Augen jeden einzelnen Ton. Dabei bildete sich, je länger er spielte, ein Bild in seiner Vorstellung. Es war, als könne er die Geschehnisse sehen, die das Lied erzählte.

Er sah den Prinzen, der im Blumengarten seiner Angebeteten zu Füßen lag. Die Rose, die er aus der Hecke pflückte und ihr in den Schoß legte, sowie den sanften Kuss, den sie ihm zum Dank auf die Lippen hauchte. Nachdem das Lied ausklang, öffnete er die Augen und verbeugte sich. Die Anwesenden quittierten seine Aufführung mit einem kleinen Applaus und er stellte das nächste Lied vor. Es hieß »*Der Reisende im Wüstensand*«, ein

Klassiker, den er immer dann aufführte, wenn er den Zuhörern einen Hauch Exotik vermitteln wollte.

Nacheinander spielte er alle Lieder, die er für diesen Abend ausgesucht hatte, frei aus dem Gedächtnis, bis er mit einem allerorts bekannten Lied aus der Hauptstadt endete.

Er musste nicht sehen, ob seine Musik den Menschen gefiel, ihr Applaus reichte ihm als Zustimmung und Lob vollkommen aus. Heute blieb der Beifall allerdings verhalten, so wie an fast jedem Abend. Noch nie hatte er jemanden zu seiner Musik tanzen sehen, selbst wenn er die beschwingtesten Lieder zum Besten gab. Er verstaute die Geige ebenso vorsichtig im Geigenkasten, wie er sie herausgezogen hatte, und vertraute ihn Brentar zur sicheren Verwahrung für den restlichen Abend an. Dieser legte den wertvollen Koffer in ein Regal hinter der Theke.

Fluchs griff nach einer Holzschale, die am Tresen für ihn bereit stand, und ging dann von Tisch zu Tisch. Einige Gäste ließen ihm einen oder zwei Kupfertaler hinein gleiten, was seinerseits mit einer tiefen Verbeugung dankend beantwortet wurde. Schnell verstaute er das Geld in seiner Hosentasche und ging direkt in die Küche, denn nun folgte der zweite Höhepunkt des Abends: das Abendessen. Es war der einzige Lohn, den er vom Wirt bekam, und darüber freute er sich ungemein. Meistens gab es nur eine dünne Suppe mit ein wenig Gemüse, aber heute bekam er einen saftigen Hühnerschenkel mit Kartoffeln, Zwiebeln und reichlich dicker Bratensoße. Berta goss sie mit einer großen Kelle großzügig über das Fleisch.

»Berta, du meinst es heute aber sehr gut mit mir!« Seine großen Augen verschlangen den Teller, den Berta ihm reichte.

»Du halbes Hemd kannst es doch gut gebrauchen.« Sie zwinkerte ihm zu. Eine graue Haarsträhne hing ihr an der verschwitzten Stirn und klebte dort fest. Sie stand den ganzen Abend am Herdfeuer und Hitze und Anstrengung hatten ihr Gesicht rot gefärbt.

»Hast du heute Abend gut verdient?«, erkundigte sie sich, während ihre Hände routiniert die Kartoffeln in der Pfanne wendeten.

Fluchs griff in seine Hosentasche und brachte mit einer Hand alle Münzen zum Vorschein. Er hatte es sich zur Angewohnheit gemacht, die Einkünfte des Abends erst in der Küche zu zählen. So sahen die Gäste nicht, wie es um sein Einkommen bestellt war.

Heute zählte er sechs Kupferstücke, somit also genug, um seine Schuld bei Trella zu begleichen und morgen ein Brot zu kaufen.

»Sechs Taler«, antwortete er unbeeindruckt. »Das war für so wenige Leute schon ganz in Ordnung. Aber wirklich berauschend ist es nicht.«

Berta nickte. »Das wird die Jahreszeit sein. Weißt du, wenn der Herbst zu Ende geht, behalten die Leute das Geld in den Taschen. Falls der Winter dann länger dauert, macht es ihnen nichts aus. Hast du auch etwas Geld für den Winter zurückgelegt?«

Hatte er nicht. Grundsätzlich hatte Fluchs keinerlei Erspartes, dafür reichte sein Lohn nicht aus. Außerdem war ihm das Thema unangenehm. Er zuckte betont gleichgültig mit den Schultern und antwortete.

»Es sollte für mich und meine Schwester ausreichen.«

»Jaja, das höre ich gerne. Nun lass es dir aber schmecken, mein Junge.«

»Danke sehr«, antwortete Fluchs und hatte sich bereits halb zum Gehen gewandt, als ihm noch etwas einfiel.

»Warum gibt es heute überhaupt so ein tolles Essen? Ist heute ein königlicher Feiertag?«

Berta lachte und schüttelte den Kopf. »Nein, nein. Aber wir hatten heute einen Gast, der sehr großzügig gezahlt hat, um genau dieses Gericht serviert zu bekommen. Da sagt der Alte natürlich nicht nein!«

Der Alte war nicht nur der Besitzer der Schänke, sondern auch ihr Mann. Vermutlich war dies der Grund, warum sie es sich erlauben konnte, ihn so zu nennen, dachte Fluchs. Er selbst hatte vor einigen Jahren einmal diesen Titel versehentlich verwendet und sich daraufhin eine ganze Woche nicht mehr blicken lassen dürfen. So lange hatte es nämlich gedauert, bis Berta ihren Mann beruhigen konnte. Seitdem hielt er sich Brentar dem Wirt gegenüber immer vorsichtig zurück und ging ihm, wenn möglich, aus dem Weg.

Fluchs nahm sich einen Holzlöffel und setzte sich abseits der anderen Gäste in die hinterste Ecke der Schänke. Hier konnte er in Ruhe essen und die anderen Gäste unauffällig beobachten. Er malte sich dabei aus, woher diese Menschen wohl kommen mochten und was sie in diesen Teil des Landes verschlagen hatte. Dabei spielte ihm seine Fantasie oft die wildesten Szenarien vor und er genoss diese Unterhaltung sehr.

An den Tischen waren Prinzen und Prinzessinnen, Hofnarren und Boten bis hin zu Reitern der königlichen Garde vertreten, die gegen wilde Drachen zu Felde zogen. Heute konnte er jedoch zu wenig erkennen, da die meisten Gäste mit dem Rücken zu ihm saßen. Fluchs wollte sich gerade wieder seinem Essen zuwenden, als er einen weiteren Gast bemerkte, der ihm zuvor entgangen war. Die Gestalt hatte sich in der ihm gegenüberliegenden Ecke auf einem Stuhl niedergelassen und sah ihm direkt in die Augen. Da auf ihrem Tisch keine Kerze stand, konnte Fluchs nichts weiter erkennen. Dennoch wunderte er sich, dass ihm dieser Gast weder beim Hereinkommen noch während der Aufführung aufgefallen war.

Fluchs' Neugier war nicht groß genug, um sich weiter damit zu beschäftigen. Er sah auf den noch gut gefüllten Teller vor sich herunter, griff mit Daumen, Zeige- und Mittelfinger eine vor Bratensoße glitschige Kartoffel und schob sie sich genüsslich in den Mund. Er schlang sie nach einem kurzen Biss herunter, ohne weiter zu kauen. Zu groß war sein Hunger, seit er heute Morgen das Essen für seine Schwester zubereitet hatte. Als er wieder aufblickte, war die Figur in der Ecke verschwunden. Verwundert sah er sich um, konnte den Mann jedoch nirgends entdecken. Hatte er wirklich so lange weggeschaut? Er sah noch einmal genauer hin und strengte seine Augen an, kniff sie sogar zu kleinen Schlitzen zusammen, in der Hoffnung, in der Dunkelheit besser sehen zu können, wo der Gast abgeblieben war. Ohne Erfolg.

Er beendete sein Mahl mit einigen weiteren großen Bissen und verstaute dann die übrige Hälfte seines Essens in einer Schale, die er sich aus der Küche holte. Er wollte, dass auch seine Schwester etwas von diesem Festmahl genießen konnte. Schnell brachte er sein Geschirr an die Theke, erhielt wie sonst auch seinen Geigenkoffer zurück und machte sich auf den Weg nach Hause. Kaum hatte er die schwere Tür des Wirtshauses hinter sich ins Schloss gedrückt, drehte er sich um und erstarrte vor Schreck. Vor ihm stand eine in dunkle Kleidung gehüllte Gestalt, groß und aufrecht. Fluchs konnte unter der Robe die breiten Schultern erkennen. Außerdem bemerkte er einen Schwertknauf, der an der Hüfte seitlich darunter hervorragte. Das Gesicht konnte er nur in den Grundzügen erkennen. Fluchs wich einen Schritt zurück. Vor lauter Schreck kam ihm kein Wort über die Lippen.

Der kurze Moment schien sich endlos in die Länge zu ziehen und beide blickten sich nur wortlos in der Dunkelheit an. Langsam zogen zwei große Hände die Kapuze vom Gesicht. Darunter kam das faltige Gesicht eines bärtigen Mannes zum Vorschein. Seine schulterlangen Kopfhaare erstrahlten im blauen Glanz des Mondlichts, das ihm in den Rücken schien.

»W-w-wwer bist du?« Fluchs stotterte vor Angst. »Was willst du von mir?«

Ein Lächeln flog über das Gesicht seines Gegenübers.

»Keine Angst, Kleiner. Ich bin hier, weil ich dich unter vier Augen sprechen wollte«, entgegnete der Mann.

»Aber ich kenne dich gar nicht«, antwortete Fluchs und fügte hinzu: »Und wenn du mich ausrauben willst, so sei dir geraten, es zu lassen. Ich bin nicht reich und habe nichts zu geben.«

Der Mann lächelte noch deutlicher und zeigte auf den Koffer, den Fluchs in seiner linken Hand fest umklammert hielt.

»Und was ist das?«, fragte er mit hämischer Stimme.

»Das ist nur eine alte Geige. Die wird dir nicht viel Geld bringen.« Fluchs versuchte abzuwiegeln und machte einen Schritt zurück, während er sich ohne Erfolg nach einem Fluchtweg umsah.

»Na na, mach dir nicht gleich ins Hemd. So ne halbe Portion, wie du eine bist, wird schon keiner ausrauben. Und *ich* schon gar nicht.«

Der Mann machte einen Schritt zur Seite, so dass das Mondlicht ihn direkt anleuchtete. Fluchs sah sich das Gesicht des Mannes genauer an. Er machte eigentlich einen freundlichen Eindruck, am helllichten Tage hätte er diesem Menschen vermutlich sogar eine gutmütige Seele bescheinigt. Trotzdem hatte er Angst.

»Was willst du von mir?«, fragte Fluchs, der langsam seine Beherrschung zurückerlangte.

»Ich möchte dich anheuern, um auf einem Fest zu spielen.«

Fluchs hob ungläubig die rechte Augenbraue.

»Wie war das?«

»Du hast mich schon richtig verstanden. Mein Herr hat mich auf diese Reise geschickt. Ich soll nach Musikern Ausschau halten und sie für ein Bankett auf das Schloss einladen. Die Bezahlung ist wahrlich gut, das versichere ich dir.«

»Und was muss ich dafür tun? Lediglich einen Auftritt spielen?«

»Ganz genau. Du spielst einen Abend lang, von mir aus auch die Musik, die du heute Abend gespielt hast. Danach erhältst du deinen Lohn und ziehst deines Weges.«

Fluchs dachte nach. Die Aussicht auf Bezahlung ließ ihn hellhörig werden und weckte sein Interesse.

»Von wie viel Bezahlung reden wir hier? 10 Taler? 15? Für 20 würde ich sogar einige neue Lieder lernen.«

Nun brach der Mann vor ihm in laut grollendes Gelächter aus.

»Mein Junge, die Bezahlung, von der ich rede, sind 71 Silbermünzen.«

Fluchs versuchte sich gleichgültig zu geben, doch es war ihm nicht möglich, diese enorme Summe herunterzuspielen.

»Für ... einen Auftritt?«

»Ganz genau«, antwortete der Mann mit einem Lächeln, das Fluchs nicht deuten konnte.

»Sonst nichts?«

»Sonst nichts. Du musst allerdings zum Schloss meines Herren reisen. Es liegt in einem anderen Königreich. Die Reise dorthin ist recht einfach, ich werde dir den Weg gerne beschreiben.«

»Klingt interessant.« Fluchs versuchte, sich unbeeindruckt zu geben. »Wann muss ich denn dort ankommen? Ich habe nämlich zur Zeit kein Pferd ...«

»Das Bankett ist in drei Monaten. Du kannst also ohne Probleme zu Fuß anreisen.«

Fluchs dachte kurz nach. Ob er sich so lange von zu Hause fernhalten konnte?

»Ich danke Euch für Euer Interesse an meiner Kunst, doch ich muss ablehnen.«

Die Überraschung stand dem Mann sichtlich ins Gesicht geschrieben.

»Ich ...« Fluchs zögerte, bevor er fortfuhr. »Ich kann meine Familie einfach nicht so lange alleine zurücklassen. Ihr müsst euch einen anderen Barden suchen.«

Er nahm all seinen Mut zusammen und ging an dem Mann vorbei in Richtung seines Hauses. Dieser wandte sich erneut an ihn.

»Ich verstehe deine Entscheidung sehr gut. Aber du kannst dich noch immer anders entscheiden. Ich komme in einem Monat wieder hier vorbei, wenn ich zurück nach Norden reise. Bis dahin kannst du es dir überlegen.«

»Danke für das Angebot«, erwiderte Fluchs. »Auf Wiedersehen.«

»Auf bald, mein Junge«, antwortete der Mann. Nach dem kurzen Abschied nickte er Fluchs zu und ging in die Schänke zurück. Fluchs jedoch schlenderte in Gedanken versunken die Hauptstraße entlang nach Hause. Dort angekommen, zog er sich die Schuhe aus und weckte seine Schwester. Sie freute sich übermäßig, ihn zu sehen.

Als er ihr das Essen servierte, konnte sie ihr Glück kaum glauben und fragte Fluchs über jedes Detail des Abends aus. Sie unterhielten sich noch bis tief in die Nacht hinein, bevor er sich in seine Kammer zurückzog und ins Bett legte, um zu schlafen. Die Begegnung mit dem Fremden und dessen Angebot erwähnte er mit keiner Silbe.

KAPITEL 3

Fluchs hatte in dieser Nacht Schwierigkeiten einzuschlafen. Er wälzte sich von einer Seite des Bettes zur anderen und einfach alles schien ihn vom Schlafen abhalten zu wollen. Das Stroh seiner Matratze pikste ihn unablässig, so als hätte es von einer Nacht auf die andere plötzlich ein Eigenleben entwickelt. Es kitzelte und juckte ihn am ganzen Körper. Außerdem wurde ihm unter der Decke unerträglich warm und er begann zu schwitzen. Kaum hatte er sich jedoch unter ihr hervor bewegt, wurde ihm schlagartig wieder kalt. Und zu alledem gesellte sich nun auch das viel zu grell scheinende Licht des Vollmonds, welches durch die Ritzen in den Fensterläden genau auf sein Gesicht fiel.

»Diese verfluchten Fensterläden!«, dachte Fluchs, als er sich unter der Decke verkroch und mit dem Ellenbogen die Augen bedeckte.

Was ihn jedoch wirklich vom Schlafen abhielt, waren die Gedanken an das Gespräch mit dem Fremden. Fluchs hatte nie darauf gehofft, einmal eine Möglichkeit zu haben, sich und seiner Schwester ein gutes Leben zu bereiten. Er hatte sich mit seinem Schicksal arrangiert. Doch nun, da ihm jemand ein großartiges Angebot gemacht hatte, war ihm nichts Besseres eingefallen als abzulehnen. Er ärgerte sich zutiefst darüber, ein solcher Feigling zu sein, schließlich hätte niemand bei klarem Verstand auf eine so hohe

Bezahlung verzichtet. Fluchs fragte sich auch, warum der Mann sich nicht vorgestellt hatte.

Außerdem hatte er ihm vor der Tür aufgelauert, anstatt ihn in der Schänke in ein Gespräch zu verwickeln.

»Jetzt denk nicht weiter dran!«, flüsterte er sich selbst ermahnend zu. Völlig übermüdet sehnte er sich nur noch danach, endlich einzuschlafen. Doch auch das wiederholte »Schlaf endlich ein!«, welches er sich im Geiste selbst zurief, wühlte ihn nur noch weiter auf. Er war frustriert und müde, eine Mischung, die er normalerweise nicht von sich kannte.

Wütend gab er sich einen Ruck und stand aus dem Bett auf. Seine Gelenke kribbelten und schmerzten. Auf Zehenspitzen schlich er zu seiner Zimmertür und drückte die Klinke sanft herunter. Das Licht im Halbdunkel reichte zum Sehen aus, er brauchte sich nicht vorwärts zu tasten. Mit einem leisen Quietschen antworteten ihm die Scharniere und der Schließmechanismus gab den Weg in den dunklen Flur frei.

Fluchs schlich zuerst in die Küche. Seine Finger tasteten nach einer Kerze auf dem Esstisch und den Streichhölzern, die neben dem kalten Kaminfeuer auf dem steinernen Kaminsims lagen. Er entzündete ein Streichholz und hielt es an den Docht der Kerze, dann blies er es aus, als die Flamme brannte. Er ging an einem der Küchenschränke in die Knie und öffnete die kleine Schranktür neben der Anrichte.

»Mal sehen, was wir hier haben«, flüsterte Fluchs zu sich selbst, als er die verstaubten Flaschen im Regal inspizierte.

Mehrere Minuten lang drehte er jede Flasche im Licht der Kerze so, dass das Etikett zu ihm zeigte.

Er fand eine Flasche Essig, mehrere Flaschen ohne Beschriftung sowie einige, auf denen ein öliger oder klebriger Inhalt über die Jahre hinweg die Tinte der Etiketten bis zur Unkenntlichkeit ins Papier hatte einweichen lassen. Eine Flasche jedoch konnte er sofort wiedererkennen. Es war ein Obstbrand, den er einmal nach einem Konzert vor gut zehn Jahren von einem fahrenden Händler geschenkt bekommen hatte. Damals konnte er dem Alkohol absolut nichts abgewinnen, und auch heute war es eher selten, dass er etwas trank. Ihm war das Geld für so kurz anhaltende Freuden einfach zu schade. Außerdem hatte er über die Jahre hinweg immer wieder festgestellt, dass der Alkohol den Menschen im *Dampfenden Kessel* selten guttat.

Wie zum Trotz schenkte er sich nun einen kleinen Becher des fruchtig riechenden Getränkes ein und stellte die Flasche sachte zurück in den Schrank. Er ging zur Treppe, die auf den Dachboden führte. Mit dem kleinen Kerzenleuchter in der linken und dem Becher in der rechten Hand stieg er langsam die Stufen hinauf, bis er endlich die Tür zum Dachboden erreicht hatte. Zum Glück war sie nur angelehnt, dadurch konnte er mit dem Becher eintreten, ohne herumhantieren zu müssen. In den Ritzen der Holzdielen lag der Staub des letzten Jahrzehnts, der sich auf den Dachbalken und auf den unzähligen Spinnenweben niedergelassen hatte. Diese Spinnenweben waren über die Jahre von ihren achtbeinigen Schöpfern erbaut und offensichtlich wieder verlassen worden, denn Fluchs konnte nicht eine einzige Spinne im Licht seiner Kerze sehen. Auf dem Boden standen unzählige Kisten in verschiedensten Größen.

Er hoffte, dass er hier einige Erinnerungsstücke an seine Eltern aufstöbern könnte. Dabei suchte er keineswegs nach etwas Bestimmtem. Vielmehr wollte er nachsehen, ob sich nicht das eine oder andere Erbstück finden ließ, das sich leicht zu Geld machen ließe. Vielleicht hatte seine Schwester beim Einpacken der Habe ihrer Mutter einen Ring oder eine Kette aus Familienbesitz übersehen. Sein Vater hatte hier vielleicht einen geheimen Notgroschen unter den Holzdielen versteckt.

Er nahm die erste Kiste von einem Stapel, der ihm am nächsten war, und zog sie geräuschlos zu sich, bevor er sie öffnete. Darin befanden sich lediglich einige Kleidungsstücke, deren Wert Fluchs für unerheblich hielt. Die nächste Kiste enthielt große Blöcke aus Holz in verschiedenen Formen, mit denen er als Kind gerne in der Küche gespielt hatte. Während seine Schwester das Essen zubereitete, türmte er ihr zu Füßen die Holzklötze auf. Seine Lieblingsbauten waren Schlösser und Burgen, die immer höher wuchsen, bis sie mit einem spektakulären Geräusch in sich zusammenfielen. Meistens geschah ein solcher Einsturz, wenn er einen Stein nicht gut platziert hatte. Er durchsuchte noch einige weitere Kisten und arbeitete sich so durch einen Großteil des Dachbodens, ohne jedoch etwas von besonderem Wert zu finden. Dafür fand er allerdings heraus, dass die Spinnenbevölkerung des Dachbodens mitnichten ausgestorben war.

Das wurde ihm bewusst, als er eine halbgeöffnete Holzkiste aufschlug, worauf dutzende kleine Spinnen im Schein der Kerze in alle Richtungen davon liefen und Fluchs einen gehörigen Schrecken einjagten. Der Schluck, den er zur Beruhigung aus dem Becher nahm, war sein erster gewesen und würde wohl auch der letzte bleiben. Der Obstbrand war bitter, schmeckte nur nach Alkohol und brannte in seinem Hals so stark, dass er sich nicht vorstellen konnte, warum jemand ein so widerliches Getränk freiwillig trinken würde. Außerdem verstand er nun, warum der Händler den Fusel damals verschenkt hatte.

Mehrere Male kam in Fluchs der Gedanke, die Suche abzubrechen. Doch da er bereits mehr als die Hälfte des Dachbodens durchstöbert hatte, wollte er sich auf keinen Fall etwas von Wert entgehen lassen.

Schon bald fiel das erste rötliche Licht der Morgendämmerung durch die dünnen Spalten des Daches herein. Tausende Staubpartikel im Raum färbten sich orangerot und glitzerten um die Wette.

Fluchs hatte das Ende des Dachbodens erreicht und nun in der hintersten Ecke des Raumes eine kleine Holzschachtel entdeckt. Sie maß vielleicht zwei Handbreit Länge, bestand aus poliertem Holz und war mit einer schlichten Rose graviert.

»Endlich!«, entfuhr es ihm. Das musste es sein. Etwas Wertvolles würde man in genau so eine Schachtel legen.

Seine vom Suchen staubgrauen Finger öffneten vorsichtig den Deckel und Fluchs blickte enttäuscht auf den Inhalt.

Papiere. Er seufzte. Er zog das oberste Blatt heraus und entfaltete es, dann griff er nach der Kerze, die beinahe herunter gebrannt war, und hielt sie vor die Seite. Es handelte sich um einen Brief, den seine Mutter geschrieben hatte. Er richtete sich offenbar an seine Schwester.

»Meine liebe Tochter,

ich kann dir kaum sagen, wie sehr es mich schmerzt, dir diese Zeilen zu schreiben. Du bist so jung und hast bestimmt Angst davor, dich alleine um deinen Bruder kümmern zu müssen. Nachdem euer Vater im letzten Jahr von uns gegangen ist, hatte ich gehofft, noch ein bisschen länger durchzuhalten.

Leider sind die Schmerzen, die ich empfinde, unerträglich geworden. Das Geld für einen echten Heiler können wir uns nicht mehr leisten. Voller Sorge habe ich die Kräuterfrau um Hilfe gebeten. Sie hat mir ein Elixier gebraut, das mir ohne Schmerzen den ewigen Schlaf bringen wird. Ich bitte dich nicht darum, zu verstehen, warum ich dich und deinen Bruder im Stich lasse. Und ich bitte dich auch nicht um Vergebung. Doch ich bitte dich inständig darum, dass du auf dich und deinen kleinen Bruder stets gut Acht gibst.

Rilas der Wirt hat mir versprochen, dir stets eine Arbeit in der Schänke zu geben, falls du möchtest. Er ist mir stets ein sehr guter Freund gewesen und wird diese Abmachung mit Sicherheit in Ehren halten.

Sein Sohn Brentar ist noch etwas hitzköpfig, aber auch mit ihm wirst du sicherlich gut auskommen. Halte dich von jedem Ärger fern und gib darauf Acht, dass dein Bruder sich gut entwickelt. Er mag noch ein Kind sein, aber ihm fehlt eine starke Hand und er wird deine Liebe brauchen, wenn ich nicht mehr bei euch bin.

Er wird es nicht verstehen. Ich wünsche mir jedoch mehr als alles andere, dass du ein fröhliches Mädchen bleibst. Du bist meine Tochter und ich liebe dich über alles. Ich weiß, dass du stark genug bist, um deinen Weg zu finden, und ich wünsche mir, dass du zu einer selbstbewussten und freundlichen Frau heranwächst. Eines Tages, da bin ich mir sicher, wirst du eine wundervolle Ehefrau sein und einen liebevollen Mann heiraten. Ich wünsche mir, dass auch du einmal die Freude erlebst, Mutter zu werden, und dass auch du so eine bildhübsche und kluge Tochter zur Welt bringst. Pass bitte auf euch auf. Und vergiss nicht, dass ich dich immer liebe. Deine Mutter.«

Fluchs bemerkte erst jetzt, wie sehr seine Hände zitterten. Er hatte stets gedacht, dass seine Mutter an ihrer Krankheit gestorben war. Dass sie sich das Leben genommen hatte, hatte seine Schwester ihm nie erzählt. Plötzlich fühlte er sich kalt und leblos. Wie versteinert starrte er auf das Papier und blickte auf die letzten Zeilen seiner Mutter. Wieder und wieder las er den Brief, bis ihm die Tränen in seinen Augen das Lesen unmöglich machten. Behutsam faltete er den Brief wieder zusammen und hielt ihn in seiner Hand. Zuerst steckte er das Papier vorsichtig in die Tasche seiner Hose, doch dann legte er es kopfschüttelnd zurück in die

Holzschachtel, die er dann wieder an ihren Ursprungsort stellte.

Es fühlte sich falsch an, das alles gelesen zu haben. Tränen der Trauer rannen ihm die Wange herunter und langsam überkam ihn ein anderes Gefühl: Zorn. Warum hatte ihn seine Schwester all die Jahre belogen? Er ging zurück zum Eingang und schloss die Tür hinter sich, ohne weiter darauf zu achten, leise zu sein. Er stapfte die Treppe hinunter, löschte die Kerze und kehrte in sein Zimmer zurück. Schwungvoll warf er sich auf sein Bett, das diesen gewalttätigen Akt knackend erduldete, und zog die Decke bis zum Hals. Sein ganzer Körper zitterte vor Kälte und Trauer und sein Atem ging schnell. Je mehr er versuchte, sich zu beruhigen, desto ruckartiger und ungleichmäßiger rang er nach Luft.

Die gleißend hellen Strahlen der Morgensonne glitten durch den Spalt in den Fensterläden und trafen ihn im Gesicht. Das brachte seine Selbstbeherrschung endgültig zu Fall und er ließ seinem Zorn freien Lauf. Er hasste alles hier. Er hasste die Spalten in den Fensterläden, er hasste sein karges Zimmer, seine ausgefransten Kleider und dass er nur ein einziges Paar Schuhe besaß. *Mit Löchern!*

Er hasste, dass er manchmal das Essen für sich und seine Schwester nicht zahlen konnte, und er hasste es, dass die Bewohner des Dorfes ihn immer mitleidig ansahen, weil seine Schwester krank und sie beide so arm waren.

Am meisten hasste er jedoch, dass seine Schwester ihn wegen des Todes seiner Mutter angelogen hatte und er auf diese Weise erfahren musste, dass sich seine Mutter das

Leben genommen hatte. Heißkalte Schauer rannen ihm in Wellen über die Haut und ließen seinen dünnen Körper erschaudern.

Nachdem er seine gesamte Wut mit geballten Fäusten in sein Kissen geweint hatte, breitete sich in seinem Inneren ein Gefühl der Leere aus. Mit jedem weiteren Atemzug beruhigte sich allmählich sein Atem und er schlief irgendwann völlig erschöpft ein. Die Wärme der Decke spendete Trost und umhüllte ihn sanft.

Als er aufwachte, wusste er genau, was zu tun war. Er musste seine Schwester mit der Wahrheit konfrontieren, sie zur Rede stellen und dann würde es ihm bestimmt besser gehen. Er schwang sich aus dem Bett, riss die Tür auf und stapfte noch in seinen verstaubten Nachtkleidern auf ihre Tür zu. Ohne zu klopfen, riss er die Klinke herunter und stürmte in ihr Zimmer.

Doch kaum hatte er den Raum betreten, blieb er ruckartig mitten in der Bewegung stehen. Voller Schreck sah er, für nur einen kurzen Augenblick, das vor Schmerz verzerrte Gesicht seiner Schwester. Sie krümmte sich im Bett. Kaum hatte sie ihn bemerkt, drängte sich jedoch wieder das fröhliche Lächeln zurück in ihr Gesicht, das sie ihm jeden Morgen zeigte. Das Gesicht, das er kannte. Die Gedanken in seinem Kopf überschlugen sich.

Täuschte sie ihn auch hier? Spielte sie ihm nur vor, dass sie keine Schmerzen hatte? Was, wenn auch sie es nicht mehr aushalten konnte, so wie einst ihre Mutter. Ihre Blicke trafen sich und nach einem kurzen Moment des Stockens bemerkte er beschämt seinen noch immer wütenden Gesichtsausdruck.

»Bist du etwa schon wach und hast mich nicht geweckt?«. Er versuchte zu retten, was zu retten war. Er konnte sie in ihrem Zustand nicht mit seiner Wut konfrontieren.

»Was meinst du?«, fragte seine Schwester mit einem Lächeln auf den Lippen. »Ich habe schon vor einer Stunde nach dir gerufen, aber du Faulpelz wachst ja nicht auf.«

Auch er setzte nun ein Lächeln auf und zog die Vorhänge zur Seite.

»Ich darf heute so lange schlafen, wie ich will, ich habe es mir nämlich wirklich verdient.«

»Ehrlich? War gestern so ein guter Abend?«

»Ein sehr guter. Wir haben sechs Taler verdient! Ich gehe gleich etwas Brot kaufen, dann frühstücken wir zusammen, ja?«

»Gerne«, antwortete ihm seine Schwester, während er bereits mit wippenden Schritten aus dem Zimmer ging.

»Bring auch etwas Käse mit, wenn du kannst!«

Er antwortete ihr nicht mehr, sondern zwinkerte ihr mit dem linken Auge zu, bevor er die Zimmertür zuzog. Sie hatte ihn all die Jahre geschützt, ebenso wie sie es ihrer Mutter versprochen hatte. Nun war es an der Zeit, dass er sie schützte, und darum fasste er einen Entschluss. Er würde dafür sorgen, dass ein Heiler ihr helfen konnte. Und das Geld für einen solchen Gelehrten würde er durch nur einen einzigen Auftritt erhalten. Dieses Mal würde er sich für sie einsetzen.

KAPITEL 4

In den Tagen nach seinem Entschluss dachte Fluchs unentwegt darüber nach, wie er es bewerkstelligen konnte, für mehrere Monate nicht zu Hause zu sein. Dazu waren einige Dinge nötig, doch am wichtigsten war Geld. Er hatte nur noch vier Wochen Zeit, um für das Auskommen seiner Schwester zu sorgen. Brentar der Wirt willigte zwar ein, ihn jeden Abend in der Schänke spielen zu lassen, was ihm zumindest den einen oder anderen Taler bescheren dürfte. Ausreichen würde das allein jedoch nicht.

Für Trella durfte er mittwochs und sonntags dabei helfen, das Unkraut zu jäten, im Gegenzug erhielt er von ihr einen Taler und das Versprechen, dass sie sich in seiner Abwesenheit um seine Schwester kümmern würde. Um jedoch wirklich genug Geld zu sammeln, damit Trella ihr Versprechen halten konnte, sah Fluchs nur einen Weg. Er musste beim größten Bauern des Dorfes um Arbeit bitten. So fand er sich am Ende der Woche vor dem prächtigen Hof von Bauer Jorgens wieder. Mehrere Minuten lang starrte er, ohne sich zu bewegen, aus der Ferne auf das Haus. Die Scheune war eines der größten Gebäude im Dorf und die Äste der vielen Bäume im Obstgarten hingen tief unter der Last der glänzenden Früchte. Fluchs sah Kühe, Schweine und Hühner; ein unverkennbares Zeichen des Wohlstandes der Jorgens-Familie. Er nahm seinen ganzen

Mut zusammen und ging mit gemischten Gefühlen auf das Haus zu. Er nahm den eisernen Klopfer, der an der schweren Holztür befestigt war, und schlug ihn mehrfach auf das ebenso eiserne Gegenstück. Das dumpfe Geräusch glich einem Donnergrollen, welches die Tür in leichte Schwingungen versetzte. Unbehagen stieg in Fluchs auf. Er klopfte erneut, doch noch immer öffnete ihm niemand die Tür. Vorsichtig ging er um das Haus herum, in der Hoffnung, Herr Jorgens sei nicht zu Hause und er könne unverrichteter Dinge wieder abziehen.

An den Seiten des Hauses entdeckte Fluchs Rosensträucher und andere Zierpflanzen und er fragte sich, warum hier nicht Gemüse wuchs. Hatte es der Bauer wirklich nicht nötig, Gemüse anzupflanzen? Er umkreiste langsam, beinahe schleichend, das Haus, konnte jedoch niemanden entdecken. Als Nächstes ging er durch den Obstgarten in Richtung der Scheune. Schließlich war er hier, um etwas Wichtiges zu klären, auch wenn er lieber darauf verzichtet hätte. Er hatte den ersten Apfelbaum gerade passiert, als hinter ihm von Seiten der Straße die laute und bärige Stimme des Bauern Jorgens ertönte. »Haltet den Dieb!« Fluchs fuhr zusammen und drehte sich erschrocken um. Auf dem voll beladenen Heuwagen, der von zwei stämmigen Pferden gezogen wurde, saß die Familie Jorgens, mit Ausnahme von Bauer Jorgens selbst. Dieser lief mit erhobener Heugabel zeternd direkt auf ihn zu.

»Bleib nur da stehen, Junge, ich werd dir schon zeigen, was wir hier mit Dieben machen!«

Fluchs hob abwehrend die Hände und wollte noch erwidern, dass er hier war, weil er sich entschuldigen wolle, doch er stand nur gelähmt neben dem Apfelbaum und brachte kein Wort heraus. Kurz bevor er ihn erreicht hatte, ließ der muskelbepackte kleine Bauer Jorgens seine Heugabel zur Seite fallen und warf sich mit voller Kraft auf Fluchs. Die Wucht des Aufpralls war so gewaltig, dass Fluchs für einen Moment spürte, wie er den Boden unter den Füßen verlor, bevor er dumpf gemeinsam mit seinem Angreifer im Gras aufschlug. Ein beißender Schmerz durchfuhr seinen Rücken und seine Schulter und Fluchs jaulte vor Schmerz auf. »Halt, nicht!« Er riss die Arme hoch und krallte sich in den roten Bart des Mannes. Der wiederum versuchte, ihn mit einem der unzähligen Fausthiebe zu treffen. »Ich werd dich lehren! Hast wohl gedacht, wir wären nicht da und würden uns bestehlen lassen, wie?«

»Ich ... ich wollte doch nur mit euch reden, um...«, doch der Rest seiner Worte ging im folgenden Geschrei unter, das entstand, als die zwei kräftigen Söhne der Familie mit vereinten Kräften ihren Vater nach hinten zogen. Auf beiden Händen stemmte sich Fluchs nach oben und stieß sich mit den Beinen ab, um einen sichern Abstand zu dem tobenden Muskelpaket zu erreichen und zu verschnaufen. Er rieb sich die schmerzenden Rippen und die Schulter, während er dabei zusah, wie Bauer Jorgens nun mit seinen Söhnen raufte. Es dauerte einige Minuten, doch dann saßen sich alle vier schwer atmend gegenüber und wütende Blicke trafen Fluchs, der zögernd begann, sein Anliegen zu erklären.

»Ich bin gekommen, um mich für damals zu entschuldigen«, keuchte er. »Es tut mir wirklich leid, dass ich damals das Obst geklaut habe.«

»Und die Eier!«, bellte Bauer Jorgens.

»Und die Eier, ja«, antwortete Fluchs. »Ich wusste damals einfach nicht weiter. Wir hatten an dem Tag wirklich nichts mehr zu essen und ich hatte kein Geld und ...«, er schüttelte den Kopf, »... aber das spielt keine Rolle mehr. Ich möchte mich bei Euch entschuldigen.«

Die Zornesfalte, die die Stirn des Bauern durchzog, glättete sich zusehends. »Dann hast du ja jetzt alles gesagt. Und jetzt hau ab, du dreckiger kleiner Dieb!« Er stand auf und ging zurück zu seiner Heugabel, doch Fluchs wollte nicht aufgeben.

»Herr Jorgens ...«, begann er wieder in ruhigem Ton. »Ich verstehe, dass Ihr mich nicht hier haben möchtet. Aber ich bin gekommen, um Euch nach Arbeit zu fragen.« Bauer Jorgens blieb stehen, hob dann langsam die Heugabel auf und drehte sich zu Fluchs um. Er musterte den Jungen von Kopf bis Fuß. Es fühlte sich genau so an wie damals, als Fluchs seiner Schwester hatte sagen müssen, dass er die Vase, die ihre Mutter ihnen hinterlassen hatte, beim Herumtoben zerbrochen hatte. Als Fluchs es beinahe nicht mehr aushielt, dem Blick des Alten standzuhalten, antwortete Bauer Jorgens auf die Frage des Jungen. »Na gut. Ich werde dir Arbeit geben. 3 Taler pro Tag. Du fängst kurz vor Sonnenaufgang an und bleibst bis in die Abendstunden.

Wenn du nicht kommst, wirst du auch nicht bezahlt.« Die Stimme des Bauern wurde bei der Aufzählung seiner Pflichten immer energischer, doch Fluchs hielt aus und nickte stumm.

»Du bekommst nichts zu essen und du wirst genau das tun, was wir dir auftragen. Tust du das nicht, wirst du ebenfalls nicht bezahlt.« Seine Miene wurde zusehends dunkler und bei den letzten Worten ging er mit festen Schritten auf Fluchs zu.

»Und wenn ich dich beim Faulenzen oder Klauen erwische, dann werde ich dich höchstpersönlich an den Ohren vom Hof schleifen. Verstanden, Junge?« Er blickte Fluchs herausfordernd an.

»Ja, verstanden«, entgegnete Fluchs und wollte sich gerade aufrichten, als ihm der Bauer die Hand reichte, um ihm aufzuhelfen.

»Dann legen wir mal los. Ich habe genau die richtige Aufgabe für dich.« Fluchs meinte, ein Lächeln über die Lippen des Bauern huschen zu sehen, der obendrein unangenehm nach Schweiß roch. Er ergriff die Hand und wurde unsanft mit einem starken Ruck auf die Beine gezogen. Gemeinsam gingen sie zuerst in die Scheune, wo Fluchs zum ersten Mal eine unglaublich große Menge Heu angehäuft sehen konnte. Hier würde es sich sicherlich gut arbeiten lassen, dachte er bei sich. Doch sie verließen die Scheune auf der anderen Seite wieder, nachdem er eine Schaufel und eine Schubkarre bekommen hatte, die er nun hinter Bauer Jorgens herschob. Die hölzernen Räder waren zwar beschlagen, doch die hinter der Scheune gelegene

Weide war über und über mit Löchern und Mulden übersät. Stellenweise hatten die verschiedenen Tiere das Gras zertrampelt, so dass nur noch die braune Erde zu sehen war. Er musste sich mehrmals mit vollem Gewicht gegen die Griffe stemmen, um nicht mit dem Rad stecken zu bleiben. Sie gingen auf die Ställe zu, in denen die Tiere untergebracht waren, und betraten das große Gebäude dahinter. Fluchs staunte. Hier drinnen sah es gemütlicher aus, als er erwartet hatte. Von außen machte das Gebäude nicht viel her, es war ein Bretterverschlag mit Dach, doch im Inneren war alles hervorragend ausgebaut. Er zählte auf jeder Seite zwölf Boxen, an die sich im hinteren Teil des Stalles noch ein Hühnerstall anschloss. Der angenehm würzige Geruch von Tieren zog ihm in die Nase und auch hier konnte er sich gut vorstellen zu arbeiten. Er malte sich aus, wie er mit einem Sack Getreide von Tier zu Tier ging, um es zu füttern, und Wasser holte für die Tränken. Bauer Jorgens blieb bei der ersten Box stehen und drehte sich zu Fluchs um.

»Wenn du diesen Riegel hier kräftig zur Seite ziehst, öffnest du die Tür.« Er zeigte auf den schweren Holzbalken, der knapp einen Meter über dem Boden die Tür zu der Pferdebox versperrte.

»Pass gut auf, dass du den Riegel wieder vorschiebst, wenn du mit der Arbeit fertig bist«, fuhr Bauer Jorgens fort.

»Was soll ich denn genau tun?«, fragte Fluchs. Erneut durchzog ein Lächeln das Gesicht des Mannes, dieses Mal war sich Fluchs ganz sicher, es richtig gesehen zu haben.

Bauer Jorgens schob den Riegel zur Seite, öffnete die Tür und nahm dann die Schaufel von der Schubkarre.

»Komm nur rein. Ich zeig dir, wie das geht«, tönte es aus der Box und Fluchs ging neugierig hinein.

»Das hier ist alles seit heute Morgen dazugekommen. Also nimmst du die Schaufel, dann schiebst du sie mit einem Ruck über den Boden und zack, mit dem Mist in die Karre.« Ein Schauer lief Fluchs über den Rücken.

»Ich soll wirklich den Mist in die Karre schaufeln?«, fragte er bestürzt, während ihm ein starkes Ekelgefühl den Magen umdrehte. Er fürchtete, sich bei dem Geruch übergeben zu müssen, und hielt sich den Hemdärmel vor die Nase. Doch der unmissverständliche Gesichtsausdruck des Bauern entfachte in ihm ein Gefühl des Trotzes. Er musste unbedingt das Geld zusammensparen, egal wie viel Überwindung es ihn kosten würde. Er rang sich einen gleichgültigen Gesichtsausdruck ab und schluckte jegliches Ekelgefühl herunter.

»Kein Problem«, antwortete er mit einem gequälten Lächeln, dann nahm er Bauer Jorgens die Schaufel aus der Hand und begann mit der Arbeit.

»Nach dieser Box sind die anderen dran«, rief ihm Bauer Jorgens noch zu, während er zufrieden pfeifend und beschwingt aus der Scheune ging. Fluchs würdigte dies keiner Antwort mehr, zu sehr war er damit beschäftigt, sich auf die Haufen von großen runden Kotbällen auf dem Boden zu konzentrieren.

Die Arbeit war mühselig und bereits nach einer halben Stunde hatte Fluchs die erste Blase an der rechten Hand.

Mit schmerzverzerrtem Gesicht kämpfte er dagegen an, so lange es ging, musste dann jedoch eine Pause einlegen. Er riss sich ein Stück Stoff aus dem Hemd und band es um den trockenen Griff der Schaufel. Es war sein einziges Hemd, doch er hielt den Schmerz anders einfach nicht aus. Vielleicht konnte seine Schwester das Stück Stoff wieder annähen, um das Hemd zu flicken. Dann fuhr er mit seiner Arbeit fort, bis die Karre gefüllt war.

Er rief nach dem Bauern, und als dieser von der Scheune aus bei ihm angelangt war, wurde Fluchs in den zweiten Schritt seiner Arbeit eingewiesen. Es galt nun den schweren Karren mit der übel riechenden Ladung hinter die Ställe zu fahren, wo ein großer Misthaufen in einer Mulde aufgeschüttet war. Ein furchtbarer Geruch stieg daraus empor und Fluchs war unfähig, ihn zu ignorieren. Er versuchte, flach zu atmen und hielt zwischen den einzelnen Atemzügen immer wieder die Luft an - vergebens.

Einige Atemzüge später musste er aufstoßen und konnte ein Würgen nicht unterdrücken. Er übergab sich direkt neben den Misthaufen und sorgte sich in dem Moment nur darum, dass der Bauer dies nicht als Anlass nehmen würde, ihn zu entlassen. Dieser kippte jedoch nur mit einem Kopfschütteln den Inhalt des Karrens auf den restlichen Haufen und fuhr ihn dann zum Stall zurück.

»Na, komm schon, Junge! Du hast noch einiges vor dir«, rief er ihm zu, während er in der Tür des Stalls verschwand. Fluchs riss sich zusammen und folgte ihm.

Die nächsten Stunden verliefen wie im Flug. Fluchs hatte zuerst das Gefühl gehabt, dass es eine Ewigkeit dauern würde, bis er alle Boxen gesäubert hatte. Doch die Zeit schien schneller zu vergehen und die Arbeit bei den Kühen machte ihm sogar Spaß. Diese Tiere schienen keine Sorgen zu haben und im Allgemeinen die gutmütigsten und friedlichsten Tiere auf der Welt zu sein. Als er den Karren das nächste Mal abkippen musste, stellte er ihn noch weit vorher ab und ging dann langsam auf den Haufen zu. Er versuchte, die passende Distanz zu finden, an der er noch ohne Brechreiz einatmen konnte, merkte sich die Stelle, als er sie gefunden hatte, und ging dann zurück zum Karren. Er schob ihn an, bis er die Stelle erreicht hatte, und holte tief Luft. Dann beeilte er sich damit, den Karren bis zur Kante zu schieben und zu entleeren. Geschafft! Auf diese Weise wurde der Geruch nicht zu schlimm, solange die Karre schnell genug gekippt und zurückgefahren wurde. Schon bald hatte er seinen eigenen Rhythmus gefunden und fuhr fortan fließend mit der Arbeit fort.

Nachdem er alle Boxen gesäubert hatte, musste er sich um das Füttern der Tiere kümmern. Bereits jetzt hatte er kaum noch Kraft in den Armen, und als Mathilde, die Frau von Bauer Jorgens, ihm die schweren Futtersäcke zeigte, knurrte sein Magen laut. Zum Glück musste er nicht die vollen Säcke schleppen, sondern konnte einen Eimer mit der Mischung aus Körnern und Kräutern befüllen.

Als seine Arbeit erledigt war, kam Bauer Jorgens zu ihm und begutachtete sein Tagewerk. Zufrieden stand er im Eingang des Stalls und nickte. »Gar nicht mal schlecht, Junge.«

Fluchs fühlte sich geschmeichelt und lächelte, während er ebenfalls nickte. Er war wirklich stolz auf das, was er heute geschafft hatte, und konnte sich nicht daran erinnern, wann er zuletzt so hart gearbeitet hatte.

»Danke sehr«, sagte er zum Abschied, als er nach Hause gehen wollte. Doch Bauer Jorgens klopfte ihm auf die Schulter und hielt ihn zurück.

»Nicht so schnell, mein Junge. Erst wird noch gegessen.«

Fluchs sah ihn überrascht an.

»Wer hart arbeitet, hat sich was zu essen verdient«, erklärte Jorgens und fuhr weiter fort: »Außerdem brauchst du was Ordentliches zu essen, wenn du morgen wieder hier arbeiten willst. Du bist ja nur Haut und Knochen.«

Er lachte und sie gingen gemeinsam ins Haus, wo Mathilde eine Schüssel mit klarem Wasser vorbereitet hatte. Sie wuschen sich die Hände und Gesichter, trockneten sich ab und betraten dann gemeinsam die Stube.

Als Fluchs dort den gedeckten Tisch sah, staunte er nicht schlecht. Brot, Käse, Eier und sogar geräucherte Wurst lagen hier neben frischen Tomaten und Gurken auf dem Tisch. Verlegen setzte er sich erst, als man ihm einen Platz zuwies. Gemeinsam saßen sie am Tisch und begannen zu essen. Fluchs überlegte, ob er etwas von den Speisen in seiner Jackentasche verschwinden lassen konnte, hatte jedoch zu viel Angst, es könne ihm als erneuter Diebstahl ausgelegt werden, und ließ es sein.

»Wie geht es denn deiner Schwester? Wir haben sie lange nicht gesehen«, fragte Frau Jorgens und Fluchs erzählte kurz von ihrer Krankheit. Er wollte kein Mitleid erregen, doch er war um so dankbarer, als Mathilde ihm etwas von dem Essen für seine Schwester mitgeben wollte.

Er schüttelte den Kopf.

»Das kann ich nicht annehmen. Schließlich bin ich zum Arbeiten hier. Ich habe noch so vieles wiedergutzumachen.«

»Unsinn, mein Junge. Lass nur gut sein. Außerdem«, fuhr Mathilde fort, »bestehe ich darauf.«

Zumindest Brot und haltbare Wurst musste er mitnehmen.

»Vielen Dank. Ich danke Euch vielmals.« Fluchs verbeugte sich leicht.

»Wir haben genug, mein Junge. Nimm nur. Außerdem hast du es dir *verdient*, nicht wahr, Robert?« Mit einem scharfen Blick sah sie ihren Mann über den Tisch hinweg an.

»Jaja, ist ja schon gut«, antwortete dieser, um sich dann an Fluchs zu wenden. »Vertrau mir, Junge, und höre auf diesen einen Rat: Es ist besser, wenn du tust, was sie sagt.« Er lachte und auch der Rest der Familie stimmte mit ein. Fluchs merkte, wie sehr er den Zusammenhalt einer Familie vermisst hatte. Nun hatte er eine Chance, auch eines Tages wieder glücklich leben zu können. An diesem Abend ging er pfeifend mit einem Korb voller Leckereien nach Hause.

KAPITEL 5

Die Tage bis zum Ende des Monats flogen nur so dahin. Tagsüber arbeitete Fluchs entweder auf dem Hof von Bauer Jorgens oder aber im Garten von Trella, jeden Abend stand er auf der Bühne. Gerade das Musizieren fiel ihm anfangs nicht mehr leicht, da die Blasen an seinen Händen beinahe unerträglich schmerzten, wenn die dünnen Seiten aus Metall hineinstachen. Doch Fluchs schluckte den Schmerz einfach hinunter und stellte sich vor, wie schlimm die dauerhaften Schmerzen seiner Schwester sein mussten. Seine Wunden verheilten schnell wieder und schon bald hatte sich eine widerstandsfähige Schicht aus Hornhaut über den am meisten strapazierten Stellen seiner Hände gebildet.

Außerdem musste er sich nicht mehr während der Arbeit am Misthaufen übergeben und durch die körperliche Belastung und das gute Essen hatte er nach vier Wochen das Gefühl, stärker und auch schwerer geworden zu sein. Nur noch sehr dünn schienen die Rippen unter seiner Haut hervor. Täglich erwartete er die Rückkehr des Fremden, befürchtete allerdings auch, dass dieser vielleicht doch nicht auftauchen würde. Für diesen Fall nahm er sich vor, das bisher gesammelte Geld seiner Schwester zu schenken. Er hatte sich bereits ein gutes finanzielles Polster erschaffen, und selbst wenn er nicht mehr arbeiten würde, könnten sie davon einige Wochen gut leben.

Als erneut der Vollmond am Himmel stand und Fluchs nach seinem Auftritt aus der Schenke trat, wartete der unbekannte Mann vor der Tür. Seine blasse Haut und die blonden Haare sahen im Mondlicht aus, als seien sie aus Silber, nicht aber wie die Haut eines normalen Menschen. Er freute sich, dass der Mann sein Versprechen gehalten hatte, und begann, ohne eine Begrüßung abgewartet zu haben, ungeduldig mit seinem Anliegen.

»Ich nehme den Auftrag an!« Die Worte platzen förmlich aus ihm heraus.

Der Mann lachte. »Nicht so schnell, mein junger Freund. Lass uns erst einmal hinein gehen. Ich bin gerade erst angekommen und könnte wirklich ein kühles Bier vertragen.«

Fluchs willigte ein und sie betraten gemeinsam die Schänke.

»Habt Ihr eine weite Reise hinter Euch?«, fragte Fluchs neugierig.

»So könnte man es ausdrücken. Ich habe dir ja bereits erzählt, dass mein Herr mich in die Welt schickt, um begabte Künstler in seinen Dienst zu stellen.«

Sie setzten sich an einen der vielen freien Tische. Die Schänke war an diesem Abend nicht sonderlich gut besucht und so saß kein Gast in Hörweite.

»Warum wollt Ihr ausgerechnet mich? Arbeiten noch andere Geigenspieler für Euren Herrn?«, fragte Fluchs aufgeregt.

Doch bevor der Fremde die Frage beantworten konnte, stand Brentar der Wirt neben ihnen. Seine rechte

Augenbraue hatte er leicht angehoben. Das war für Fluchs ein klares Zeichen für seine Ungeduld.

Die Augen des wortkargen Wirtes wechselten schnell zwischen ihm und dem Fremden hin und her.

»Na, meine Herren, was darf's sein? Fluchs? Heute noch etwas länger als Gast hier?«

»Na ja«, begann Fluchs, dessen Bein vor lauter Ungeduld und Aufregung nervös unter dem Tisch auf- und abschnellte. »Heute gönne ich mir nach der gelungenen Aufführung mal einen guten Krug Bier. Und für meinen Freund ...«, er blickte den Mann neben sich an und stockte. Er hatte noch immer keine Ahnung, wie der Mann eigentlich hieß.

»Für mich auch bitte einen Krug Bier«, antwortete dieser mit einem freundlichen Lächeln. »Kommt sofort.« Der Wirt nickte und ging zurück zur Theke.

Der Unbekannte sah Fluchs an und setzte das Gespräch fort.

»Bevor wir weiter reden, sollten wir uns erst einmal richtig vorstellen, denkst du nicht? Ich bin zwar kein vornehmer Kerl, aber ein *paar* gute Manieren habe ich dann doch noch.« Er lachte und Fluchs stimmte verlegen in das Lachen ein.

»Mein Name ist Roland Johannsen, Adjutant meines Herren, des hohen Fürsten Belias.« Er streckte Fluchs über den Tisch die Hand entgegen. »Es freut mich, deine Bekanntschaft zu machen.«

Fluchs reichte ihm ebenfalls die Hand und stellte sich vor. Der Händedruck Rolands war fest und kräftig, ohne jedoch zu schmerzen, was Fluchs angesichts seiner muskulösen Arme überraschte. Von einem solchen Mann hätte er erwartet, dass er Holzfäller oder Bergmann war, doch alles an seiner Erscheinung deutete mindestens auf einen höheren Stand als den seinen hin.

Die Kleidung war sauber und ohne Löcher, ganz im Gegensatz zu seiner eigenen, und an der Seite der wattierten Weste waren kleine Verzierungen aus Eisen zu sehen. Fluchs bemerkte plötzlich, dass er seinen neuen Bekannten anstarrte, wodurch sich zwischen ihnen eine unangenehme Stille entfaltet hatte. Schnell versuchte er, das Gespräch wieder aufzunehmen. »Nun, ich wollte…« Er stockte, während er nach den richtigen Worten suchte. »Eigentlich wollte ich wissen …«

»Du hast mich vorhin gefragt, ob noch andere Geigenspieler im Dienste meines Herren stehen«, half ihm Roland.

»Ja, genau. Also? Wie viele Geigenspieler sind denn nun bei ihm beschäftigt?«

»Mein Herr hat schon viele Musiker gefördert, aber er lädt auch begabte Künstler und Handwerker ein, um ihr Talent für einige Tage oder Wochen zur Schau zu stellen.«

»Danach entlässt er sie alle wieder?« Fluchs kam das seltsam vor. Er fragte sich, warum man nicht die besten Leute weiter beschäftigen sollte, wenn ihre Musik den Hörern zusagte.

»Mein Herr liebt die Vielfalt. Darum darf sich immer wieder ein anderer Künstler einige Wochen lang beweisen.« Das Bier wurde gebracht und sie stießen kurz und kräftig mit den schweren Steinkrügen an. Fluchs schluckte einen kleinen Schluck Bier hinunter und erinnerte sich schlagartig daran, warum er dieses Getränk stets gemieden hatte. Es war ihm einfach viel zu bitter und gleichzeitig zu süß. Eine ekelhafte Mischung, wie er fand. Er versuchte, sich nichts anmerken zu lassen, und hörte den Ausführungen Ronalds weiter aufmerksam zu.

»Bei dir hat der Herr jedoch etwas anderes vor. Wir wollen dich nicht langfristig zu Gast haben, sondern lediglich für einen einzigen Abend anheuern.«

Fluchs beugte sich vor und stützte seine Arme auf dem Tisch ab.

»Es geht um ein jährliches Bankett, das im Schloss abgehalten wird. Zu diesem Anlass werden zahlreiche Gäste und Freunde des Fürsten das Schloss besuchen. Das Essen wird herzhaft sein und das Bier reichlich. Darum dachten wir an jemanden aus einer gewöhnlichen Schänke, um die Gäste angemessen zu unterhalten.«

Fluchs überlegte kurz, bevor er antwortete. »Soll ich nicht besser etwas Vornehmes spielen? Vielleicht auch etwas zum Tanzen?«, und dann mehr zu sich selbst: »Vielleicht nichts zum Mitsingen, das wäre bestimmt unpassend.«

Roland lachte schallend und legte seinen Arm auf Fluchs‘ Schulter. »Keine Sorge, Kleiner, es ist uns ganz egal, was du spielst. Wirklich wichtig ist, dass du das spielst, was dir gefällt und von Herzen kommt. Dann werden wir es auch mögen, das versichere ich dir.«

Fluchs nickte. »Dann bin ich dabei.« Sie schlugen erneut mit einem Händedruck ein und tranken noch etwas, bevor sich Roland zum Schlafen verabschiedete, da er von der Reise sehr erschöpft war. Zum Abschied überreichte er Fluchs noch einen Briefumschlag, auf dessen oberer rechter Ecke eine blaue Feder abgebildet war. »Darin wirst du alles finden, was du wissen musst. Der Inhalt wird dir den Weg zum Schloss zeigen. Ich wünsche dir eine gute Reise und hoffe, dass wir uns bei dem Bankett im Schloss wiedersehen.« Fluchs bedankte sich noch einmal überschwänglich und ging nach Hause.

Seine Schwester schlief bereits, was er dadurch erkannte, dass unter ihrer Tür kein Licht mehr zu sehen war. Also schlich er leise in seine Kammer, schloss behutsam die Tür hinter sich und setzte sich auf sein Bett. Rastlos stand er wieder auf und kletterte auf die Bettkante, um die Fensterläden zu öffnen. Als das Mondlicht in das Zimmer fiel, setzte er sich wieder. Sachte zogen seine zittrigen Finger den Brief aus seiner Hemdtasche und entfalteten ihn.

Das Mondlicht reichte aus, dass er die Feder auf dem Brief erkennen konnte. Sie schien durch das Mondlicht förmlich zu leuchten. Auf der Rückseite des Briefes hielt ein Siegel das Papier davon ab, den Inhalt des Briefes preiszugeben. Dieses Siegel zierte ebenfalls die Silhouette einer Feder. Fluchs vermutete, dass es ein offizielles Zeichen des Fürsten war. Er wog den Umschlag in beiden Händen hin und her und fühlte sein Gewicht. Es kam ihm so vor, als sei der Brief schwerer, als man äußerlich von der Größe her hätte vermuten können. Hastig kratzten seine Finger das harte Wachs von dem Verschluss des Briefes und zogen ein Bündel Papiere heraus. Seine Hände zitterten vor

Aufregung und er musste sich einen Moment sammeln, bevor er die gefalteten Blätter auseinander zog.

Insgesamt enthielt der Brief zehn fein beschriebene Seiten mit Informationen, darunter einige Karten und Skizzen. Die erste Seite war aufwändig mit feinen Initialen verziert und mit Goldfaden bestickt. Fluchs begann zu lesen.

»Den Tönen zur Ehre, seid gegrüßt, Freund. Mein Name ist Fürst Belias und es bereitet mir ein aufrichtiges Vergnügen, Euch im Kreise der besten Künstler aus aller Herren Länder begrüßen zu dürfen. Seit mehreren Jahren schon sammele ich die schönsten Eindrücke, die sich auf dieser Welt finden lassen, und lade jedes Jahr einen Kreis erlesener Freunde und Kunstinteressierter ein, um auf meinem Schloss ein großes Bankett zu feiern.

Die Vorbereitungen hierfür starten jedes Jahr einige Monate vorher und ich bin mir sicher, dass es auch dieses Jahr wieder ein rauschendes und schillerndes Fest sein wird. Aus diesem Grunde ist es auch von höchster Wichtigkeit, dass ihr euch früh genug im Schloss einfindet. Kommt um keinen Preis zu spät. In Eurem Fall, verehrter Herr Fluchs, gestaltet sich die Anreise besonders schwierig, denn Ihr seid der bisher am entferntesten anreisende Musiker, den unsere Hallen je empfangen haben.«

Fluchs stockte. War er tatsächlich in diesem Brief direkt angesprochen? Woher konnte der Fürst gewusst haben, dass er zusagen würde? Er las den letzten Satz erneut, nur um sicher zu gehen, dass er sich nicht geirrt hatte. Tatsächlich stand dort sein Name. Verwundert las er weiter.

»Meinen Berechnungen zufolge dürfte Euch die Anreise zwischen vier und sechs Wochen kosten. Natürlich setzt diese Annahme voraus, dass Ihr nicht sonderlich aufgehalten werdet. Bitte versteht, dass wir Euch die Kosten für die Reise erst erstatten können, wenn Ihr im Schloss angekommen seid. Ihr müsst für die Anreise also selbst bezahlen. Ich bin mir absolut sicher, dass ein so kreativer Kopf, wie Ihr es seid, einen Weg finden wird. Anbei erhaltet Ihr eine Wegbeschreibung sowie eine Eintrittskarte, die Ihr den Wachen am Eingang zeigen müsst. Nur dann wird die Wache Euch Einlass ins Schloss gewähren. Tragt die Karte immer bei Euch und verliert sie auf keinen Fall. Die Wachen sind sehr pflichtbewusst und werden Euch ohne die Karte nicht einlassen.

Gebt auf Eurer Reise Acht und vergesst nicht, Euer Instrument sicher zu verstauen. Ich freue mich darauf, Eure Musik persönlich zu hören, und verbleibe hochachtungsvoll.

Fürst Belias.«

Fluchs drehte das Blatt um, und wie beschrieben lag dort eine mit Goldfaden bestickte Karte. Sie hatte die Größe von einer Handfläche. Das Material, aus dem sie bestand, fühlte sich jedoch nicht wie normales Papier an. Es war etwas härter und rau, beinahe so wie Leinen. Der Goldfaden glänzte im Mondlicht, und wenn Fluchs die Karte drehte, erschienen auf dem Papier aufwändige Verzierungen aus Silber, die wie die Feder auf dem Umschlag schwach von innen heraus leuchteten. Erstaunt schätzte er, dass der Wert der Karte alleine bei einigen Silbertalern liegen musste.

Er hielt hier ein kleines Vermögen in den Händen, was auch erklärte, warum er diese Karte nicht verlieren durfte. Neben einer blauen Feder war auch sein Name eingestickt.

Leise las er die Karte vor.

»Einladung zum großen Bankett des Schlosses Silberstein für *Herrn* Fluchs, Musiker. Nur gültig bei Vorzeigen bei der Schlosswache.«

Die restlichen Seiten des Briefes enthielten eine Wegbeschreibung und einige Skizzen von besonders markanten Orten. Nach ihnen sollte er sich unterwegs orientieren. Je weiter er jedoch durch die Seiten blätterte, desto mehr legte sich seine anfängliche Freude.

Bis auf die Orte der ersten Seite hatte er noch von keinem der erwähnten Orientierungspunkte gehört. Besorgt faltete er die Blätter wieder zusammen und steckte sie zurück in den Umschlag, welchen er dann auf dem Nachttisch ablegte. Lediglich die Karte behielt er vorerst in den Händen und legte sich rücklings ins Bett. Durch die geöffneten Fensterläden wehte kühle Herbstluft in seine Kammer. Fluchs lehnte an der Kopfstütze des Bettes, den linken Arm hinter seinem Nacken verschränkt. Mit der rechten Hand ließ er die Karte immer wieder im Mondlicht aufblitzen und las voller Stolz die Inschrift.

»Herr Fluchs, Musiker.« Mit einem zufriedenen Lächeln schlief er im Licht des Mondes ein.

KAPITEL 6

Bereits am nächsten Morgen begann Fluchs mit den Vorbereitungen für die bevorstehende Reise. Er hatte keine Ahnung, wie weit das Schloss entfernt war, doch es musste wohl eine gewaltige Strecke sein, wenn er nur von wenigen der Orte gehört hatte. Sonnenfeld im Nordosten kannte er noch, es war die nächste große Stadt in diese Richtung. Sie lag ungefähr zwei Tagesreisen entfernt, so schätzte Fluchs. Er selbst war noch nie dort gewesen, wusste allerdings, dass Bauer Jorgens immer am ersten Tag des Monats dort hinfuhr, um auf dem Markt seine Ernte zu verkaufen. Zu dieser Zeit fand in der Stadt der größte Markt im Umland statt. Sämtliche Bauern der Gegend trafen hier mit Händlern aus allen Himmelsrichtungen zusammen, um Waren gegen Geld zu tauschen.

Er wäre gerne mit Bauer Jorgens gemeinsam aufgebrochen, vielleicht hätte dieser sogar einen Platz auf dem Karren für einen Mitreisenden gehabt. Leider war der Monatserste noch zwei Wochen entfernt und so lange wollte Fluchs die Abreise einfach nicht verschieben.

Er wollte, nein, *musste* so schnell wie möglich aufbrechen. Sein ganzes Vermögen betrug knapp dreihundert Kupfertaler, also umgerechnet beinahe drei Silbertaler. Die letzten Wochen hatten sich wirklich sehr positiv auf seinen Geldbeutel ausgewirkt. Fluchs empfand Stolz darüber, so viel Geld angespart zu haben. Zwanzig Taler wollte er selbst behalten, das restliche Geld würde er zwischen Trella und seiner Schwester aufteilen. Er nahm sich vor, auf der Reise, wann immer es möglich war, seine Geige zu benutzen, um für einige Taler zu spielen. Auf diese Weise würde sein Geld sicherlich reichen.

Außerdem würde ihm die zusätzliche Übung guttun, schließlich hatte er einen großen Auftritt vor sich und konnte sich so besser vorbereiten.

Er stieg aus dem Bett, bereitete seiner Schwester das Frühstück zu und begann dann sein Gepäck zusammenzustellen. Zuerst brauchte er einen Rucksack, am besten aus Leder, damit der Inhalt vor Regen geschützt war. Zum Glück hatte er genau so einen Rucksack bei seiner nächtlichen Durchsuchung vor einigen Wochen auf dem Dachboden gesehen. Er ging sofort die Stufen hinauf, holte den Rucksack hervor, der noch immer in der Ecke des Raumes stand, und brachte ihn nach draußen. Mit kräftigen Stößen klopfte und schüttelte er feinen Staub und dünne Spinnen aus dem Leder heraus. Dann entleerte er alle Taschen und wusch den Rucksack sowohl von innen als auch von außen ab.

Zum Schluss hängte er ihn an einen Haken neben der Haustür, wo er in der Sonne trocknen konnte. Das Leder fühlte sich nun ganz glatt an und verbreitete einen angenehm schweren Ledergeruch. Seinen Geigenkoffer hatte er nur schnell überprüft und dann die Schrauben der Scharniere festgezogen. Sie hatten sich in den letzten Jahren immer wieder gelockert, weshalb Fluchs sie nun ganz besonders fest zog. Er war sich nicht sicher, ob er unterwegs die Gelegenheit für Reparaturen hatte, und ein Sortiment an schwerem Werkzeug wollte er lieber nicht mitnehmen.

In einem der Küchenschränke fand Fluchs einen alten Wasserschlauch, welchen er mit einer Schnur an seinem Rucksack befestigte. Über seine Garderobe machte sich Fluchs wenig Gedanken. Die Auswahl an Kleidung, die er mitnehmen konnte, war ohnehin eingeschränkt, und so nahm er lediglich eine weitere Hose und ein zusätzliches Paar Fußlappen mit. Ansonsten wollte er mit dem auskommen, was er am Körper trug.

Einzig einen Mantel, der ihn vor schlechtem Wetter schützte, hätte er gerne gehabt, doch da er einen solchen nicht besaß und sich auch keinen leisten konnte, verwarf er diesen Wunsch wieder. Stattdessen machte er sich Hoffnung: Bisher hatte sich alles gut zueinander gefügt, da würde das Wetter sicherlich keine Ausnahme sein. Schon seit Tagen hatte es gutes Wetter gegeben und in den letzten Wochen waren nur selten Regenwolken aufgezogen.

Die Vorbereitungen dauerten den ganzen Morgen an. Er hatte noch Nadel und Faden, Zunder und Feuerstein sowie einige Kerzen eingepackt, außerdem nahm er das letzte Papier, das er besaß, aus dem Nachttisch und steckte es ein. Um die Kochutensilien kümmerte er sich zuletzt. In der Küche fanden sich eine kleine Pfanne und zwei Holzbecher, die er und seine Schwester eigentlich nie benutzt hatten.

Die Becher wanderten gemeinsam mit dem Holzlöffel, den er seit seiner Kindheit benutzt hatte, in den Rucksack.

Die Pfanne band er mit einer Schnur an die Rückseite seines Rucksacks.

Zufrieden blickte er auf sein Tagewerk an und nickte. Das war alles, was er für eine Reise mitnehmen konnte, und das musste an Vorbereitungen genügen. Den Brief hatte er in ein Ledertuch eingeschlagen, damit er geschützt war. Die Karte jedoch steckte er in einen Riss des Innenfutters seines Rucksacks. Sollte ihn jemand durchsuchen, würde die wertvolle Karte auf diese Weise nicht sofort auffallen.

Nachdem er alles verstaut hatte, machte er sich auf den Weg zu Bauer Jorgens. Die Verabschiedung war sehr herzlich und insbesondere Frau Jorgens wünschte Fluchs viel Glück. Sie gab ihm etwas Hartkäse, Trockenfleisch und ein Stück Brot, das er dankend annahm. Sie versprach, gelegentlich auch etwas Gemüse bei seiner Schwester vorbei zu bringen, sofern es beim Verkaufen auf dem Markt übrig geblieben war. Er bedankte sich und verabschiedete sich noch zwei weitere Male, bevor er den Hof endlich verlassen konnte. Als Nächstes ging er zu Trella. Bisher hatte er niemandem erzählt, wie lange er nicht da sein würde, lediglich, dass er eine Reise unternahm. Doch Trella blickte ihn mit bohrendem Blick an.

»Wie lange wirst du wegbleiben?«, fragte sie ihn mit spitzer Stimme.

»Ich weiß es noch nicht. Allerdings hoffe ich, dass ich in spätestens drei bis vier Monaten wieder zuhause bin.«

»Und du glaubst, ich lasse dich einfach so gehen?« In ihren Augen meinte Fluchs Trauer zu erkennen. »Es tut mir leid, Trella. Du weißt, dass ich gehen muss.«

»Ach ja? Weiß ich das?« Sie drehte sich in ihrer kleinen Küche um und nahm einen Becher aus dem Schrank hinter sich. Dann zog sie eine Flasche aus einem der Regale und setzte sich an ihren Küchentisch. Ihr Blick deutete erst auf Fluchs, dann auf den Stuhl ihr gegenüber. Wortlos gehorchte er. Sie band sich die mit Mehl bestäubte Schürze ab und hängte sie hinter sich auf die Lehne.

»Hör mal, Trella. Ich hab ein tolles Angebot bekommen und kann gutes Geld verdienen. Mehr als ich hier in einem ganzen Jahr verdienen könnte«, beschwichtigte Fluchs mit betont sanfter Stimme.

»Mein lieber Junge«, begann sie ebenso sanft und griff mit beiden Händen seine linke Hand, »es ist noch nie etwas Gutes entstanden aus der Hoffnung, schnell reich zu werden. Hast du dir das auch wirklich gut überlegt?«

Fluchs nickte. »Ich verspreche es dir. Und ich komme mit Sicherheit in einem Stück zurück.«

Sie schüttelte resigniert den Kopf. »Nun gut. Aber lass mich dir wenigstens helfen.«

Sie stand auf, ging in eine Kammer hinter der Küche und kam kurz darauf mit einer kleinen Umhängetasche zurück. »Das hier sind einige Kräuter, die du von mir bereits kennst.«

Sie zog ein Bündel gelber gezackter Blüten hervor. »Das hier ist Knispenkraut, das hab ich dir früher zu kauen gegeben, wenn du Bauchschmerzen hattest.«

Sie öffnete ein kleines Tongefäß und bat ihn, daran zu riechen. »Das hier ist Bärenblatt. Das hilft hervorragend bei

Fieber. Nimm nur nicht zu viel davon, hörst du? Eine Messerspitze genügt.« Er nickte.

»Als Letztes hab ich hier noch Norinsdistel. Wenn du sie zerreibst und mit heißem Wasser zu einem Brei aufgießt, kannst du daraus Umschläge machen und auf Verletzungen legen. Dann entzünden sie sich nicht so leicht. Und zuletzt hab ich hier noch Nadeln von der Zarentanne. Sie geben einen ausgezeichneten Tee. Er wird dich warm halten, wenn es kalt wird.«

Er nahm die Tasche entgegen und bedankte sich. Dann reichte er ihr das Säckchen mit Geld. »Hier, Trella. Das sollte reichen, bis ich wieder zuhause bin. Versprich mir, dass du dich gut um meine Schwester kümmerst.« Trella machte mit beiden Händen eine beschwichtigende Bewegung.

»Es wird ihr an nichts fehlen, das versichere ich dir.« Dann standen beide auf und Trella fiel Fluchs um den Hals. Sie drückte ihn so fest, dass ihm beinahe für einen Moment die Luft wegblieb. Nachdenklich ging er nach Hause.

Er hatte nun nur noch einen Abschied hinter sich zu bringen, doch vor diesem Gespräch fürchtete er sich schon seit Wochen. Um seine Schwester nicht zu belasten, hatte er sein Geheimnis bisher für sich behalten. Er erkannte nun, dass sie in all den Jahren nichts anderes getan hatte, als ihn zu schützen. Ebenso wollte er nun Schaden von ihr abwenden. Doch Fluchs wollte nicht aufbrechen, ohne ihr Bescheid zu sagen. Es wäre falsch gewesen und er war überzeugt, ihr die Wahrheit schuldig zu sein. Schweren

Schrittes öffnete er die Tür zu ihrem Zimmer und setzte sich zu ihr auf Bett. Sie strahlte ihn an, so wie immer.

»Na, mein Lieber, bist du bereit für deine große Reise?«

Überrascht sah er sie an. »Aber woher weißt du ...?«

»Ach, Fluchs.« Sie fuhr ihm mit der Hand über den Kopf. »Ich liege hier den ganzen Tag und das Einzige, was ich tun kann, ist aufmerksam zu lauschen. Und ich verspreche dir, dass ich dich noch nie so viel habe herumlaufen hören wie heute.«

Mit einem Augenzwinkern fügte sie noch hinzu: »Außerdem redet das ganze Dorf heute auf der Straße von nichts anderem mehr.«

»Bauer Jorgens?«, fragte Fluchs mitleidig und seine Schwester lächelte verschmitzt.

»Seit du bei Bauer Jorgens gewesen bist, um dich zu verabschieden, gibt es kein anderes Thema mehr.«

Fluchs seufzte. »Die Jorgens können auch nichts für sich behalten. Richtige Plappermäuler sind das.«

Sie legte eine Hand auf seine Schulter und die Bewegung schien ihr einen Moment lang starke Schmerzen zu bereiten.

Er wollte sie unbedingt fragen, wie lange es ihr schon so schlecht ging, doch brachte er kein Wort mehr heraus. Er war zu sehr damit beschäftigt, den Kloß in seinem Hals zu unterdrücken, um nicht auf der Stelle in Tränen auszubrechen.

»Es ist dir wirklich wichtig zu gehen, oder?«, fragte sie ihn nach einer kurzen Pause.

Er nickte.

»Dann wünsche ich dir eine ganz ausgezeichnete Reise. Bitte vergiss mich nicht, ja? Und egal was passiert, du wirst immer mein wundervoller kleiner Bruder sein.«

Er spürte Angst. Noch nie war er von zuhause länger als eine Nacht lang entfernt gewesen, und seit seine Schwester das Bett kaum noch verlassen konnte, hatte er darauf auch nicht mehr gehofft. Die Welt außerhalb des Dorfes war ihm fremd. Aber für sie musste er aufbrechen.

»Versprich mir«, begann er mit zitternder Stimme, »dass wir uns sprechen, wenn ich wieder zurückkomme. Komm bloß nicht auf dumme Gedanken, hörst du?«

Er fiel ihr um den Hals und sie umarmten sich kräftig. »Ich verspreche es dir.« Nachdem sie sich beide beruhigt hatten, aßen und tranken sie noch ein letztes Mal zusammen, bevor er sich schlafen legte.

Nachdem er kaum ein oder zwei Stunden geschlafen hatte, nahm er seinen Geigenkoffer und schnallte ihn an die letzte freie Stelle seines Rucksackes.

Draußen graute der Morgen und es wurde allmählich hell. Er zog die Haustür hinter sich zu und schlug auf der Straße die Richtung nach Sonnenfeld ein. Die Luft war frisch und klar und es war noch etwas kühl. Doch das nahm Fluchs kaum wahr. Vor ihm lag ein großes Abenteuer und für ihn waren dies die ersten Schritte in ein neues Leben. Erfüllt von Aufregung und Tatendrang, setzte er mutig einen Fuß nach vorne.

KAPITEL 7

Die ersten Kilometer seiner Reise gestalteten sich einfacher, als Fluchs befürchtet hatte. Ohne jede Mühe schritt er mit gleichmäßigem Takt die trockene Straße entlang. Sein Gang war aufrecht und mit jedem Blick sah er sich zu einer anderen Richtung um. Musste es hier nicht etwas Besonderes zu sehen geben?

Tatsächlich entdeckte er vieles, was sein Interesse und seine Neugier weckte. Zum Beispiel war ihm nie bewusst gewesen, dass es so viel Wald um das Dorf herum gab. Bisher hatte er stets vermutet, dass der Anteil der Felder und Wiesen in diese Richtung größer war. Er passierte einen Bachlauf, durch den eine breite Furt verlief. Es machte ihm nichts aus, dass seine Füße ein wenig nass wurden. Anhand des klaren Himmels glaubte er fest daran, dass heute ein sonniger und besonders warmer Tag seinen Lauf nehmen würde. Die Sonne stand bereits eine Hand breit hinter den Hügeln und tünchte die vor ihm liegenden Täler in ein sanftes Orangerot. Die Luft roch herrlich süß nach Blumen.

Fluchs stieß bei diesem Geruch einen freudigen Jauchzer aus, da ihm jetzt schlagartig klar wurde, dass er vorerst keinen Mist mehr würde mit der Schubkarre schieben müssen. Seine Nase war endlich von dem beißenden Gestank befreit, an den er sich trotz der vielen Arbeit in den letzten Wochen nicht völlig gewöhnt hatte.

Er hatte sein ganzes Leben in dem Dorf verbracht und konnte sich nicht daran erinnern, es jemals verlassen zu haben. Aber die Welt hier, nur wenige Stunden entfernt, erschien ihm neu und verheißungsvoll zugleich. Bei jedem Tier, das er erspähte, hielt er einige Momente inne und beobachtete es neugierig. Glücklich darüber, etwas Neues entdeckt zu haben, zog er einige Augenblicke später weiter. Eigentlich gab es hier nicht wirklich viel Unbekanntes oder Überraschendes, und doch hatte ihn die Abenteuerlust gepackt.

Alles um ihn herum erschien in einem neuen Licht. Einige der wilderen Tiere ließen sich nur aus sehr großer Entfernung wahrnehmen. Es war ihm tatsächlich noch nie passiert, dass er einen Wiesenteufel zu Gesicht bekam. Er hatte von dieser sehr scheuen Kreatur bisher nur in Geschichten gehört, aber es nie zu Gesicht bekommen. Doch die Beschreibung, die ihm nun wieder einfiel, passte genau. Bei einem Wiesenteufel handelte es sich um eine gehörnte Fuchsart, die in verschiedenen Sagen meistens durch ihre Gefräßigkeit auf sich aufmerksam machte.

Den Tieren wurde nachgesagt, dass sie an schlafende Reisende heranschlichen und nachts alle Vorräte auffraßen. Es hielt sich in der Schänke sogar die hartnäckige Behauptung, ein Wiesenteufel habe einem besonders unglücklichen Wanderer einen Zeh abgebissen, als er seine Füße zum Wärmen ans Feuer hielt und dabei einschlief. Das rotgrüne Fell erlaubte es dem Übeltäter, kurz darauf im halbhohen Gras gut getarnt und unbehelligt zu entkommen.

Fluchs glaubte an solche Geschichten nicht, er hielt sie für Schauermärchen, die man kleinen Kindern und Einfaltspinseln erzählte. Er war zu schlau, um auf solche Geschichten zu hören, und würde sich auf keinen Fall von solch einem Unsinn verängstigen lassen. Aber es gab noch viele andere Tiere zu entdecken. Eulen, Rehe und viele Vögel und Insekten streiften in den Morgenstunden durch die Felder. Einen Augenblick lang hätte er sogar schwören können, eine Wiesenfee erspäht zu haben.

Doch je weiter er sich von zuhause entfernte, desto weniger achtete er auf seine Umgebung und konzentrierte sich lieber auf seine Schritte. Der körnige Boden unter seinen Füßen gab mit jedem Schritt ein Knirschen von sich. Das war ihm bei seiner Abreise noch nicht aufgefallen, belästigte ihn jedoch nun um so mehr. Auch musste Fluchs allmählich darauf achten, seinen Atem zu kontrollieren, damit er seine Geschwindigkeit beibehalten konnte.

Die Sonne stieg unaufhaltsam weiter am Horizont hinauf und mit ihr stiegen auch die Temperaturen. Fluchs hatte keine Ahnung, wie spät es war, doch bald kam der Moment, da ihm sein Magen mit einem lauten Knurren zu verstehen gab, dass es Zeit für ein Mittagessen war.

Er drosselte seine Geschwindigkeit und schlenderte langsam weiter, bis er neben dem Weg einen Baum fand, der ihm für eine Rast angemessen erschien. Er ließ sich auf eine große Wurzel fallen, die im Halbschatten lag, und setzte den Rucksack ab. Es dauerte ein wenig, bis sich sein Atem wieder beruhigt hatte, und er nutzte die Zeit, um von dieser leichten Anhöhe aus über die Landschaft zu blicken.

In der Richtung, aus der er kam, war sein Dorf nicht mehr zu erkennen. Auf der Strecke dazwischen gab es einfach zu viele Hindernisse, die ihm die Sicht versperrten. Vor ihm erstreckte sich eine große Wiesenlandschaft, aus deren farbenfroher Blütenpracht viele kleine Waldstücke wie dunkelgrüne Tupfen hervorragten. Zu seiner Rechten schlängelte sich die Straße und verschwand weit hinten am Horizont zwischen den Ausläufern zweier bewaldeter Hügel.

Fluchs zog den Laib Brot aus seiner Tasche, schnitt sich davon eine Ecke ab und aß sie gemeinsam mit einem großen Stück Käse, das er sich vor lauter Appetit grob abgebrochen hatte. Jeder Bissen schmeckte besser als der vorherige und mündete in neuen Genüssen. Als er satt war, verstaute er seine Verpflegung wieder im Rucksack und machte sich erneut auf den Weg.

Er überlegte, wie lange er wohl noch unterwegs sein musste, bis er Sonnenfeld erreichen würde. Üblicherweise hatte die Reise von Bauer Jorgens stets vier Tage gedauert. Der erste Tag wurde zur Anreise genutzt, zwei Tage lang bot er seine Waren feil, um dann am vierten Tag wieder nach Hause zu fahren. Fluchs war nun schon einige Stunden unterwegs und war sich somit sicher, dass er eigentlich am späten Nachmittag, höchstens jedoch in den frühen Abendstunden in Sonnenfeld sein würde. Vermutlich würde schon nach den Hügeln, auf die er bei seiner Rast gesehen hatte, die Stadt zu sehen sein. Doch er hatte sich geirrt. Hinter den Hügeln führte ihn sein Weg in einen Wald, der fast ausschließlich aus Laubbäumen bestand. Verunsichert blickte Fluchs sich um.

»Ist das hier richtig?«, dachte er zweifelnd. Nachdem er einige Zeit lang erfolglos an der Weggabelung nach einem Wegweiser gesucht hatte, entschied er sich für den rechten Pfad und stapfte unsicher aufs Geratewohl los.

Unter jedem Schritt raschelte das Laub und manchmal knacksten unter seinen Füßen kleine Zweige, wenn sie von seinem Gewicht erdrückt wurden. Das störte ihn jedoch keineswegs so sehr wie das laute Knacken von Ästen, welches er hin und wieder aus den Tiefen des Waldes hörte. Die Geräusche waren zwar noch weit entfernt, dennoch wollte er hier lieber nicht verweilen, um darauf zu warten, dass sie näher kamen. Als sich die Sonne langsam dem Horizont entgegen senkte, machte sich Fluchs große Sorgen. Hatte er sich nur in der Entfernung geirrt, oder hatte er sich verlaufen? War dies vielleicht die falsche Richtung und er hatte zuvor den falschen Weg gewählt? Das war eigentlich kaum vorstellbar, schließlich zweigte nirgends eine größere Straße von seinem Weg ab. Er ging nun schneller, um noch so viel Tageslicht zu nutzen, wie es möglich war. Gleichzeitig überlegte er, wo er sein Nachtlager aufschlagen könnte. Ein Zelt besaß er nicht, also würde ein einfaches Lagerfeuer reichen müssen.

Hier im Wald war der Weg sehr hügelig, verglichen mit den flachen Feldwegen seiner bisherigen Reise. Als er einen besonders anstrengenden Anstieg geschafft hatte, reichte es ihm. Er würde nur noch ein bisschen weiter gehen und sich bei der nächsten Gelegenheit ein Lager errichten.

Die Sonne hatte den Waldrand in der Ferne bereits berührt, als Fluchs zwischen den Bäumen vor sich einen kleinen Blitz bemerkte. Er blieb abrupt stehen. Er kniff die Augen zusammen und schwankte mit dem Oberkörper von links nach rechts. Tatsächlich konnte er den Lichtblitz erneut sehen. »Ein Haus!« Er rannte los und erreichte im Schnellschritt den Waldrand, wo sich zwischen den Bäumen in nicht allzu weiter Entfernung ein Haus nach dem anderen in der untergehenden Sonne mit manchem blitzenden Butzenfenster vorstellte.

Jeder Blitz von einer Butzenscheibe schien ihn zu begrüßen und Fluchs freute sich darauf, endlich wieder unter Menschen zu sein.

Als er die letzten Bäume hinter sich gelassen hatte, blieb er mit brennendem Atem stehen.

Mit vor Staunen aufgerissenen Augen sah er vor sich, was Bauer Jorgens ihm als »imposante Stadt« beschrieben hatte. Im Tal erstreckte sich die Stadt Sonnenfeld. Umgeben von großen Feldern drängten sich Häuserreihen den Hügel im Norden hinauf, ein Bachlauf floss an der einen Seite der Stadt hinein und trat aus der anderen Seite wieder heraus. Entlang dem Bach schlängelte sich auch eine große gepflasterte Straße durch die Stadt.

Glücklich darüber, endlich sein erstes Ziel erreicht zu haben, setzte sich Fluchs wieder in Bewegung und erreichte das Stadttor kurz nach Einbruch der Nacht. Die Stadtmauer reichte ihm bis zu den Schultern und bestand aus mit Moos bewachsenen Steinen. Eine so große Mauer hatte er noch nie gesehen. Vor dem hölzernen Stadttor stellten sich ihm zwei Männer mit rotem Wappenrock entgegen und versperrten ihm mit Lanzen den Weg.

»He! Ihr da! Stehenbleiben!«, fuhr ihn der größere der beiden Männer an. »Sagt euer Anliegen!«

Fluchs blieb erschrocken stehen und brachte kein Wort heraus.

»Hat es euch die Sprache verschlagen? Was Ihr hier wollt, will ich wissen!« Der Mann war offensichtlich verärgert.

»Ich heiße Fluchs. Ich suche nach einem Schlafplatz für die Nacht.«

»Vortreten!«, herrschte ihn der Kleinere an, nachdem er seine Lanze erhoben hatte. Sein großer Partner richtete seine Waffe jedoch weiterhin auf Fluchs.

»Dann lass dich mal anschauen.«

Fluchs trat näher heran und der Kleine leuchtete ihm mit einer Lampe entgegen. Misstrauisch blickte er ihn an und kam auf ihn zu. »Seid Ihr auch sicherlich nicht hier, um Ärger zu machen, junger Mann?«

»Bestimmt nicht«, entgegnete Fluchs und fuhr fort: »Ich will nur nicht im Freien schlafen.«

»Mah!«, schnaubte ihn der Kleine an. »Dann mal rein mit dir.« Nun hob auch der Große seine Lanze, schritt zur Tür und ließ Fluchs hinein. Nachdem er mit gesenktem Kopf hindurch gegangen war, schloss sich die Tür hinter ihm wieder.

Vor ihm jedoch lagen die dunklen Gassen der Stadt Sonnenfeld. Mit breitem Grinsen lächelte Fluchs ihnen entgegen. »Es ist mir ein Vergnügen«, sagte er zu sich selbst und schlug dann den Weg direkt zu einem Fachwerkhaus an der Seite der Gasse ein. Unter den Dachbalken hingen an eisernen Ketten zwei hölzerne Lampen, deren warmes Kerzenlicht auf eine Holztafel fiel. Sie zeigte einige Ähren, darunter prangte der Schriftzug »Zur goldenen Ähre«.

Aus dem Inneren des Hauses schien ein helles Licht durch die vergilbten Fenster auf die Straße. Noch bevor er die Tür erreicht hatte, bemerkte Fluchs zwei ihm sehr gut bekannte Sinneseindrücke. Sie ließen in ihm das vertraute Gefühl der Zugehörigkeit aufkommen: das laute Gelächter von Menschen in einer Schänke und der süßlich schwere Geruch von Bier. Ihm war beinahe so, als sei er zuhause. Mutig drückte er die Messingklinke der hölzernen Tür hinunter. Sie ließ sich leicht öffnen und quietschte nur wenig. Er atmete auf. Das erste Ziel war erreicht.

KAPITEL 8

Die Goldene Ähre entpuppte sich zu Fluchs' Überraschung nicht so, wie er es sich vorgestellt hatte. Kaum hatte er die Türschwelle übertreten, befand er sich in einem engen Vorzimmer. Hier saß ein älterer Mann an einem kleinen Pult, hinter dem ein Vorhang aus rotem Brokat die Sicht auf das Innere des Gastraumes verbarg. Das Haar des Alten hatte eine Farbe wie Asche und ihm fehlten bereits mehr Zähne, als er noch besaß. Der Rest seiner Erscheinung war zwar etwas verlebt, doch unter dem abgetragenen Anzug keineswegs so schlecht wie das Gebiss, durch welches er Fluchs nun freundlich anlächelte.

»Guten Abend, junger Herr. Was darf's sein?«

»Guten Abend«, antwortete Fluchs, der sich streckte, um einen kurzen Blick durch einen Spalt im Vorhang zu erhaschen.

»Ich suche nach einer Bleibe für heute Nacht.«

»Was sucht Ihr?«, fragte der Alte mit deutlich krächzender Stimme.

»Ein *Zimmer*!«, antwortete Fluchs mit lauter Stimme.

»Ah, ja das haben wir. Das macht dann zwei Taler, mein Herr«, und mit diesen Worten streckte ihm der Alte die geöffnete Hand entgegen. Sie zitterte in der Luft und der Mann sah ihn erwartungsvoll an. Fluchs jedoch beschlich ein mulmiges Gefühl. Eigentlich hatte er nicht vor, so viel Geld für nur eine Nacht zu bezahlen.

Er musste noch weit reisen und da konnte er es sich nicht leisten, auch nur einen Taler zu verschwenden.

»Nun ...« Fluchs stockte und merkte, wie ihm unter der Kleidung der Schweiß den Nacken hinunter rann. Er hatte seine Musik noch nie außerhalb seines Dorfes aufgeführt. »Ich möchte Euch einen Handel vorschlagen«, stotterte er.

Der Alte zog seine Hand zurück und blickte Fluchs argwöhnisch an. Fluchs nahm all seinen Mut zusammen und fuhr mit lauter Stimme fort.

»Seht Ihr, ich bin Musiker. Wenn Ihr mir die Nacht erlasst, spiele ich heute Nacht umsonst für Eure Gäste.«

Der Alte nickte und machte ein schmatzendes Schnalzgeräusch mit seinem Mund, das Fluchs unweigerlich abstoßend fand.

Erwartungsvoll hielt ihm der Mann erneut die Hand entgegen. »Ja ja, sehr gut. Das Zimmer kostet zwei Taler.« Ein fauliger Geruch drang aus seinem Mund.

Resigniert griff Fluchs in seine Tasche und zog den kleinen Geldbeutel hervor, kramte kurz darin und reichte dem alten Mann zwei Taler. Dieser quittierte den Empfang mit einem noch immer freundlichen Gesichtsausdruck. »Vielen Dank, mein Herr. Bitte tretet ein.« Er zog einen Gehstock hinter dem Pult hervor, zeigte er auf den Vorhang und zog ihn mit dem gekrümmten Griff zur Seite.

Fluchs musste sich ein wenig ducken, um durch den Schlitz zu passen. Als er eingetreten war, richtete er sich auf und staunte. In dem Gastraum fanden mehr als zwanzig

Tische Platz. Der Boden war mit glänzend polierten Holzielen ausgelegt und von den Decken hing in regelmäßigen Abständen roter und orangefarbener Stoff herunter.

Kerzen erhellten die Tische, und schwere Lampen an den Wänden tauchten den ganzen Raum in eine dämmerige Stimmung. An der einen Seite des Raumes befand sich eine hölzerne Anhöhe, die mit Vorhängen zugezogen war. Das musste die Bühne sein, schlussfolgerte Fluchs, während er sich auf den Weg zum Tresen machte. Die Schänke war außerordentlich gut besucht, alle Tische waren belegt, und wo Platz war, standen Gäste. Anscheinend war es hier üblich, dass man Pfeife rauchte, denn dicke Rauchschwaden zogen durch die Luft.

Staunend bahnte er sich den Weg durch das Gedränge. Er griff mit einer Hand unter das Holz der Theke und zog sich dann mit einem Ruck hoch, wobei sein Rucksack scheppernd folgte. Hinter dem Tresen stand eine Frau von einmaliger Schönheit. Sie trug ein rotes Kleid, welches mit Rüschen und allerlei Bändern verziert war und einen großzügigen Blick auf ihren Busen preisgab. Fluchs schaffte es nicht, seinen Blick abzuwenden. Zu sehr faszinierte ihn der Anblick. »Wenn ich dir außer der Aussicht auch etwas zu trinken bringen soll, sag Bescheid!«, entgegnete ihm die Frau und lachte laut. Ertappt schaffte es Fluchs endlich, seinen Blick von ihr zu lösen. Verlegen schaute er schräg an der Frau vorbei, bevor er antwortete.

»Ich würde gerne auf mein Zimmer gehen. Könnt Ihr mir sagen, wo es ist?«

»Kleiner, wir haben hier keine Zimmer!«, lachte die Schankfrau.

»Aber der Alte an der Tür hat mir schon Geld für das Zimmer abgenommen!«, entgegnete Fluchs sichtlich erschrocken.

Sie sah ihn kurz mitleidig an, kümmerte sich dann jedoch um die Bestellung eines anderen Gastes. Es dauerte einige Minuten, bevor sie sich wieder um ihn kümmerte.

»Dein Geld siehst du nicht wieder. Das war der Eintritt für den Laden hier.«

»Aber er hat gesagt, Ihr hättet Zimmer.«

»Da hat er sich bestimmt verhört.«

»Und was soll ich jetzt machen?«, fragte Fluchs wütend.

»Trink was! Wir sind hier alle sehr nett, kannst also ruhig bis morgen früh bleiben. Das ist viel besser als ein Zimmer.«

Resigniert gab Fluchs auf, bestellte ein Bier und drehte sich dann um. Er ärgerte sich, dass sein erster Reisetag so zu Ende ging. Außerdem wollte er viel lieber ins Bett, anstatt die ganze Nacht in einer Schänke zu stehen. Doch das Geld für ein Gasthaus würde er sich heute Nacht nicht noch einmal leisten können. Vielleicht konnte er ja einen Tisch finden und auf seinen Armen schlafen, zumindest würden so seine Beine nicht noch weiter belastet.

Seine Waden begannen zu schmerzen und auch sein Rücken würde sich sicherlich freuen, nun endlich von der Last des Rucksackes befreit zu werden. Doch er konnte durch die Wand an Menschen nicht erkennen, ob ein Tisch frei war, seinen Platz an der Theke wollte er jedoch auch nicht aufgeben, solange kein Stuhl frei war. Also stützte er sich mit dem rechten Arm auf der Theke ab. Die Zeit verging langsam und Fluchs langweilte sich bereits, als sich zwischen zwei breiten Männern eine Frau durchzwängte.

Sie war etwas jünger als er selbst. Ihre schwarzen Haare waren zu einem Zopf geflochten, der über ihren dunkelblauen Mantel fiel. Trotz des Mantels sah sie nicht vornehm aus, sondern eher so wie er - als wäre sie am völlig falschen Ort. Sie war gut einen Kopf kleiner als Fluchs, und kaum hatte sie sich auch an ihm vorbei gedrückt, stemmte sie sich mit beiden Händen an der Theke hoch, um größer zu wirken. Dann rief sie zu der vollbusigen Schankmaid hinüber und gab lautstark ihre Bestellung auf. Sie hatte dennoch eine angenehme Stimme. Neugierig betrachtete er ihr Gesicht. Die Nase war klein und beinahe völlig gerade, ihre blauen Augen frech und ihre Lippen glänzten samtig zart im Licht einer Kerze.

Als sie ihr Bier bezahlt hatte, ließ sie sich wieder auf den Boden herunter, nahm ihren Krug von der Theke und drehte sich um. Dabei traf ihr Blick auf seinen und für nur einen kleinen Moment schien es ihm, als seien ihre Augen an seinen hängengeblieben. Dann drehte sie sich um und sah direkt auf die Rücken der beiden Männer, die vor ihnen standen. Ohne ihn anzusehen, hielt sie ihm ihren Krug hin. Fluchs Herz pumpte das Blut heiß durch seine Adern und er begann ungewollt an der Stirn zu schwitzen. Doch er schaffte es, seine Aufregung im Zaum zu halten, und hielt ihr seinen Krug entgegen. Sie stießen kurz und kraftvoll an.

»Nya«, sagte die junge Frau.

»Ich heiße Fluchs«, erwiderte Fluchs.

»Du siehst aus, als wärst du in den falschen Laden gestolpert«, sagte sie mit weiterhin nach vorne gerichtetem Blick. Sie schien völlig ungerührt, beinahe gelangweilt zu sein.

»Das ist so ziemlich genau das, was mir tatsächlich passiert ist«, antwortete Fluchs und ergänzte: »Eigentlich dachte ich, das hier wäre eine Schänke, in der es auch Zimmer gibt.«

Sie ließ den Kopf in den Nacken fallen und lachte laut auf. »Du bist hier wirklich reingestolpert?!«

Ihre Worte wirkten abgehackt, während sie ihren Kopf wieder senkte und einen großen Schluck Bier trank. Auch er musste lachen. »Ja, wirklich. Und jetzt muss ich hierbleiben, bis die Nacht vorbei ist, bevor ich ohne Schlaf weiterziehe.«

Nachdem Fluchs seine Ankunft geschildert hatte, begann auch Nya ihre Geschichte zu erzählen.

Sie war ebenfalls heute angekommen und hatte sich nur ein bisschen aufwärmen wollen, als sie in der Goldenen Ähre eingekehrt war. Im Auftrag ihres Vaters sollte sie einige Handelspartner treffen, um mit ihnen über ein Geschäft zu verhandeln.

Bei ihrer Familie handelte es sich um Färber, die hier in der Stadt wertvolle Pigmente erwerben wollten, um sie zuhause für die Herstellung von hochwertigen Stoffen zu benutzen. Leider war Nya von ihren Handelspartnern versetzt worden. Sie hatte entschieden, sich erst aufzuwärmen und etwas zu trinken, bevor sie einen Plan austüftelte. Fluchs beschloss, ihr bei ihrem Unterfangen zu helfen.

Wenn er schon die ganze Nacht über wach bleiben musste, dann konnte er dies auch dazu nutzen, Nya ein wenig unter die Arme zu greifen. Außerdem machte er sich Sorgen, dass eine so zierliche Frau auf Schwierigkeiten stieß. Oft genug hatte er gesehen, wie eine allein reisende Frau in der Dorfschänke vor besonders zudringlichen und stark betrunkenen Gästen beschützt werden musste. Nya wollte er eine solche Erfahrung ersparen. Sie machte einen freundlichen und aufrichtigen Eindruck auf ihn. Außerdem entfachte sie seine Neugier mit jeder Minute, die ihre Unterhaltung andauerte.

»Weißt du, wo die Leute heute Nacht sind, die du suchst?«, fragte Fluchs interessiert.

»Ich glaube, dass die Firetti heute Nacht einige Straßen weiter in der Herberge Ebersruh schlafen. Das ist nicht weit von hier entfernt.«

»Firetti? Den Namen hab ich noch nie gehört. Ist das eine reiche Familie?«

Nya lachte herzlich, allerdings war sich Fluchs dieses Mal sehr sicher, dass sie *über* ihn lachte, statt *mit* ihm.

Er fühlte sich nur leicht beleidigt und stellte seinen Missmut übertrieben deutlich zur Schau. Ungerührt erzählte sie weiter.

»Man kann schon behaupten, dass Firetti reich sind. Das ist nämlich kein Familienname, sondern ein Titel. Die Firetti kommen aus einem Königreich weiter im Nord-Osten. Nur Firetti ist der Handel mit Außenstehenden gestattet, darum kontrollieren sie so ziemlich alle Waren aus dem Königreich Turana.«

»Und was haben die so Besonderes zu verkaufen?«, fragte Fluchs noch leicht beleidigt.

»Für mich?«, fragte Nya und machte ein nachdenkliches Gesicht. »Es geht das Gerücht um, dass sie Turana-Rot als Pulver besitzen. Das möchte ich ihnen unbedingt abkaufen.«

»Und was ist daran so Besonderes? Ist rot nicht immer rot?«

Nya schüttelte den Kopf. »Turana-Rot wird eigentlich nur für die Gewänder von Adligen und Leibgardisten des turanischen Königshofes verwendet. Hier werden es uns die Leute aus den Händen reißen, wenn wir damit Kleider färben. Eine gut gefertigte Robe bringt da schon eine nette Summe ein.«

Fluchs nickte einsichtig und dachte nach. Wie konnte er ihr behilflich sein? Er verstand nichts von dieser Art von Handelsgütern, weder von Roben noch von Farben.

»Wenn sie in unserer Nähe übernachten, warum gehst du dann nicht jetzt zu ihnen?«

»Turaner sind sehr genaue Leute. Da läuft alles über Gesetze und Regeln. Eine dieser Regeln besagt, dass ein Firetti nach Sonnenuntergang nicht mehr auf den Straßen unterwegs sein darf.«

»Vermutlich, damit sie nicht am Abend bestohlen werden.«

»Das kann gut sein«, stimmte ihm Nya zu. »Die schlafen bestimmt schon längst.«

»Warum mietest du dich nicht im gleichen Gasthaus ein? Dann kannst du der Herbergsmutter ausrichten, dass sie dich weckt, wenn die Turaner aufgestanden sind.«

Nya sah ihn mit einem Flackern in den Augen an. »Das ist eine großartige Idee, Fluchs!«

»Findest du?«, entgegnete er.

»Ja. Na los, lass uns gehen.« Sie ergriff seine Hand und verschaffte sich mit einem lauten »Entschuldigung!« Platz. Ohne sich umzudrehen, zog sie ihn hinter sich durch den gesamten Gastraum, wobei er mehrere Male unsanft gegen einen der anderen Gäste stieß, die ihn darauf hin bedrohlich mit Schimpfworten der verschiedensten Sprachen bedachten.

Nyas Hand hielt seine fest umschlungen. Sie war zart, weich und warm und Fluchs genoss jede Sekunde ihres Abganges. Im Vorraum stießen sie noch kurz mit der alten Zahnlücke zusammen, wobei sie beinahe alle zusammen über einander fielen, doch irgendwie schaffte Nya es, Fluchs und sich selbst aus der Tür zu schieben, ohne dass sie zu Boden gingen. Laut schimpfend rief die Stimme des Alten hinter ihnen her, doch Fluchs hörte längst nicht mehr hin. Seine Augen galten nur noch Nya. Seine Ohren hörten nur noch ihr Lachen.

Er fühlte sich so wohl wie seit einer langen Zeit nicht mehr und Hand in Hand rannten sie die Gassen der Stadt entlang. Fluchs befand sich mitten in einer traumhaften Nacht und hoffte inständig, dass sie nie mehr enden würde.

Als sie die Herberge Ebersruh erreicht hatten, ließ sie seine Hand los und stützte sich leise kichernd auf ihre Knie, während sie in tiefen Zügen ein- und ausatmete. Auch er rang nach Luft. Er wusste zwar nicht, wie lange er gerannt war, doch seine Beine hatten ihre letzten Reserven daran gesetzt, mit Nya schrittzuhalten. Als sich ihr Atem beruhigt hatte, sah sie ihn frech an. »Teilen wir uns ein Zimmer?«

Er fühlte, wie seine Beine unter ihm bereit waren, jeden Moment nachzugeben und mit ihm gemeinsam in den Boden zu versinken. »Bist du dir sicher?«

»Klar bin ich mir sicher. Ich will nicht viel zahlen, du willst nicht viel zahlen und wir beide brauchen ein Bett. Klingt doch toll, oder nicht?«

»Da ist was dran«, antwortete er, und kurz darauf überreichte ihnen eine freundliche Herbergsmutter die Schlüssel für ein Zimmer mit zwei Betten. Langsam stiegen sie die kleine hölzerne Treppe hinauf zum ersten Stock und schlossen leise kichernd die Zimmertür auf. Mit dem Schlüssel in der Hand drehte Nya sich zu Fluchs um, sah ihm verschmitzt in die Augen und küsste ihn sanft auf den Mund.

Als ihre Lippen auf seine trafen, schien die Welt für Fluchs in einem wundervollen und perfekten Moment stehenzubleiben. Ihm war, als würde die Welt um ihn herum immer mehr unter einem dunklen Schleier verschwinden, bis nur noch er und sie und dieser sagenhafte Kuss in einem Schein aus Licht übrig blieben. Er ließ es geschehen.

KAPITEL 9

Fluchs erwachte und sah sich mit blinzelnden Augen um.

»Was ist passiert?«

Er schreckte hoch, so dass er aufrecht im Bett saß, und blickte sich im Raum um. Stille breitete sich wie eine Decke über das leere Zimmer, seine Kleider lagen sorglos auf dem Boden verstreut und sein Kopf schmerzte fürchterlich. Krampfhaft suchte er nach einer Erinnerung an den gestrigen Abend, doch konnte er sich weder entsinnen, wo er war, noch daran, wie er hier hergekommen war. Er setzte seine Füße auf die rauen Holzdielen und versuchte aufzustehen, doch eine plötzlich einsetzende Übelkeit ließ seine Knie nachgeben. Rückwärts fiel sein schlaffer Körper zurück auf das Bett. Unbeholfen rieb er sich die Schläfe und versuchte den Würgereiz, der sich von seinem Kehlkopf aus noch oben ausbreitete, unter Kontrolle zu bringen, bevor es zu spät war. Wie ein Blitz schoss ihm ein Gedanke durch den Kopf. Nur ein einziges Bild war zu sehen, ein Bruchstück, doch er hatte es klar vor Augen.

Ein Kuss! Er hatte jemanden geküsst. Eine Frau? Das Gesicht, das er in seinen Gedanken sah, war kaum zu erkennen, doch an das Gefühl und die weichen Lippen konnte er sich noch äußerst lebendig erinnern. Dieser Kuss brachte ihm auch einen Geruch zurück ins Bewusstsein. Es war der Duft an dieser Frau. Allmählich erinnerte er sich auch an ihre Kleidung und die Ereignisse, die davor stattgefunden hatten. Sie waren gerannt. In seiner Erinnerung lief er lachend und er konnte sich an kein Gefühl der Furcht erinnern. Davor war er in einer Schänke eingekehrt und hatte Bier getrunken, mit Nya.

»Natürlich!«, rief er laut und setzte sich erneut mit einem Ruck auf. Er hatte sie geküsst! Und danach? Er vermutete, dass sie eine gemeinsame Nacht erlebt hatten, doch erinnern konnte er sich nicht. Sein Magen beruhigte sich, also stand er vorsichtig auf und zog sich an. Die Kleider lagen wild auf dem Fußboden verstreut. Wo war Nya? War sie bereits aufgestanden, ohne sich von ihm zu verabschieden?

Fluchs suchte seine Habe zusammen und öffnete dann die Tür. Vielleicht konnte er eine Kleinigkeit frühstücken, denn es war sicher nicht ratsam, mit leerem Magen weiter zu wandern. Kaum hatte er den Flur betreten und die Treppe erreicht, drang ein lautes Klirren aus einem Zimmer am Ende des Flures.

Es klang beinahe so, als habe jemand eine Tonschale oder Vase zerbrochen. Wenige Sekunden darauf stürmte eine dunkel vermummte Gestalt aus dem Zimmer und rannte auf ihn zu, dicht gefolgt von zwei fluchend stolpernden Männern in roten Waffenröcken. Als die dunkle Gestalt kurz vor ihm auf die Treppe abbog und mit einem Windhauch an ihm vorbei sauste, traf Fluchs eine erneute Welle der Erinnerung. Er erkannte den Duft wieder.

Die Gestalt eilte die Stufen der Treppe hinunter und Fluchs staunte, wie sie das hatte schaffen können, ohne dabei die Kontrolle zu verlieren. Er selbst wäre sicherlich gestürzt und hätte sich dabei alle Knochen gebrochen.

Erst jetzt legte sich die Überraschung, die seine Füße fest an den Boden gefesselt hatte und er setzte zur Verfolgung an. Doch das sperrige Gepäck machte ihn langsam und behäbig. Am Fuß der Treppe angekommen, wandte er sich zum Ausgang und stob, so schnell er konnte, an der Herbergsmutter vorbei.

»Ach du meine Güte! Was ist denn hier los?«

Ohne zu antworten, brach Fluchs durch die Tür, die mit einem lauten Krachen seinem Gewicht nachgab, dann hörte er ein Klirren. Während er auf die Straße trat, tobten hinter ihm die wütenden Gardisten.

»Haltet die Diebe! Wache!«

Fluchs sah sich nach beiden Seiten um. Es war bereits später Morgen und die Sonne stand voll am Himmel. Viele Menschen waren auf den Straßen und in den Gassen unterwegs.

Es herrschte geschäftiges Treiben. Fluchs hatte noch nie so viele Menschen auf einem Haufen gesehen und so dauerte es einen Moment, bis er die dunkel vermummte Gestalt entdeckt hatte. Sie hatte das Ende der Straße erreicht und offensichtlich viel Strecke zwischen sich und ihre Verfolger gebracht.

Fluchs konnte noch gerade erkennen, wie sie in eine Seitengasse einbog und verschwand. So schnell er konnte, rannte auch er los und hatte die Gasse kurz darauf erreicht. Hinter sich hörte er noch immer die wütenden Rufe der Männer, doch sie wurden mit jedem Schritt leiser. Kaum hatte er die Gasse betreten, blieb er wie vom Donner gerührt stehen.

Was er zuerst für eine normale Gasse gehalten hatte, war tatsächlich eine Sackgasse. Kein Mensch war hier zu sehen, lediglich einige Lumpen lagen herum. Altes vermodertes Holz lehnte an den steinernen Mauern der angrenzenden Häuser. Fluchs drang langsam weiter bis zur hintersten Wand vor.

Wo war das Mädchen geblieben? Es konnte sich unmöglich in Luft aufgelöst haben. In der hinteren linken Ecke der Gasse waren weiße Staubspuren zu sehen, die augenscheinlich nicht hierher passten. Er ging in die Knie, tastete die umliegende Mauer ab und fand einige lockere Steine.

Als er fest dagegen drückte, hörte er, wie hinter der Wand ein Mechanismus einrastete und dann mit einem gleichmäßigen Klicken langsam vor ihm die Backsteine in die Wand hinein glitten. Fluchs staunte nicht schlecht, denn eine solche Apparatur hatte er noch nie zuvor gesehen. Seine Abenteuerlust war geweckt.

Die Wand hatte sich wie von Zauberhand geöffnet. Fluchs überlegte nicht lange, sondern drehte seinen Rucksack auf die Brust und sprang mit den Füßen zuerst hinab in den dunklen Schlund.

Noch während er mit einem lauten Schrei nach unten fiel, schloss sich über ihm das Loch wieder. Fluchs schlug schließlich unsanft auf dem Boden auf. Lediglich einige staubige Decken federten seinen Fall ab.

Im fahlen Licht einer Fackel irrten abertausende von kleinen Staubkörnern in der Luft umher. Er hustete und wollte aufstehen, doch da spürte er einen Stich am Hals.

Vor ihm stand die vermummte Gestalt mit gezücktem Degen, die Spitze ruhte genau auf der kleinen Mulde unter seinem Kehlkopf.

»So leicht wird man dich wohl nicht los, hm?« Nyas Stimme erkannte er sofort wieder.

KAPITEL 10

Fluchs sah Nya mit großen Augen an. Die junge Frau hatte mit seiner Erinnerung jedoch nur noch weniges gemeinsam. Natürlich war ihr Äußerliches, von der Kleidung abgesehen, noch dasselbe wie am Vorabend: Die schwarzen Haare, die sie zu einem Pferdeschwanz zusammengebunden hatte, die Strähne, die ihr frech ins Gesicht fiel und auch ihre Lippen, Augen und Nase erkannte er wieder. Doch ihr Gesichtsausdruck hatte jegliche Fröhlichkeit verloren. An ihre Stelle war ein konzentrierter und aufmerksamer Blick getreten und ein ernst zusammen gepresster Mund.

»Hast du die Männer bestohlen?«, platzte es aus Fluchs heraus. Nya verdrehte die Augen und drehte ihr Gesicht abfällig zur Seite.

»Ja, ganz genau.«

»Das verstehe ich nicht. Ich dachte, du wärst eine Händlerin?«

»Ach, dachtest du das?« Mit mitleidiger Stimme zog sie eine Augenbraue hoch und schmunzelte. Dann versteinerten ihre Gesichtszüge sich.

»Los«, herrschte sie ihn mit festem Ton an, »aufstehen!« Sie machte einen Schritt zurück und verlieh ihren Worten durch zwei knappe Aufwärtsbewegungen mit der Degenspitze Nachdruck. Er konnte sich unter dem Gewicht seines Rucksacks nur mühsam aufrichten. Er hustete und stand dann mit gesenktem Blick vor ihr.

Nya folgte jeder seiner Bewegungen und ließ ihn nicht aus den Augen.

»Du bist also nur eine gewöhnliche Diebin?«, wollte Fluchs wissen.

»Du solltest dich besser um deine eigenen Dinge kümmern.« Fluchs zuckte zusammen.

»Hast du mich etwa auch beklaut?«

»Hast du denn nicht nachgesehen?« Ihre Stimme klang amüsiert.

»Nein. Ich hab dir vertraut.«

»Das hättest du besser nicht getan.«

Mit Daumen und Zeigefinger der linken Hand zog sie die bestickte Eintrittskarte aus ihrer Jackentasche hervor. Fluchs erschrak so sehr, dass ihm das Blut in den Ohren rauschte.

»Was?! Du hast die Karte gestohlen? Gib sie wieder zurück!«, rief er wütend. Dabei machte er einen kleinen Schritt auf sie zu. Die Spitze des Degens hielt ihn zurück.

»Auf keinen Fall«, entgegnete sie. »Denkst du, ich bin verrückt? Dieses kleine Ding hier wird mich einen ganzen Monat hervorragend aushalten. Ich werde Wein trinken und das beste Essen bestellen, das die Stadt zu bieten hat.«

Krampfhaft dachte er über einen Ausweg nach.

»Warum trägt einer wie du überhaupt sowas Wertvolles bei sich?«

»Ich brauche diese Karte. Ohne sie kann ich nicht zu meinem Auftritt.«

»Was denn für einen Auftritt?«

»Ich bin Musiker und soll am Hofe eines Adligen spielen.«

Dies schien zu seiner Überraschung tatsächlich ihr Interesse geweckt zu haben. Langsam sank die Degenspitze zu Boden, während sie offensichtlich nachdachte.

»Erzähl mir mehr von diesem Auftritt. Vielleicht geb ich dir die Karte dann wieder«, sagte sie nach einer kurzen Pause.

Fluchs erzählte ihr von dem Auftritt und von seiner Schwester. Die Details aus dem Einladungsschreiben, das Roland ihm gegeben hatte, ließ er vorsichtshalber aus, ebenso die Bezahlung. Während seines Berichtes schwieg Nya, stellte dann jedoch einige kurze Nachfragen und hörte seinen Antworten sehr aufmerksam zu.

»Wenn du mich mit in das Schloss dieses Adligen nimmst, gebe ich dir deine Karte zurück. Danach gehen wir getrennte Wege.«

»Was hast du vor? Willst du etwa im Schloss etwas stehlen?«, seine Stimme zitterte vor Entsetzen.

»Natürlich! Das ist eine einmalige Gelegenheit!«

»Auf keinen Fall!« Fluchs schüttelte den Kopf. »Das lasse ich nicht zu.«

»Na gut, wie du willst. Dann verschwinde ich mit der Karte.«

»Nein, warte!«, rief er.

»Ja bitte?«, fragte sie mit einem zuckersüßen Lächeln.

»Ich bekomme für den Auftritt eine gute Bezahlung. Wenn du mich zum Schloss begleitest, dann teilen wir meinen Lohn.«

»Und warum sollte ich dem zustimmen?«

Fluchs dachte kurz nach und entgegnete dann: »Weil es dich im Grunde nichts kostet. Außerdem bekommst du zwanzig Silbertaler, ohne irgendein Risiko einzugehen.«

Sie sahen sich einige Zeit lang an. Dabei schien die vom Staub schwere Luft zum Zerreißen gespannt.

Nya steckte den Degen, der noch immer in ihrer Hand ruhte, zurück in die Scheide und machte zwei Schritte auf ihn zu. Dann streckte sie ihm die Hand entgegen.

»Einverstanden.«

Er nickte ihr zu. »Abgemacht.«

Sie besiegelten die Abmachung mit einem Handschlag.

Nya schritt voraus. Über eine steinerne Treppe gelangten sie in eine gemütliche Küche. Durch ein Seitenfenster fielen Sonnenstrahlen in den Raum.

Sie verschwand geräuschlos hinter einer Tür und Fluchs nutzte die Gelegenheit und klopfte sich den Staub mit der flachen Hand aus den Kleidern. Als sie zurückkehrte, trug sie ein Korsett aus rot-schwarzem Brokat, eine braune Lederhose und leichte Stiefel. Ihre Haare hingen offen über ihren Schultern, wo ein langer, grauer Umhang ansetzte, der ihr bis zu den Knöcheln reichte. Innen war der Stoff aufwändig mit rotem Faden bestickt. Fluchs ertappte sich bei einem erregten Blick auf Nya und wandte sich verlegen ab. Er wollte sie nicht anstarren, schließlich hatte sie ihn bestohlen, bedroht und erpresst. Dennoch war er von ihrem Anblick äußerst fasziniert.

»Musstest du meine Küche so vollstauben? Ich gebe mir Mühe, mein Haus sauber zu halten.«

Er staunte. Ihr Haus! Hastig entschuldigte er sich.

Nya packte rasch einige Utensilien in ihren Rucksack. Dann hielt sie Fluchs die Eintrittskarte für das Schloss entgegen.

»Es war übrigens gestern Nacht nicht alles gespielt«, sagte sie sanft. Energisch wandte sie sich dann zum Gehen.

Fluchs folgte ihr über den Flur und durch die Haustür auf die belebte Straße. Direkt vor ihnen zog ein schwerfälliger Ochse einen Karren hinter sich her. Getrieben wurde er von einem Jungen, der dem Tier immer wieder kleine Hiebe mit einem Weidenzweig versetzte.

»In welche Richtung müssen wir gehen?«, fragte Nya.

Fluchs zog die erste Seite der Wegbeschreibung hervor. »Wir müssen auf die Handelsstraße nach Norden«, antwortete er und sah sich in alle Richtungen um. Er hatte seit der letzten Nacht völlig die Orientierung verloren. Nya lächelte ihn kopfschüttelnd an und zeigte in dieselbe Richtung, in die auch der Ochsenkarren fuhr. »Ohne mich wärst du verloren.«

Gemeinsam gingen sie die Straße hinunter, an vielen hübschen, gepflegten Häusern vorbei. Wenig später hatten sie das nördliche Stadttor erreicht und verließen die Stadt.

Vor ihnen lag die gepflasterte Handelsstraße und zog sich bis zum Horizont. Fluchs sah nach oben. Die Sonne stand fast über ihnen, es war also schon früher Nachmittag. Sie mussten sich beeilen, um die verlorene Zeit aufzuholen. Er blickte zu Nya, die wortlos neben ihm ging, und eine Woge der Erinnerungen an den letzten Abend überspülte ihn.

Es erschien ihm geradezu grotesk, dass sich hinter dieser reizvollen Frau eine so raffinierte Diebin verbarg. Er musste sich in Acht nehmen.

KAPITEL 11

Sie gingen gemeinsam, nebeneinander und ohne viele Worte zu verlieren. Beide konzentrierten sich ganz darauf, das recht hohe Tempo beizubehalten. Als die Sonne sich am Horizont hinter den Bergen herabsenkte, machten sie Rast.

»Wir sollten unser Nachtlager aufschlagen.« Nya ließ ihren Blick über das umliegende Gelände schweifen.

Fluchs willigte ein.

»Hinter den Bäumen dort drüben befindet sich eine Senke, direkt neben dem Bach. Da wären wir zumindest ein bisschen vor Wind geschützt. Wer hier auf der Straße reist, wird uns hoffentlich auch nicht sofort sehen.«

Sie schlugen in kniehohem Gras ihr Nachtlager auf.

»Geh du Holz sammeln, ich sehe mich mal ein bisschen um«, befahl Nya und sprang, ohne eine Antwort abzuwarten, über den Bach auf die andere Seite.

Fluchs stellte unwillig seinen Rucksack neben Nyas und kletterte den Hügel hinauf.

Unter den Bäumen fand er einige kleinere Zweige und Äste, und auf der Suche nach stärkeren Hölzern musste er sich etwas weiter vom Lager entfernen. Bald entdeckte er geeignetes Brennholz und kehrte an ihren Lagerplatz zurück. Er blieb abrupt stehen. Beide Rucksäcke waren verschwunden und auch von Nya war kein Zeichen zu sehen. Hatte sie ihn etwa erneut beraubt und dieses Mal seine gesamte Habe mitgenommen?

Knack.

Fluchs drehte sich um in die Richtung, in der er den Ursprung des Geräusches vermutete. In der zunehmenden Dunkelheit sah jeder Schatten wie eine bedrohliche Kreatur aus.

Knack.

Er schlich geduckt den Wall hinauf.

Hinter einer Baumwurzel kauerte er sich nah an den Boden und wagte kaum zu atmen. Regungslos starrte er in die Nacht.

KNACK.

Fluchs erschrak und duckte sich noch tiefer. Seine Beine zitterten von der in der Hocke verkrampften Haltung. Er musste sich bewegen. Auf allen Vieren kroch er um den Baumstamm herum, spürte kurz die rissige Borke an seiner Hüfte und schlüpfte zwischen die Büsche.

Vielleicht ließ er sich nur von einem Reh erschrecken, vielleicht war Nya mit seinen Sachen bereits über alle Berge verschwunden.

Plötzlich hörte er hinter sich ein Rascheln. Mit einem Ruck wollte er sich umdrehen, kam jedoch nicht mehr dazu. An seiner Kehle spürte er den kühlen Stahl einer Klinge.

»Nicht bewegen«, flüsterte ihm eine Stimme ins Ohr. Fluchs gehorchte.

Er spürte den feuchten Atem des Angreifers an seinem Ohr, während ein übermenschlich stark wirkender Arm seinen Kopf zu Boden drückte. Der Angreifer flüsterte jedes Wort einzeln.

»Du bist tot«, fuhr dann die Stimme fort, »wenn du unsere Sachen jemals wieder unbeaufsichtigt lässt.«

Fluchs fühlte eine unbändige Wut in sich aufsteigen. Nya hatte ihn schon wieder erfolgreich getäuscht. Er drehte sich um und schaute sie an, ihr Gesicht wurde vom fahlen Mondlicht nur schwach erhellt. Er rappelte sich auf, so schnell er konnte, und stürmte mit seinem Kopf voran. Sein Kopf und die rechte Schulter trafen Nya am Bauch und er stemmte sich mit voller Kraft nach vorne. Die Wucht des Aufpralls brachte sie zu Fall.

Er rutschte auf ihren Bauch und riss seinen Arm für einen Fausthieb zurück, doch kurz bevor er ihn nach vorne schnellen lies, sah er in Nyas verängstigtes Gesicht. Er hielt inne, stieß wütend die Luft durch die zusammengepressten Lippen und ließ von ihr ab. Wortlos stand er auf und wandte sich wieder dem Lagerplatz zu.

»Vergiss die Rucksäcke nicht«, sagte er laut, ohne sich umzudrehen.

Am Lagerplatz legte er mit dem gesammelten Holz die Feuerstelle an. Sorgsam schichtete er das leichtere Holz auf und bedeckte es mit einigen größeren Ästen. Nya trat mit den Rucksäcken in der Hand neben ihn. Wortlos zog er seinen eigenen zu sich herunter und suchte nach dem Zunderkästchen.

»Hör mal«, begann sie, »es tut mir leid. Ich bin zu weit gegangen.« Ihre Stimme klang zerknirscht.

Er nahm Feuerstein, Feuerstahl und etwas Zunder aus dem Kästchen, legte ihn zwischen die kleinsten Zweige und schlug dann einige Male den Feuerstein gekonnt gegen den Stahl. Ein Funke verfing sich genau auf dem Zunder, welcher sofort zu glühen begann. Vorsichtig pustete Fluchs auf die glimmende Stelle und nach einigen Zügen züngelte eine Flamme aus dem Zunder hervor. Nur wenige Augenblicke später hatte sich ein ansehnliches Feuer entzündet.

Erschöpft ließ er sich neben seinem Werk nieder und streckte die Beine von sich. Er wagte es nicht, seinen Rucksack loszulassen. Beinahe wie eine Mutter ihr Kind fest umklammerte, krallte Fluchs sich nun in das weiche Leder. Er sah verärgert zu Nya hinüber, die sich in einiger Entfernung ebenfalls gesetzt hatte. Immer wenn er für einen winzigen Augenblick in ihr Gesicht sah, wichen ihre Augen aus. Sie zog einen kleinen Topf hervor und stand auf. Kurz nachdem sie in der Dunkelheit verschwunden war, kam sie zurück und stellte den mit Wasser gefüllten Topf auf das Feuer. Sie warf einige Beeren, Kräuter und Wurzeln hinein und rührte den Sud mit einem kleinen Holzlöffel um. Während die Flüssigkeit langsam zu dampfen begann, ging Nya zurück zu ihrem Rucksack und zog zwei Holzschalen und einen weiteren Löffel hervor. Als sich dicke Dampfschwaden aus dem Topf erhoben, schnitt sie zwei kleine Stücke Wurst hinein.

»Die Wurst gibt der Suppe Salz und ordentlich Würze, weißt du? Sie löst sich fast vollständig auf«, begann sie. »Ich habe früher nie Suppe gemocht, als ich klein war. Das ist schon seltsam, oder?« Sie versuchte ein Lächeln und goss reichlich Suppe in jede Schüssel. Eine davon reichte sie Fluchs.

Sie aßen schweigend.

Die Suppe schmeckte herrlich und Fluchs wusste, dass er ihr nicht lange böse sein konnte, selbst wenn er es sich wünschte.

»Danke sehr«, sagte er, und Nya lächelte erleichtert. Dann spülten sie den Topf und die Schalen im Bach aus, bevor sie sich schlafen legten.

Fluchs benutzte seinen Rucksack als Kissen, verschränkte die Arme auf der Brust und versuchte eine bequeme Position zu erreichen. Nya hatte sich in ihre Decke eingerollt.

»Schlaf gut.« Er schloss die Augen.

»Gute Nacht, Fluchs.«

Eigentlich war ihre Lektion nicht falsch gewesen. Es war sehr gefährlich auf den Handelsstraßen. Er musste wirklich vorsichtiger werden.

KAPITEL 12

Der nächste Morgen begann für Fluchs bei Anbruch der Dämmerung. Das Feuer hatte ihnen einige Stunden ausreichend Wärme gespendet, war nun jedoch fast vollständig heruntergebrannt. Vereinzelt kohlten einige Holzstücke unter einer samtig weißen Decke aus Asche.

Fluchs holte in einer Schale etwas Wasser aus dem Bach und goss es über die Feuerstelle. Die Holzkohle zischte und qualmte. Das Geräusch reichte aus, um Nya aus dem Schlaf zu wecken. Fluchs hatte erwartet, dass sie lange vor ihm aufwachen würde. Er freute sich, dass er es geschafft hatte, das schattige, harte Nachtlager vor ihr zu verlassen. Sein Rücken schmerzte und seine rechte Schulter fühlte sich geschwollen an. Sie brachen ohne zu frühstücken auf, um sich warmzulaufen. Der Morgen erwartete sie mit einem malerischen Sonnenaufgang. Fluchs hatte dafür jedoch kaum Augen, denn er hatte sich bei den Anstrengungen des vorherigen Reisetages eine Blase am linken Fuß erlaufen. Die offene Stelle lag direkt unter dem Fußballen und gab einen brennenden und pochenden Schmerz ab, der gerade groß genug war, um Fluchs aufzufallen.

Er konnte sich einfach nicht konzentrieren und erreichte auch nicht die Leichtigkeit, mit der er den ersten Tag seiner Wanderung begonnen hatte. Ganz im Gegenteil. Heute war jeder zweite Schritt eine Qual, die ihn alle Willenskraft kostete, um weiter zu gehen.

An der nächsten großen Abzweigung gabelte sich der Weg. Die gepflasterte Straße führte nach Westen und endete laut Nya in der Stadt Grafenruh. Der zweite ungepflasterte Pfad bog nach Osten ab und schlängelte sich weiter durch die bewaldete Hügellandschaft. Dabei konnte Fluchs den Verlauf bereits in zweihundert Schritt Entfernung nicht mehr sehen, da der Wald die Sicht verbarg. Ein hölzerner Wegweiser zeigte an, dass sie die nächste Stadt erst in zwei Tagen erreichen würden.

Sie rasteten und frühstückten kurz, dann machten sie sich auf den Weg nach Osten.

Bergauf und bergab ging es, und schon bald hatten die beiden für die Schönheiten der Hügellandschaft keinen Blick mehr. Hinter einer Brücke machten sie erneut Rast und füllten ihre Wasservorräte an einem kleinen Bachlauf auf. Fluchs zog seine dünnen Stoffschuhe aus und sah sich die Sohle seines Fußes an. Ungehalten entdeckte er nun mehrere Blasen. Auch Nya begutachtete ihre Füße.

»Hast du auch welche?«, fragte Fluchs, der seinen Fuß Nya entgegenhielt.

»Nimm deine Füße aus meinem Gesicht!« Sie warf eine Handvoll Blätter in seine Richtung und zog dann vorsichtig ihre Stiefel aus. Ihre Füße zogen ihn in den Bann. Sie waren ebenso zierlich wie ihre Hände.

»Ich hab eine fiese Blase an der Außenseite meiner Fußsohle.«

Fluchs lächelte mitleidig.

»Ich hab eine ganze Menge Blasen.«

»Wenn wir so weiter machen, bleiben wir auf halber Strecke liegen«, dachte Nya laut. »Vielleicht hätten wir uns einen Karren oder ein Pferd mieten sollen.«

Fluchs begann laut zu kichern. »Ein Pferd? Das kann sich doch keiner leisten!«

Nya blickte ihn resigniert an. »Du hast das Geld wirklich nötiger, als ich dachte.« Sie ließ ihren Fuß los und machte eine abfällige Bewegung mit ihrer Hand. »Trotzdem. Wir brauchen einen Plan.«

Plötzlich richtete sich Fluchs auf und klatschte einmal laut in die Hände.

»Ich hab's! Warte kurz hier«, rief er ihr zu und humpelte mit einer Schale zum Bach. Er füllte sie und kam kurz darauf zurück, stellte sie auf den Boden und hockte sich vor Nya. Dann zog er die Tasche, die ihm Trella zu Beginn seiner Reise mitgegeben hatte, hervor und brachte ein Bündel Kräuter zum Vorschein.

Er hatte keine Ahnung mehr, welches der Kräuter welche Wirkung hatte. So starrte er einige Zeit auf die vor ihm ausgebreiteten Kräuter und roch abwechselnd an den Büscheln, bis er letztlich die Norinsdistel hervorzog. Er zerstieß sie mit einem Holzlöffel vorsichtig in einer Schale und goss gelegentlich einen Schwall Wasser dazu. Es entstand ein grünlich-brauner Brei. Der aufsteigende Geruch erinnerte Fluchs an die fauligen Dämpfe, die es im letzten Frühjahr über dem Moor gegeben hatte. Es roch nach Moos und ein bisschen nach dem Misthaufen von Bauer Jorgens. Doch er schmierte sich den Brei auf die

Fußsohlen und wickelte dann etwas Stoff darum, bevor er vorsichtig wieder in seine Schuhe glitt. Als er fertig war, blickte er auf. Nyas Gesicht strahlte Ekel und Ablehnung aus, ebenso wie der Brei unter seinen Fußsohlen. Er grinste.

»Na los, komm her. Jetzt bist du an der Reihe.«

Nya schüttelte schnell den Kopf. »Auf keinen Fall. Lieber gehe ich mit Schmerzen weiter, als mir das von dir antun zu lassen.«

»Na, komm schon, es ist gar nicht so schlimm«, versuchte Fluchs, sie zu überzeugen. Doch sie blieb eisern.

»Bleib mir mit dem stinkenden Zeug bloß vom Leib.«

Sie zog sich mit leicht schmerzverzerrtem Gesicht ihre Stiefel wieder an.

»Ganz wie du willst«, entgegnete Fluchs. »Ich behalte den Brei erstmal in der Schale, falls du doch noch möchtest.«

Er packte die Kräuter ein und sie setzten ihren Weg fort. Bei Sonnenuntergang hatten sie das im Brief erwähnte Ziel erreicht. Schon von weitem konnten sie einen großen steinernen Arm, der eine Axt fest umschlungen hielt, aus den Bäumen herausragen sehen. Je näher sie kamen, desto mehr Teile der Statue konnten sie erkennen: den gehörnten Helm, das zum Kampfschrei erhobene Gesicht und die muskulösen Arme und Beine der Figur. Als sie am Sockel der Statue angekommen waren, las Nya die hölzerne Plakette, die in den Sockelstein eingelassen war, laut vor:

»Hier ruht der Geist von Batran Tobinsblut. Möge seine Axt die Wildnis auf ewig zurückhalten.«

Fluchs lachte. »Ha! Das hat ja wohl nicht so gut geklappt, wenn ich mir die dichten Bäume und Büsche hier so angucke.«

Nya fuhr herum. »Bist du wohl ruhig?«

Fluchs hielt inne. »Du glaubst doch nicht an so einen Schwachsinn wie Geister, oder etwa doch?«

Nya schoss etwas rote Farbe in die Wangen. Sie wandte sich ab. »Du musst es ja nicht darauf ankommen lassen, mehr sage ich ja gar nicht. Also los, lass uns schnell weiter. Mir ist hier nicht wohl.«

Doch Fluchs wollte davon nichts hören. »Das hier ist unser Etappenziel, also können wir hier auch Rast machen.« Er ließ seinen Rucksack von den Schultern gleiten und sank mit einem lauten Seufzen zu Boden.

»Was für eine anstrengende Strecke. So schlimm hätte ich es mir nicht vorgestellt.«

Er blickte sich kurz um. »Zumindest müssen wir hier kein Holz suchen.«

Widerwillig setzte auch Nya ihren Rucksack auf die Erde, behielt die Umgebung jedoch fest im Blick. Etwas jagte ihr hier ein mulmiges Gefühl ein, sie wusste nur noch nicht, was es war.

Während sie in der Umgebung einige Beeren und Kräuter für die abendliche Suppe sammelte, entfachte Fluchs im Lager am Fuße der Statue ein Feuer. Erst als die Sonne bereits vollständig untergegangen war, kehrte Nya zurück. Über dem Wald hing die kalte Dunkelheit der Nacht. Nur stellenweise drang das Mondlicht zwischen den Bäumen hindurch und offenbarte den sich bildenden Nebel, der in dünnen Wogen über den Boden glitt.

Nya rutschte näher an Fluchs heran. Anders als noch am Abend zuvor saßen sie sich nicht gegenüber, sondern nebeneinander. Nya war wortkarg und spähte immer wieder misstrauisch in die umliegende Dunkelheit, so als müsse sie dort etwas sehen. Nach einem leichten Abendessen drehte sich Fluchs zu ihr um.

»Na los, zeig mir nochmal deinen Fuß. Keine Sorge, ich will nur sehen, wie es dir geht.«

Nya sah ihn misstrauisch an, war jedoch von der Umgebung zu sehr abgelenkt. Außerdem war sie erschöpft und wollte tatsächlich ihre Füße etwas entspannen.

»Na gut. Aber wehe dir, wenn du irgendwelche krummen Sachen versuchst.« Fluchs verstand nicht, willigte aber beruhigend ein. Er spürte genau, wie angespannt sie war.

Nya zog ihre Stiefel ebenso grazil wie am Morgen aus und stellte sie neben sich ab. Fluchs rutschte vorsichtig etwas von ihr weg, um mehr Platz zu gewinnen, und griff dann vorsichtig nach ihrem rechten Fuß. Als seine Fingerspitzen ihren Knöchel berührten, zuckte sie kurz zurück.

»Alles in Ordnung, keine Sorge. Ich will mir das nur mal anschauen«, erklärte er mit sanfter Stimme. Langsam ließ die Anspannung in ihren Muskeln nach. Erneut hob er ihren Fuß an und zog ihn so zu sich, dass er ungehindert auf ihre Fußsohle sehen konnte. Im Licht des Feuers erkannte er mindestens sechs Blasen, von denen eine bereits aufgeplatzt war. Fluchs verzog ein wenig das Gesicht.

»Was ist los?«, fragte Nya. »Ist es so schlimm?«

»Nein, nein«, entgegnete Fluchs, »aber du solltest wirklich etwas von dem Distelbrei versuchen. Bei mir hat er Wunder gewirkt.«

Er setzte ihren Fuß sanft zu Boden, zog sich mit seiner freien Hand den Schuh aus und hielt ihr seinen Fuß entgegen.

»Hier«, begann er und zog den Fuß sofort wieder zurück, »der Schmerz ist völlig verschwunden.«

Nya rümpfte die Nase, ließ sich dann jedoch, wenn auch etwas widerwillig, auf die Behandlung ein. Fluchs setzte sich im Schneidersitz so nah an Nya, dass er ihren Fuß anwinkeln musste. Er zog zuerst die Schale mit Kräuterbrei hervor, hob dann ihren Fuß erneut vorsichtig an und bettete ihn auf seine Beine. Er füllte seine halb geschlossene Hand mit einer ordentlichen Portion des übelriechenden Breis und nahm dann eine kleinere Menge zwischen Daumen und Zeigefinger.

Sein Herz schlug schneller, während er mit zittrigen Fingern den Brei auf ihren Fuß strich. Als er die gesamte Menge verteilt hatte, massierte er mit vorsichtig kreisenden Daumenbewegungen alle Stellen, die ohne Blasen waren, von der Hacke zu den Zehen hinauf. Dabei konzentrierte er sich so sehr, dass er erst merkte, wie tief und ruhig Nya atmete, als er zu ihrem anderen Fuß wechseln wollte. Er blickte sie an und empfand er eine tiefe Ruhe und Frieden, so wie er es noch nie gespürt hatte. Seine verkrampften Muskeln lockerten sich merklich. Nach der Massage zog er ein Stück Leinenstoff hervor und umwickelte ihren Fuß damit. Dann wiederholte er die Prozedur mit Nyas linkem Fuß und legte auch diesen nach vollendeter Behandlung ab. Ihr Gesicht war gelöst und schien voller Frieden zu sein.

»Nya«, flüsterte er ihr zu, »wir müssen uns schlafen legen.«

Sie öffnete leicht ihre Augen und Fluchs erhob sich vorsichtig. Er nahm ihre Decke aus dem Rucksack, deckte sie sacht zu und platzierte den Beutel unter ihrem Kopf. Nya war tief und fest eingeschlafen. Er verstaute noch die Schale mit dem restlichen Brei, bevor er sich ebenfalls am knisternden Feuer auf seinen Rucksack bettete. Dabei ging sein Blick nach oben an der Statue entlang.

Das Licht der gelben und orangefarbenen Flammen ließ die Statue mit den starken Schatten beinahe lebendig aussehen. Wie hunderte Wesen tanzten die Schatten über den kalten Stein. Von hier aus sah die imposante Pose des Zwerges sowohl beeindruckend als auch beängstigend aus. Fluchs dachte nach. Nya war sonst eine sehr gefasste Frau. Es wunderte ihn, dass sie ausgerechnet im Bezug auf Geister so leichtgläubig war. Zwar hatte er in der Schänke bisweilen auch die eine oder andere Gruselgeschichte gehört, war sich jedoch sicher, dass es sich nur um Märchen handelte. Egal wie sehr er sich anstrengte, er konnte sich doch keine dieser Geschichten mehr ins Gedächtnis rufen. Erschöpft schlief er einen Moment später ein.

KAPITEL 13

Nya erwachte von einem leichten Frösteln. Es herrschte noch immer tiefste Nacht, und als sie nach dem Feuer sah, glommen lediglich einige kümmerliche Überreste der Holzstücke. Eine Flamme brannte nicht mehr und so konnte sie in dem rötlichen Schein der Glut nicht weiter als bis zu den Füßen von Fluchs sehen.

Beruhigt, ihn dort zu sehen, richtete sie sich unter der Decke auf und griff nach einem Stück eines klein gehackten Astes, der in sicherer Entfernung neben dem Feuer lagerte. Sie legte ihn auf die Glut und pustete einige Male vorsichtig. Feiner Aschestaub wurde durch ihren Atem aufgewirbelt und legte sich auf ihrer Decke und auch auf den Beinen von Fluchs nieder. Als endlich eine Flamme aufzüngelte, legte sie schnell ein weiteres Holzstück nach. Diese Nacht war ohne Licht viel zu unheimlich, denn sie konnte den Mond nicht mehr erkennen, was sich so beklemmend anfühlte, wie in einer Kugel aus Dunkelheit eingeschlossen zu sein.

Die Flammen breiteten sich allmählich an dem frischen Holzstück entlang aus und erleuchteten die Umgebung langsam, aber stetig mehr. Nya wunderte sich, dass Fluchs nicht von dem umherwirbelnden Staub, dem Knistern oder ihren Geräuschen beim Pusten wach geworden war. Sie blickte zu ihm hinüber und lächelte unvermittelt.

Es war gut, dass sie gemeinsam diese Reise unternahmen, denn ohne Begleitung hätte sie sich niemals so weit von ihrer Heimat entfernt.

Außerdem war da ja noch die Aussicht auf eine stattliche Beute. Sie beugte sich vorsichtig zu Fluchs herüber. Trotz der Flammen war sein Gesicht nicht zu erkennen, dafür konnte sie die Asche bis knapp unter seinen Schultern im rötlich flackernden Licht leuchten sehen. Mit einer sanften Handbewegung klopfte sie die Asche herunter, als plötzlich alle Teile seines Körpers, die seine Kleidung ausfüllten, in sich zusammenzufallen schienen. Dicke Staubwolken stoben aus den Hosenbeinen und den Öffnungen seines Hemdes und mit einem hohlen Geräusch aufeinander klingender Hölzer rollte ein Totenschädel von der Stelle, an der sie seinen Kopf vermutet hatte.

Panisch vor Angst und Schrecken wich sie zurück und stieß sich mit den Füßen nach hinten von dem grauenvollen Anblick weg, als sie plötzlich im Augenwinkel eine Bewegung über sich wahrnahm. Sie blickte nach oben und sah gerade noch, wie die Axt der Statue auf sie herab sauste. Starr vor Schreck sah sie ihrem Schicksal entgegen, lediglich ein überraschter Schrei entfuhr ihrer Kehle und hallte von dem kalten Stein zu ihr zurück. Als sich die Schneide der Axt ihrem Gesicht fast auf Armeslänge genähert hatte, spürte sie, wie eine Woge eiskalten Nebels sie umschlang. Er wickelte sie vollständig ein, dann erstickte das Feuer und Dunkelheit legte sich auf Nya.

Von ihrem eigenen Schrei geweckt fuhr sie aus dem Alptraum auf. Kalter Angstschweiß rann ihr von Stirn und

Rücken und sie zitterte am ganzen Körper. Es dauerte einen Moment, bis sie erkannte, wo sie war. Neben sich sah sie die rote Glut des beinahe heruntergebrannten Feuers, welches jedoch noch immer hell genug brannte, um die nähere Umgebung zu beleuchten.

Der Mondschein bahnte sich seinen Weg durch das Blätterdach und erhellte einige Teile des Unterholzes und auch Fluchs lag noch genau dort, wo sie ihn vermutete. Mit zitternden Händen legte sie einige Zweige auf das Feuer, so dass nach kurzer Zeit eine helle Flamme daraus hervor ging. Im Licht dieser Flamme konnte sie Fluchs' Gesicht sehen. Es war unversehrt und makellos und bei genauerem Hinsehen konnte sie erkennen, dass sich seine Bauchdecke langsam hob und senkte. Erleichtert atmete Nya aus. Er lebte noch.

Nachdem sie etwas mehr Holz auf das Feuer gelegt hatte, wickelte sie sich, so eng es ging, in ihre Decke ein und lag wach, bis die Sonne aufging. Zu groß war ihre Furcht vor dem, was sie im Traum gesehen hatte, und noch schlimmer war das Gefühl, dieser Ort könne sie zurückziehen und nie wieder freigeben. Sie versuchte, sich einzureden, dass es nicht real war. Trotzdem blieb ein schaler Beigeschmack des Erlebnisses zurück. Kaum hatte der Sonnenaufgang eingesetzt, rüttelte sie Fluchs wach. Sie sprach nicht viel mit ihm, sondern holte Wasser für etwas Tee. Diesen goss sie aus frischen Kräutern auf, die wild neben dem Nachtlager wuchsen. Unterdessen bereitete Fluchs ein einfaches Frühstück zu, und nachdem sie ihr Lager eingepackt hatten, machten sie sich auf den Weg zum nächsten Ziel.

»Ist mit dir alles in Ordnung?«, erkundigte sich Fluchs, nachdem sie erneut ein Tal hinab gestiegen waren. »Ja«, antwortete Nya knapp.

»Bist du dir sicher?«

»Ja. Warum fragst du?«

Fluchs hielt an und streckte sich. Auch Nya blieb stehen und sah ihn genervt an.

»Es ist nur«, begann er behutsam, »dass du, seit du mich heute Morgen geweckt hast, nicht ein Wort gesagt hast.«

»Wir reden sonst auch nicht viel«, gab Nya trotzig zurück.

»Na gut. Wie du möchtest. Geht es deinen Füßen immer noch nicht besser?«, erkundigte er sich, um vorsichtig das Thema zu wechseln.

»Richtig! Die Füße!«, dachte Nya verwundert. Die hatte sie völlig vergessen, weil sie sich nur noch Gedanken über ihren Alptraum gemacht hatte. Verblüfft stand sie Fluchs gegenüber.

»Und?«, fragte Fluchs sie erneut.

»Ich merke nichts. Die Schmerzen sind ganz weg.«

»Das freut mich«, entgegnete Fluchs mit einem Lächeln.

»Dann können wir ja einen Schritt schneller gehen.« Er machte einen kräftigen Schritt nach vorne, so als wolle er zeigen, wie viel Kraft noch in ihm steckte.

»Na komm schon!«, feuerte er sie an.

Nya nickte, holte ihn ein und sah auf gleicher Höhe zu ihm herüber. Seine Willensstärke war eine Eigenschaft, die sie an ihm bewunderte.

»Je schneller wir diesen Wald verlassen, desto besser«, knurrte Nya leise. Fluchs sah sie fragend an. »Warum? Ich find es hier toll. Du etwa nicht?« Nya schüttelte den Kopf. »Doch doch, schon. Aber ich freue mich einfach darauf, wieder in einem richtigen Bett zu schlafen. Meinst du, wir schaffen das heute Nacht?«

Fluchs zog die Stirn in Falten und presste die Lippen auf einander.

»Ich glaube, das könnten wir schaffen«, sagte er zuversichtlich.

So vergingen die folgenden Stunden ohne weitere Zwischenfälle. Das hohe Tempo, das Fluchs ihr vorgegeben hatte, behielten sie allerdings nicht bei. Je weiter sie gingen, desto langsamer wurden sie.

Als der Nachmittag begann, schlenderten sie eher wie ein altes Paar Spaziergänger und weniger als Wanderer. Doch das machte ihnen nichts weiter aus, denn zum Einen waren sie bereits in Sichtweite des Waldrandes und zum Anderen hatten sie sich darauf verständigt, weitere Blasen an den Füßen zu vermeiden und ihre Kraft in der Mittagshitze vernünftig einzuteilen. Kaum hatten sie den Waldrand erreicht, sahen sie bereits in einigen Meilen Entfernung ihr nächstes Ziel: den Wachturm des Zollhauses zu Tyandor. Sie machten kurz Rast und Fluchs zog seine Karte hervor.

»Hier steht, dass das Zollhaus ein guter Ort ist, um Rast zu machen«, begann er. Dann machte er mit beiden Armen eine weite einladende Geste und fügte hinzu: »Ich darf also freudig verkünden: Hier ist das Bett, um das Mylady mich gebeten haben.«

Dann verbeugte er sich tief und Nya musste lachen. Er bemerkte, wie gerne er sie lachen sah. Es war ein einfacher

Moment des Glücks und doch hatte er das Gefühl, hier im Gras sitzend ihr wahres Wesen erkennen zu können. Sie war klug und geschickt, das war sehr offensichtlich. Doch hier bemerkte er zusätzlich, wie zart und liebevoll sie war. Diese Eigenschaften formten in seinen Augen das bemerkenswert schöne Bild einer Person, die ihn völlig verzaubert hatte.

Er fragte sich, ob sie sich ihrer Wirkung auf ihn bewusst war oder nicht.

Nach einem ausgedehnten Moment der Erfrischung machten sie sich auf den Weg zum Zollhof. Kurz vor Einbruch der Nacht erreichten sie ihr Ziel.

Der Zollhof war tatsächlich ein mit einem Steinwall umzäunter großer Bauernhof, an dessen rechter Seite jedoch zusätzlich ein aus Stein gemauerter Wachturm errichtet worden war. Ein Schlagbaum versperrte die Straße und an einem kleinen Unterstand daneben lehnte ein Mann. Er trug einen Wappenrock und der Helm auf seinem Kopf hing schräg, die Hellebarde hielt er eng umschlungen. Ein leises Schnarchen drang zu ihnen herüber. Der Wachmann schlief im Stehen.

»Weißt du, was das für ein Wappen ist?«, fragte Fluchs neugierig. »So eines habe ich noch nie gesehen.«

»Ich glaube, das ist das Wappen von Tyandor. Das ist ein relativ kleines Fürstentum. Die kaiserliche Hauptstraße führt hier hindurch und so passieren viele Händler auf dem Weg nach Norden einen der Zollhöfe. Aber mehr weiß ich auch nicht.«

»Tyandor also«, murmelte Fluchs, der es liebte, neue Orte zu entdecken. Er versprach sich selbst, den Wirt des Gasthauses nach Einzelheiten über Tyandor zu fragen. Vielleicht ließe sich daraus eine Geschichte für einen Auftritt machen.

Kaum hatten sie die Wache erreicht, hob der bärtige Mann den Kopf. Er unterdrückte ein Gähnen und richtete sich unbeholfen auf. »Habt ihr was zu verzollen?«, fragte er gelangweilt, während er sich auf die Hellebarde stützte, als sei sie eine Krücke.

»Nein«, erwiderte Fluchs, »wir sind nur Reisende und keine Händler. Wir möchten hier heute gern die Nacht verbringen.«

Der Mann nickte. »Dann geht mal mit Eurer Frau um den Schlagbaum herum. Gute Reise noch.«

Gemächlich lehnte er sich zurück, schloss die Augen und beachtete die beiden nicht weiter.

»Deine Frau?«, flüsterte Nya Fluchs belustigt zu. »Na, der hat ja Nerven.«

»Ist das denn eine so abwegige Vorstellung?«, erwiderte Fluchs.

Nya schnaubte verächtlich, blieb ihm jedoch eine richtige Antwort schuldig. Stattdessen öffnete sie die Tür des Gasthauses und ging hinein. Fluchs folgte ihr.

Von innen sah der Gastraum sehr einladend aus. Es gab einige Tische, an denen Gäste saßen, und eine feste und stabil errichtete Theke. Dahinter stand ein freundlich lächelnder Mann, der gerade einige Becher mit Wein füllte.

Sie setzten sich hin und warteten, bis der Wirt zu ihnen an den Tisch kam.

»Guten Abend. Was darf's zu trinken sein?«

»Guten Abend«, erwiderte Fluchs. »Bringt uns etwas zu Essen und zwei Bier, bitte.«

Nya hatte keine Lust, ihn zu korrigieren. Sie mochte kein Bier und hätte lieber einen Krug Met getrunken, doch jetzt eine Diskussion anzufangen wäre ihr unangenehm gewesen. Es lag ihr nicht, in der Öffentlichkeit Streitigkeiten im Beisein Dritter anzufangen, und solange Fluchs die Zeche bezahlte, würde sie auch sein Bier trinken. Zu ihrer Überraschung fragte Fluchs jedoch, ob er das Essen mit einem Auftritt bezahlen dürfe, und freudig willigte der Wirt ein.

»Solange Ihr gut seid und Eure Musik meiner lieben Minka gefällt, dürft ihr gerne spielen.«

Sie schlugen darauf ein und wenige Minuten später stand Fluchs in der Mitte zwischen den Tischen. Eine Bühne gab es nicht.

»Meine sehr verehrten Damen und Herren, liebes Händlervolk!«, begann er seine Darbietung. »Heute Abend haben Sie alle die große Ehre, das allseits beliebte Lied der zwei Könige zu hören.«

Er verbeugte sich tief, ohne jedoch Applaus zu ernten. Die meisten Gäste blickten ihn verwundert an, lediglich der Wirt stand lachend neben einer klein gewachsenen und freundlich aussehenden Frau hinter der Theke.

Fluchs schritt leichtfüßig zwischen den Tischen entlang. Dabei hielt er die Geige in der linken Hand und nutzte den

Geigenbogen wie einen Dirigentenstab. Zwischen einigen grazilen Schwüngen blickte er die Gäste an und kündigte die Geschichte an, die diese gleich von ihm hören würden:

»Es handelt sich bei dem Lied, das ich Ihnen darbieten werde, um die Geschichte zweier Brüder. Jeder von ihnen wollte König werden, und wie es das Schicksal nun einmal so wollte, wurden sie auch beide Könige.«

»Die Glücklichen!«, grölte ein angetrunkener Mann aus der Menge als Zwischenruf, woraufhin das Publikum lachte. Fluchs jedoch ließ sich davon nicht beirren.

»Sehr wahr, guter Mann!«, setzte er seine Geschichte fort.

»Jeder der Brüder erbte vom Vater eine Hälfte des Königreiches. Sie waren frohe und gütige Könige. Der Jüngere von beiden wählte eine reiche und ansehnliche Frau eines Nachbarreiches zur Gemahlin, der Ältere von beiden jedoch eine einfache Schreinerstochter. Diese war schön, klug und brachte den König zum Lachen. Doch dann ...«

Fluchs machte eine dramatische Pause und blickte sich mit vielsagendem Stirnrunzeln um. »Dann zerstritt sich der jüngere Bruder mit seiner Frau. Kurzerhand ließ er sie nach einem fürchterlichen Streit und nach durchzechter Nacht dem Henker vorführen. Mit dem ersten Sonnenstrahl schlug man ihr den Kopf ab.«

Zischend ließ er den Geigenbogen nach unten sausen. Das Publikum hing gebannt an seinen Lippen. Nya sah zu dem Wirt hinüber und sogar ihn und seine Frau schien die Erzählung gepackt zu haben. Das Lachen in ihren Gesichtern war ehrlicher Spannung gewichen. Ebenso

gespannt verfolgten die anwesenden Gäste jede von Fluchs'
Bewegungen und sehnten jedes Wort herbei.

Fluchs drehte sich um und fuhr fort. »Den jungen König
plagte sein Gewissen und er verfiel in tiefe Trauer, ob der
schlimmen Tat, die er begangen hatte. Sein Volk, das die
Königin geliebt hatte, wurde unruhig. In seinem ganzen
Zorn richtete er sich gegen seinen eigenen Bruder. Er schob
ihm die Schuld zu, behauptete gar, er sei von dessen Frau
verhext worden. Diesen Vorwurf konnte der ältere Bruder
nicht auf sich beruhen lassen und forderte auf Anraten
seiner Getreuen den eigenen Bruder zum Duell heraus.«

Fluchs drehte sich schnell um und begann, abwechselnd
in jede Richtung mit sich selbst zu fechten.

»Sie kämpften einen ganzen Tag und eine ganze Nacht
lang, bis schließlich der jüngere Bruder den entscheidenden
Stich tat.«

Er verharrte in seiner Bewegung, hob dann in einer
dramatischen Bewegung die Geige ans Kinn und begann zu
spielen. Die Melodie war langsam und so traurig, dass einige
der Anwesenden sich Tränen aus den Gesichtern tupften.
Auch Nya hatte Mitleid mit dem alten König und seiner
Frau. Fluchs beendete das Stück und blickte in die Menge.
Es war still und ein Schleier der Trauer lag über dem
Publikum. Ganz, wie er es geplant hatte. Dies war der
perfekte Moment, um zum großen Finale anzusetzen.

Er begann leise, beinahe flüsternd. »Die Königin nahm
den blutüberströmten Körper ihres getroffenen Mannes in
die Arme und ließ ihn in das Schloss zurückbringen. Den
mörderischen Bruder jedoch ließ sie von den Wachen

einsperren, was niemand zu verhindern versuchte. Im Schloss angekommen, saß sie am Sterbebett ihres Mannes und weinte tausende und abertausende Tränen, die kein Meer hätte fassen können. Endlich stand sie auf, beugte sich über ihren Geliebten und küsste ihn sanft auf die Lippen.« Erneut begann Fluchs zu spielen.

Das Lied begann sachte und verhalten. Zu Anfang war es so leise, dass jedes Flüstern lauter gewesen wäre, steigerte sich dann jedoch, bis es in eine hoffnungsvolle Melodie anstieg. Diese begann sich zu entfalten und zu verbreitern, bis Fluchs auf dem Höhepunkt erneut innehielt.

»Doch als sie ihn küsste«, er ließ den Geigenbogen und seine Finger schnell über die höchsten Seiten gleiten, was eine weitere Steigerung zur Folge hatte, »tat er die Augen auf. Ihre Liebe ...« Er drehte sich ein letztes Mal langsam um die eigene Achse und sah jedem Gast in die Augen, bis er vor den Augen Nyas zum Stehen kam. Er schritt langsam auf sie zu, beugte sich zu ihr herunter, bis seine Lippen nur noch einen Spalt von ihren entfernt waren. »Ihre Liebe hatte sein Leben gerettet.«

Tosender Applaus brandete vom erleichterten Publikum auf, während Nya unruhig auf ihrem Stuhl ein Stück zurückrutschte.

Fluchs zwinkerte ihr verschmitzt zu, erhob sich darauf schnell und richtete sich wieder an das Publikum.

»Die Königreiche schlossen sich unter dem älteren König zusammen, das Volk tanzte und feierte in den Straßen und begrüßte so sein neues Königspaar.« Dann hob er seine Geige und spielte ein letztes, freudiges Lied.

Als er geendet hatte, applaudierte und johlte das Publikum. »Bravo! Bravo!«, riefen einige der Gäste und auch der Wirt eilte herbei, um ihm die Hand zu schütteln.

Nachdem Fluchs seine Geige wieder eingepackt hatte, aß und trank er gemeinsam mit Nya, während um sie herum ausgelassen gefeiert wurde. Dabei nahmen einige Händler die Feierlichkeiten aus der Geschichte zum Anlass, ein Bier nach dem Nächsten zu bestellen. Fluchs hatte seine Schuldigkeit gegenüber dem Wirt getan. Als sie am Ende des Abends zu Bett gehen wollten und an der Theke nach einem Zimmer fragten, war die Stimmung noch immer ausgelassen. Die Wache, die sie zuvor am Schlagbaum getroffen hatten, war ebenfalls gekommen, als die Musik begonnen hatte. Der Mann beugte sich überschwänglich zu Nya herüber und riet ihr: »Halten Sie sich Ihren Mann bloß warm, Kindchen. Das isch 'n Glükschstreffer!«

Verlegen lächelte Nya und beide zogen sich mit dem Schlüssel, den ihnen der Wirt überreichte, auf ihr Zimmer zurück.

»Dass so etwas in dir steckt«, sagte Nya aufrichtig bewundernd, nachdem sie sich ihrer schweren Kleidung entledigt hatte und unter die Decke geschlüpft war, während Fluchs ihr abgewandt seinen Rucksack verstaute, »Hätte ich dir gar nicht zugetraut.«

Fluchs lächelte, entkleidete sich ebenfalls bis auf die Unterwäsche und kroch zu ihr unter die Decke. »Ach, solange es jedem gefallen hat, bin ich zufrieden.«

»Ich freue mich jedenfalls schon auf die nächste Vorstellung«, antwortete Nya.

Kurz darauf löschten sie das Licht, wünschten sich eine gute Nacht und drehten sich zum Schlafen um. Fluchs versuchte jedoch, nicht vollständig einzuschlafen.

Wie er es bei Hunden gesehen hatte, hielt er ein Auge offen und lauschte in die Dunkelheit. Er hatte gestern Nacht Nya im Schlaf schreien hören und wollte sichergehen, dass sie heute ruhiger schlafen würde. Heute Nacht, so nahm er sich vor, würde er sie beschützen. Noch während er dies dachte, schlief er tief und fest ein.

KAPITEL 14

Gleich am nächsten Morgen setzten sie ihre Reise, so schnell es ihnen möglich war, fort. Als sie die Treppe zum Gastraum hinunterschritten, wartete der Wirt bereits mit einem üppigen Frühstück auf sie. So lieb es Fluchs auch gewesen wäre, ohne große Umschweife abreisen zu können, so sehr genoss er diese Verzögerung auch. Er hatte selten erlebt, dass Menschen so überschwänglich auf seine Darbietung reagiert hatten, und es freute ihn ungemein, diese Art der Aufmerksamkeit genießen zu können. Einen Moment lang dachte er wehmütig an seine Heimat und daran, dass er diesen Applaus gerne mit seiner Schwester geteilt hätte. Doch nun war nicht der Zeitpunkt für solche Gedanken. Er musste sich vielmehr auf den Weg vor sich konzentrieren.

Sie aßen das herzhafte Frühstück mit großem Appetit, ohne dabei unhöflich zu wirken, und betraten die Handelsstraße nach Sonnenaufgang. Trotz der Verspätung bemühten sie sich nicht, schneller zu gehen. Sie hatten in den letzten Tagen an der eigenen Haut erlebt, was unter starker Anstrengung mit ihren Füßen geschah.

Auf diese Weise zogen sie ohne weitere Blasen an den Füßen die Handelsstraße entlang, immer der großen Bergkette im Nord-Osten entgegen. Sie gingen vorbei an kleineren Dörfern, Bauernhöfen und einer weiten Landschaft mit wenigen Hügeln.

Nachts rasteten sie am Wegesrand oder in einem der zahlreichen Wirtshäuser des Fürstentums. Fluchs fand heraus, dass die Menschen in diesem Teil des Landes spontan, fröhlich und über alle Maßen gastfreundlich waren. Nach seinen Auftritten musste er sich stets noch einige Zeit an der Theke mit den Gästen und dem Wirt unterhalten, bevor er sich endlich in einen viel zu kurzen Schlaf flüchten konnte. Gleichzeitig hatte er das Gefühl, dass sich sein Geigenspiel enorm verbesserte, je mehr Auftritte er an neuen Orten absolvierte. Auch Nya war diese Veränderung nicht entgangen. Als sie eines Abends nach einer Aufführung von »Die Prinzessin und der Knecht« in ihren Betten lagen, drehte sich Nya zu ihm herum.

»Woher kennst du eigentlich so viele verschiedene Lieder?«

Fluchs sah sie verlegen an. »Eigentlich sind es Geschichten, die ich mir ausdenke.«

»Ha!«, triumphierte Nya. »Wusst ich's doch!«

»Wie bist du drauf gekommen?«

»Niemand in den Schänken scheint auch nur eines deiner *berühmten Lieder* jemals gehört zu haben. Für alle sind sie immer völlig neu.«

»Ja, da hast du recht«, lachte Fluchs und kratzte sich verlegen an der Nase. »Wenn ich den Leuten vorgaukle, dass ein Stück in allen Landen bekannt ist, sind sie viel aufgeschlossener.«

»Bestimmt will keiner von ihnen ungebildet und weltfremd wirken«, ergänzte Nya.

Am folgenden Abend beobachtete sie die Einleitung von Fluchs genauer und tatsächlich schien das Publikum ab dem Moment hellhörig zu werden, da dieser ihnen eine weltbekannte Aufführung ankündigte.

Sie waren nun schon etwa drei Wochen gemeinsam unterwegs und nach seinem Auftritt setzte sich Fluchs zu ihr und seufzte schwer. »Halbzeit!«, sagte er zu Nya. »Nur noch weitere vier Wochen und wir müssten das Schloss erreicht haben.«

»Wo genau müssen wir denn eigentlich hin?«, fragte sie.

»Wir müssen weiter in Richtung Norden und dann nach Nord-Osten über den Bergpass, wenn ich das richtig verstanden habe«, antwortete Fluchs.

»Von dieser Reise würde ich euch zwei abraten«, brummte eine tiefe Stimme hinter ihnen.

Beide drehten sich um und sahen einen alten, gebückten Mann am Tresen sitzen. Seine Haare waren lang und seine Kleider hingen als verfilzte graue Lumpen in Fetzen bis zum Boden. Sein faltiges Gesicht zierte eine knollige und rot verschorfte Nase, über der zwei weiße buschige Augenbrauen thronten. Seine knorrigen Hände hielten einen großen Humpen Bier fest umschlungen.

»Wenn ihr da hoch über den Pass geht, werdet ihr nicht lebendig zurückkehren«, mahnte der Alte mit erhobenem Zeigefinger. »Dort oben geschehen schlimme Dinge. Also kehrt lieber um, wenn euch euer Leben lieb ist.«

Fluchs schaute Nya besorgt an. »Was kann da oben schon Schlimmes sein?«

Der Alte hustete und drehte seinen Kopf zu den beiden herüber. Sein linkes Auge war gänzlich weiß und auch das rechte stark getrübt.

»Was es dort oben gibt?« Der Alte lächelte hämisch. »Da oben herrscht der Tod! Eis und Tod!«

Ein gehustetes Lachen brach zwischen den spärlichen schwarzen Zähnen hervor und verbreitete einen übelriechenden Gestank. Nya hielt die Luft an und wandte sich ab, doch Fluchs wollte mehr erfahren.

»Könntet Ihr es uns nicht etwas genauer sagen?«

Das Lächeln des Alten versiegte. »Ihr werdet Schrecken begegnen, die ihr so noch nicht erlebt habt. Die Berge sind voller Schnee, doch habt ihr euch mal gefragt, wo der herkommt?« Die beiden blickten ihn erwartungsvoll an.

»Es ist der Atem der Eisdrachen, der die Bergpässe einschneit ...«

Nya warf Fluchs einen amüsierten Blick zu.

»... und wenn euch die Eisdrachen nicht an Ort und Stelle einfrieren, dann sind es die Aasfresser, die euch nachts, wenn ihr schlaft, die eingefrorenen Glieder bei lebendigem Leibe herunternagen.«

Während seiner Ausführungen waren allmählich alle Gespräche im Gasthaus verstummt und einer unangenehmen Stille gewichen.

»Jetzt reicht es aber, du alter Märchenerzähler!« Der Wirt schlug mit der flachen Hand auf die Theke.

»Das sind alles Ammenmärchen. Glaubt ihm nicht, er ist verwirrt und nicht ganz bei Trost. Hier alter Mann, trink noch ein Bier und sei friedlich.«

Er stellte dem Alten ein neues Bier hin, doch dieser dachte gar nicht daran, sich beruhigen zu lassen.

»Ich weiß, was ich weiß. Ein Freund von mir kam selbst nur knapp mit dem Leben davon. Auch ich habe damals nicht geglaubt, was er mir erzählt hat. Also habe ich mich selbst auf den Weg gemacht und wäre beinahe nicht zurückgekommen. Ein Frostdrache war es! Ja, ein Frostdrache! Er fror mein rechtes Bein ein und ließ mich zum Sterben zurück.« Erneut war es während der Erzählung des Alten im Raum still geworden.

»Wie habt ihr es dann geschafft, lebendig zu entkommen?«, fragte Fluchs neugierig.

»Weil ich schlau bin!«, antwortete der Alte und tippte sich mit dem Zeigefinger an die Schläfe. »Ich stand also da, mitten auf der Passstraße, und war angefroren. Der eiskalte Wind brannte mir in den Augen und ich konnte fast nichts mehr sehen. Also hab ich mich fallen lassen. Dabei ist mein vereistes Bein einfach abgebrochen. Wie ein Grashalm. Danach habe ich mich mit diesen beiden Händen«, er hob seine Hände leicht in die Höhe, soweit es ging, »den Pass hinuntergezogen, bis man mich dann unten am Fuß des Berges gefunden hat.«

Der Wirt brach in schallendes Gelächter aus. Einige Gäste stimmten ebenfalls mit ein und so herrschte bald eine überschwängliche Atmosphäre, die vom reichlich fließenden Bier und Schnaps weiter angeheizt wurde.

»Hast du dich auch mit den Zähnen vorwärtsgezogen?«, rief ein Betrunkener aus dem hinteren Teil des Raumes.

»Nein, er ist bestimmt auf dem Allerwertesten herunter gerutscht!«, rief ein anderer dazwischen und schallendes Gelächter tönte ohrenbetäubend laut durch die Schänke.

»Pöbel!« Der Alte spuckte auf den Boden, griff neben sich und zog einen Gehstock hervor. Dann humpelte er auf einem Bein langsam zur Tür. Er drehte sich ein letztes Mal um und Fluchs hätte schwören können, dass die Augen des blinden Mannes ihn direkt ansahen.

»Hütet euch vor den Armen aus Stein!«, warnte der Alte und stieß mit dem Stock fest auf den Boden.

Dann ging er ohne ein weiteres Wort hinaus. Fluchs und Nya blieben zurück.

»Meinst du, an der Geschichte ist was dran?«, flüsterte Nya.

»Ach, so ein Unsinn«, erwiderte Fluchs, »Frostdrachen? Ich bitte dich! Der Alte wollte nur auf sich aufmerksam machen.«

»Wenn du meinst.« Nya wollte nicht mit ihm darüber streiten. Die beklemmende Übelkeit in ihrem Bauch ließ jedoch nicht nach.

»Eins muss ich ihm lassen«, bemerkte Fluchs anerkennend, als sie sich wenig später zu Bett legten, »eine gute Geschichte kann der Alte erzählen. Er ist fast so gut wie ich.«

Nya drehte sich um. »Ich mag deine Geschichten lieber. Die gehen immer gut aus und sind nicht so gespenstisch.«

»Da hast du recht«, murmelte Fluchs, der bereits in den Halbschlaf abglitt. Nya jedoch konnte noch nicht ans Schlafen denken. Zu aufgewühlt war sie von der Geschichte. War es etwa möglich, dass die Geschichte auch nur ein bisschen Wahrheit enthielt? Sie stand auf und ging zum Fenster.

Es war wieder eine Vollmondnacht und die flache Landschaft glänzte in bläulichem Schein. Doch dahinter stiegen bedrohlich die spitzen Bergketten in den schwarzen Nachthimmel empor. Ihre schneebedeckten Gipfel leuchteten strahlend hell über dem schwarzen Gestein. Nya konnte nicht anders, als an eine Messerklinge zu denken, auf der dicke Tropfen weißen Blutes lagen. Vor diesem Messer jedoch hatte sie wesentlich mehr Angst als vor jeder echten Klinge, die man bisher auf sie gerichtet hatte.

KAPITEL 15

Am nächsten Morgen brachen sie nach einem besonders herzhaften Frühstück auf. Der Wirt hatte ihnen als besonderen Gaumenschmaus die Reste des vom Vorabend übrig gebliebenen Spanferkels serviert. So aßen sie reichlich und besprachen währenddessen noch einmal die vor ihnen liegende Strecke.

»Heute Abend möchte ich am Fuß des Eiswindpasses Rast machen. Auf diese Weise können wir dann morgen mit dem Aufstieg beginnen.« Fluchs studierte die vor ihm liegende Seite aus dem Einladungsschreiben. Darauf war eine umfangreiche Karte des Passes abgebildet.

»Bist du dir wirklich sicher, dass es keinen Weg um den Pass herum gibt?«, fragte Nya mit einem sorgenvollen Blick aus dem Seitenfenster des Gasthauses auf die weiß gedeckten Spitzen des Berges.

»Natürlich bin ich sicher. Sieh mal, es war doch nur ...«

»Es war eine eindeutige Warnung«, fiel ihm Nya ins Wort. »Hast du das Bein des Alten nicht gesehen?«

Fluchs lehnte sich in seinem Stuhl zurück und sah Nya skeptisch an. »Ja, ich habe sein Bein gesehen. Und? Was soll das schon bedeuten? Glaubst du nicht, dass es noch tausend andere Geschichten gibt, die erklären würden, warum ihm ein Bein fehlt?«

Nya zuckte mit den Schultern. »Schon. Aber denk doch mal nach. Es hat einfach alles zu gut gepasst.«

»Ich kenne keinen anderen Weg. Wir werden es sowieso schwer genug haben, das Schloss rechtzeitig zu erreichen. Einen Umweg können wir uns einfach nicht leisten.«

Er packte seine Papiere zusammen und stand mit einer kraftvollen Bewegung auf. »Du kannst natürlich auch hierbleiben, wenn du dich nicht traust.« Er funkelte Nya mit herausforderndem Lächeln an.

Doch Nya ließ sich so einfach nicht überreden.

»Hör mal, wir haben bisher wirklich ein riesiges Glück gehabt. Was ich sagen will, ist, dass wir uns vielleicht ein bisschen umhören sollten. Sonst merken wir erst oben auf dem Berg, dass die Geschichten wahr sind.«

»Ich mache dir ein Angebot. Lass uns erst einmal bis zum Eiswindpass reisen. Dann sind wir viel näher dran. Wenn wir über uns einen Drachen oder irgendein anderes Monster sehen, bleiben wir unten und suchen uns einen neuen Weg. Ansonsten gehen wir hoch.«

Widerwillig stimmte Nya zu und stand ebenfalls vom Tisch auf. Sie bedankten sich höflich beim Wirt für dessen Gastfreundschaft und machten sich dann auf den Weg zu der Bergkette im Norden.

Die Strecke fiel ihnen anfangs besonders leicht, obwohl sie sich die Bäuche gerade erst mit vor Fett triefendem Schweinefleisch vollgeschlagen hatten.

Gegen Mittag änderte sich das Wetter jedoch zusehends. Zuerst zogen einige Wolken am bisher strahlend blauen Himmel auf, dann blies der Wind aus Süden immer stärker in ihren Rücken. Es war nun viel kühler als an den letzten Tagen, doch wirklich unbehaglich wurde es am späten Nachmittag.

Verheißungsvoll brandeten dunkle Regenwolken gegen die steilen Hänge des vor ihnen aufragenden Irgund-Bergmassivs. Sie türmten sich hoch in den Himmel hinauf und über den Bergen sahen die Wolken aus wie eine dunkle Krone, die auf dem Kopf eines Riesen thronte.

Weit unter den Gipfeln verbarg eine dicke Schicht aus weißen, grauen und schwarzen Wolken den Blick auf den Pass. Lediglich der graue Fels nahe dem Boden war noch zu sehen. Nya fror ein wenig, daher zog sie ihre Decke aus dem Rucksack und warf sie sich über. Fluchs zog sein dünnes Hemd zusammen, wollte jedoch Nya gegenüber nicht schwach erscheinen und verkniff sich jedes Frösteln. Trotzdem kam ihm ein mit Sorge beladener Gedanke in den Kopf, den er einfach nicht ignorieren konnte, so sehr er sich auch anstrengte: Wenn es ihnen jetzt schon zu kalt war, wie sollten sie es ohne warme Kleidung über den Pass schaffen?

Schweigend gingen sie nun die Straße entlang. Ihre Lage wurde noch einmal schwieriger, als der Regen einsetzte. Nein, Regen war nicht das richtige Wort, dachte Fluchs. Was sich aus den Himmeln auf sie herab goss, konnte nicht weniger sein als der Inhalt eines ganzen Meeres. Für Fluchs, der noch nie in seinem Leben ein Meer gesehen hatte und es lediglich aus Erzählungen kannte, war das die größte Menge Wasser, die er sich vorstellen konnte. Binnen weniger Augenblicke hatte sich ihre Kleidung vollgesogen. Nya hielt nun die triefend nasse Decke schützend über dem

Kopf und Fluchs versuchte mit der rechten Hand das auf ihn einprasselnde Wasser aus seinem Gesicht fernzuhalten. Sie konnten nun kaum mehr als dreißig Schritte weit sehen und die unzähligen Regentropfen prasselten in einem ohrenbetäubenden Rauschen zu Boden.

»Wir müssen aus dem verdammten Regen raus!«, rief Nya zu ihm herüber. Durch die laute Umgebung hörte er ihre Stimme jedoch nur dumpf, als sei sie von einem Kissen erstickt. Er schüttelte den Kopf. »Noch nicht. Wir müssen noch etwas weiter.«

Dann sah er wieder vor sich auf die Straße und rief sich die Karte ins Gedächtnis, die er am Morgen bis ins kleinste Detail studiert hatte. Noch gingen sie in etwa in die gleiche Richtung wie zuvor. Schon bald müsste die Straße jedoch eine starke Kurve nach links machen und ein nicht gepflasterter Weg geradeaus führen. Das war die Abzweigung zum Pfad, auf die er wartete. Außerdem konnte er sowieso keinen geeigneten Unterschlupf erkennen, und da sie bereits nass waren, konnten sie auch weiter gehen.

Als sie die Abzweigung endlich erreichten, war der Berg vor ihnen vollständig im Dunst verschwunden. Trotzdem hatte sich die Landschaft sichtlich verändert. Vor ihnen befanden sich weniger Gräser und Büsche, dafür aber viele schroffe Felsen. Zwischen dicken Gesteinsbrocken, die mehr als zwei Männer hoch aufragten, zwängte sich kaum sichtbar ein Pfad hindurch. Am Hang hinter diesen großen Felsen hatte sich Bodennebel gebildet, dessen weiche Decke die Felswände vor genaueren Blicken abschirmte.

Es schien ihm beinahe so, als wolle der Nebel sich schützend über die Erde spannen, um den unnachgiebigen Regen zurückzudrängen. Fluchs mochte diesen Gedanken und versprach sich, dieses Bild in einem seiner nächsten Lieder zu verwenden.

Er hob seine Hand und signalisierte Nya, dass sie sich jetzt nach einem Ort für die Rast umsehen konnten. Die Sicht war mittlerweile so eingeschränkt, dass sich um sie herum kein Unterstand finden ließ.

»Zuerst müssen wir von der Straße herunter«, dachte Fluchs. Er stapfte in das feuchte Gras, welches zu seiner Seite lag, bewegte sich in Richtung einiger Büsche, die er durch den Nebel erkennen konnte, und hoffte darauf, auf Bäume zu treffen.

Leider war ihnen dieser Wunsch nicht vergönnt. Egal, in welche Richtung sie auch gingen, sie fanden keine Bäume. Entmutigt wollte Fluchs umdrehen, Nya jedoch stellte sich ihm mit ausgestreckter Hand in den Weg. Sie ergriff seinen Hemdkragen, und stieß ihn mit einem kräftigen Schub zurück. Fluchs konnte ihr Gesicht kaum sehen.

»Was ist los?«, rief er ihr entgegen?

Sie kreischte ihn wütend an, wobei sich ihre Stimme beinahe überschlug. »Ich hab dich gewarnt! Wir hätten vorhin Rast machen sollen! Da konnten wir noch was sehen!«

»Das kann ich jetzt auch nicht ändern!«, antwortete er und fügte mit einem halben Lächeln abfällig hinzu: »Vielleicht sind das ja die Regendrachen!«

Klatsch! Zwar konnte er die Ohrfeige durch den Regen, der seine Sicht verschwimmen ließ, nicht sehen, dafür hörte er das Klatschen, als die Hand seine Wange traf, umso deutlicher. Der Schlag war so stark, dass Fluchs einen Schritt zur Seite taumelte. Dieser eine unbedachte Schritt reichte jedoch aus, um ihn in Straucheln zu bringen. Er fand sich auf dem Boden wieder und sah überrascht zu Nya auf.

»Mistkerl!«, spie diese ihm durch ihre fest aufeinandergebissenen Zähne entgegen. Sie drehte sich um und ging davon. Es dauerte einen Moment, bis er sich gesammelt hatte. Er richtete sich, von den nassen Kleidern beschwert, mühsam auf, wobei er nur einen kurzen Augenblick zu Boden blickte, um einen sicheren Stand zu haben. Als er wieder hochsah, war Nya im Nebel verschwunden. Schnell hastete er ihr in dieselbe Richtung hinterher, konnte sie jedoch nicht mehr finden. Besorgt blieb er stehen und sah sich um.

Von Nya war nirgends ein Lebenszeichen zu sehen und überhaupt war die gesamte Umgebung in seinen Augen nur noch eine graue Masse. Nichts außer Nebel und Regen und dem nassen Boden. Dieser hatte sich so voller Wasser gesogen, dass Fluchs bis zu den Knöcheln in nassem Moos und Gras stand. Einige kleine Erhebungen ragten alle paar Schritte aus dem Boden hervor, doch sonst war nichts weiter zu erkennen.

»Nya!«, rief Fluchs, doch er erhielt keine Antwort. »Nyaaa!«, rief er, wobei er seine Hände, zu einem Trichter geformt, an die Mundwinkel hielt. Er schrie noch einmal, so laut er konnte.

Nichts. Nichts außer dem unaufhörlichen Prasseln des Regens. Panik stieg in ihm auf. Was, wenn sie nicht zurückkehren würde? Was, wenn er nun alleine weitergehen musste? Erst jetzt wurde ihm bewusst, wie sehr er ihre Gesellschaft in den letzten Wochen genossen hatte. Ihre Stimme, ihre frechen Kommentare und sogar die Art, wie sie ihr Essen in den Mund schob. Immer mehr Erinnerungen an Nya erschienen vor seinen Augen.

»Nya!«, schrie er erneut. Seine Stimme wackelte dabei deutlich und verwandelte sich in ein Wimmern, je öfter er ihren Namen rief, bis er schluchzend auf die Knie sank. Er dachte jetzt daran, wie sie seine Hand ergriffen hatte und sie gemeinsam durch die Stadt gelaufen waren, an jenem Abend, als sie sich begegneten. Ihre weiche Hand, die in seiner gelegen hatte. Er erinnerte sich an den Duft, der von ihrem Hals herauf strömte, als sie ihn küsste, an ihre Füße, als er sie massierte, und daran, wie sie schüchtern in Unterwäsche unter die Decke geschlüpft war.

Näher als bei ihrem ersten Kuss waren sie sich nicht gekommen, stets hatte zwischen ihnen eine körperliche Distanz geherrscht, besonders dann, wenn sie sich ein Bett in den Gasthäusern teilen mussten. Er gab sich seiner Verzweiflung hin und schloss die Augen. Seine Hände zitterten vor Trauer und Kälte. Die Erinnerung an Nya wärmte ihn jedoch ein wenig und er verkroch sich immer tiefer in seinen Gedanken an ihre gemeinsame Zeit.

Die Welt um ihn herum versank völlig im Dunkel und er konnte nichts mehr fühlen, beinahe so, als würde er träumen.

Er hatte bereits kein Gefühl mehr in seinen Armen, als er zwei Hände auf seinen Schultern spürte. Langsam öffnete er die Augen und hob den Kopf. Zuerst konnte er nur einen grauen Schleier vor seinen Augen erkennen, doch dann klarte seine Sicht langsam auf. Vor ihm kniete Nya und sah ihn besorgt an. Er konnte nicht erkennen, ob auch sie geweint hatte, da sie ebenfalls völlig durchnässt war.

»Wie ...«. Seine Stimme schmerzte und kratzte und versagte ihm jeden Dienst.

»Ich hab dich gesucht, als der Regen aufgehört hat. Der Nebel hat sich gelegt, da hab ich dich gesehen.«

»Du bist zurückgekommen«, seufzte Fluchs und sank kraftlos mit dem Kopf voran an ihre Schulter. Ihre Arme schlossen sich um ihn und drückten seinen Körper an ihre Schulter. Dann stieß sie ihn wieder von sich und schüttelte ihn.

»Komm schon, wir müssen ins Warme«, sagte sie mit sanfter Stimme, während sie sich in die Augen blickten. Dann stand sie auf und half ihm mit einem kräftigen Zug an den Händen dabei aufzustehen. Fluchs taumelte auf die Beine und einen kurzen Moment lang schien die Welt vor seinen Augen in einer Welle hin und her zu schwappen. Erst jetzt merkte er, dass sein ganzer Körper vor Kälte taub war. Nya ging voran und Fluchs, der jede Orientierung verloren hatte, folgte ihr mit gesenktem Kopf. Es kümmerte ihn auch nicht mehr, wohin sie gingen. Sie zog ihn an ihrer Hand hinter sich her und er genoss diesen Moment, auch wenn seine Finger nicht mehr als den Druck ihrer Hand fühlen konnten.

Bald hatten sie ihr Ziel erreicht. Nya zeigte auf eine Gruppe von Bäumen. »Komm schon, wir sind fast da«, trieb sie ihn an, und als er hochblickte, erkannte er, was sie meinte.

Einer der Bäume war umgeknickt und hatte sich im Blätterdach einer daneben stehenden Eiche verfangen. Der Stamm der Eiche war mehr als einen Meter dick und der uralte Baum hatte sich um den Eindringling in seinem Geäst herum entwickelt. So war eine Stelle entstanden, die vom Regen nicht erreicht wurde.

Nya zog Fluchs bis zum Stamm des Baumes und deutete ihm an, er solle sich setzen. Ohne Widerstand folgte er ihrer Anweisung. Dann sammelte sie einige kleine Zweige, die trocken geblieben waren, und etwas Laub, welches sie gemeinsam aufschichtete. Sie verschwand hinter dem Baum und Fluchs starrte vor sich auf das kleine Häufchen. Er griff nach seinem Rucksack und wollte das Zunderkästchen hervorholen, doch seine Finger waren von der Kälte so ungeschickt, dass er den Verschluss nicht richtig zu fassen bekam. Resigniert lehnte er sich zurück an den Stamm, nur wenige Sekunden später gab sein völlig entkräfteter Körper nach und Fluchs verlor das Bewusstsein. Dunkelheit legte sich über seinen Geist.

Irgendwann drang ein Geräusch an sein Ohr. Zuerst war es in der Schwärze kaum wahrzunehmen, doch dann wurde es immer lauter. Er bemerkte eine Bewegung, die immer stärker wurde, bis er allmählich das Bewusstsein wiedererlangte.

»Fluchs!« Es war Nyas Stimme, die ihn aus der Ohnmacht zurückholte. »Komm schon! Wach auf!«

Klatsch!

Eine weitere Ohrfeige traf ihn genau in dem Moment, als er wieder vollends das Bewusstsein erlangte. Er öffnete die Augen und sah direkt in Nyas tränenüberströmtes Gesicht, hinter dem die rötlichen Flammen eines großen Lagerfeuers loderten.

»Es ist genug«, hörte er sich selbst sagen, »ich bin ja schon wach.«

Nya drückte ihn an sich und zog seinen Kopf fest an ihre Schulter. Da war er wieder, dieser unverwechselbare Geruch, der von ihrem Hals hinauf in seine Nase strömte. Er folgte dem Duft mit seiner Nase und fuhr dabei langsam an ihrer Schulter entlang, bis er auf die sanfte, weiche Rundung der Stelle traf, an der ihre Schulter den Hals erreichte. Langsam folgte er der warmen Berührung und dem Duft weiter an ihrem Hals hinauf, bis er beinahe ihr Ohr erreicht hatte.

Er küsste die samtweiche Haut an ihrem Hals ohne jeglichen Druck. Nyas Hand fuhr seinen Rücken entlang, bis sie seinen Nacken erreichte. Wieder küsste er ihren Hals, dieses Mal direkt unter dem Ohr. Die Hand an seinem Nacken fuhr langsam am Haaransatz hinauf und kreiste dort durch sein dichtes Haar. Der nächste Kuss war beinahe noch sanfter als jener zuvor, als seine Lippen ihre Wange trafen. Er spürte, wie Nyas Hand sich fest in seine Haare krallte und sie seinen Kopf sanft zur Seite zog, so dass seine

Nase sich zärtlich an ihre schmiegte. Er öffnete die Augen und sah Nyas wunderschönes Gesicht vor sich.

In einer unendlich langsamen Bewegung näherten sich Nyas Lippen den seinen. Er wagte es kaum, zu atmen, und verharrte in diesem einen Moment, in dem der Rest der Welt nicht existierte. Als ihre Lippen sich berührten, durchfuhr ein Zittern seinen Rücken vom Nacken aus hinab bis zur Hüfte und in seinem Bauch breitete sich ein wohliges Kribbeln aus. Dabei ließ er seinen Blick nicht von Nyas Augen weichen. Ihre Lippen öffneten sich ein wenig und er ließ seine Lippen den ihren folgen. Ihre Zungen begegneten sich nur leicht und tänzelten zum Takt der knisternden Flammen des Feuers. Fluchs hoffte, dieser Moment würde nie wieder aufhören. Ihre Lippen schlossen sich langsam um seine Unterlippe, dann glitt ihr Gesicht zurück.

Sie fiel ihm um den Hals und umarmte ihn so fest, dass er beinahe keine Luft mehr bekommen hätte. Es hätte ihm nichts ausgemacht, nie wieder zu atmen.

»Lass mich nie wieder im Stich, hörst du?«, flüsterte ihm Nya ins Ohr.

Fluchs nickte, doch sie verstärkte ihre Umarmung weiter.

»Versprich es mir!«, forderte sie nun mit sanftem Nachdruck.

»Versprochen«, antwortete Fluchs.

Sie lockerte ihre Arme wieder und setzte sich so neben ihn, dass sie seinen Kopf an ihre Schulter legen konnte. Während ihre Kleidung vom Feuer gewärmt dünne Dampfschwaden aufsteigen ließ, legte sie ihren linken Arm um seine Schulter und ihren Kopf an seinen. Bald schliefen sie glücklich aneinander geschmiegt ein.

KAPITEL 16

Als Fluchs die Augen aufschlug, erwartete ihn ein kristallklarer Morgen. Raureif hatte sich auf die mit Gras bewachsenen Ebenen gelegt und glitzerte nun im gleißenden Licht der ersten Sonnenstrahlen.

Doch Fluchs empfand keinerlei Gefühl von Kälte, denn unter seinem rechten Arm hatte sich Nya in seinen Schoß gelegt. Ihr Bauch hob sich sanft auf und ab und Fluchs entschied, sie noch ein bisschen länger schlafen zu lassen. Die Tage, die hinter ihnen lagen, waren bereits anstrengend genug gewesen und die Aufregung des gestrigen Tages hatte auch ihn viel Kraft gekostet.

Verglichen jedoch mit dem schweren Aufstieg, dem sie sich heute würden stellen müssen, war der Weg hinter ihnen der leichtere gewesen. Vor ihnen lag nichts als Stein, Schnee und Eis. Das einzige, was diese drei Dinge noch schlimmer machte, war die beträchtliche Steigung des Pfades, der sich den Berg hinauf schlängelte. Vorsichtig versuchte Fluchs sich umzudrehen, ohne Nya aufzuwecken. Er wandte seinen Kopf über die linke Schulter, bis er den Aufgang zum Bergpfad erkennen konnte. Sie waren weiter entfernt als noch am Abend vorher, vermutlich war Nya einige Zeit gelaufen, bevor sie die Baumgruppe entdeckt hatte, in der sie übernachtet hatten. Beinahe wie zur Bestätigung drehte sie sich in seinem Schoß um und vergrub ihr Gesicht tief in der Decke, die über ihnen beiden lag. Dabei legte sie ein Stück der Rückseite von Fluchs Taille frei. Ein kühler Luftzug fuhr unter sein Hemd. Vorsichtig zog er die Decke zurück. Die Kälte war mit Sicherheit ihr größter Feind in den kommenden Tagen.

Sollten sie umkehren? Vielleicht könnten sie in einem der umliegenden Dörfer einige Decken zu einem günstigen Preis kaufen und dann mit besserer Ausrüstung den Pass hinaufsteigen. Er seufzte. Nein, das war keine gute Idee. Sie würden beim Suchen viel zu viel Zeit verlieren. Es gab nur noch eine weitere Möglichkeit: Sie würden so schnell gehen, wie es irgendwie möglich war. Die hohe Geschwindigkeit würde sie in Bewegung halten und wärmen. Ein guter Nebeneffekt war, dass sie auf diese Weise die kalte Strecke schneller hinter sich lassen würden. Außerdem gab es zwei Möglichkeiten zu rasten:

Zum einen gab es das Kloster, welches sich bei knapp einem Drittel der Strecke befinden musste, außerdem ein Gasthaus, welches kurz vor der Hälfte des Passes lag. Sollten sie also zu sehr frieren, würden sie im Kloster einkehren und dort um Decken bitten. Gegen eine kleine Spende würde man ihnen mit Sicherheit helfen. Im Gasthaus würde er für einen Auftritt sicherlich ebenfalls einige warme Kleidungsstücke erwerben können, falls dies noch nötig sein sollte.

Fluchs blickte hinunter zu Nya. Sie lag dort in seinem Schoß, und je länger er sie so ansah, desto mehr wünschte er sich, der Moment würde nie mehr ein Ende finden. Doch sie mussten aufstehen, um das Kloster noch vor dem Ende der Nacht zu erreichen. Sanft fuhr er mit den Fingern der rechten Hand durch ihre Haare, die wie weiches Geschmeide leicht durch seine Finger glitten.

»Nya«, flüsterte er, »es ist Zeit. Du musst jetzt aufstehen.«

Sie bewegte sich, ohne jedoch ein Wort zu sagen, und kam erneut zur Ruhe.

»Komm schon. Nya. Aufstehen!«, sagte er nun etwas lauter, wobei er mit sanftem Druck über ihren Rücken hinunter zur Hüfte strich. Sie regte sich unter ihm und drehte sich auf den Rücken, wobei seine Hand unweigerlich auf ihren Bauch wanderte. Langsam öffnete sie die Augen und sah ihn verträumt an. Sie lächelte sofort, als ihre umherwandernden Augen sein Gesicht erkannten, und fand Ruhe. Er beugte sich zu ihr hinab und gab ihr einen Kuss auf die Lippen.

»Hast du gut geschlafen?«, fragte er, was sie mit einem zufriedenen Nicken beantwortete. Sie richtete sich langsam auf und lehnte sich dann mit dem Rücken an seine Brust. Er legte seine Arme um sie und zog sie näher zu sich, sein Kinn ruhte nun auf ihrer Schulter, wo ihm der Duft ihres Körpers in die Nase zog. Dieser Geruch nach Blumen hatte ihn bereits bei ihrer ersten Begegnung fasziniert und in seinen Bann gezogen. Nun genoss er jede Sekunde ihres Duftes und freute sich darüber, dass dieser zumindest noch einige Stunden an seinen Kleidern haften würde.

»Ich werde das Feuer wieder in Gang setzen. Kümmerst du dich ums Frühstück?«, fragte er leise in ihr Ohr, wobei seine Lippen nur einen Kuss weit davon entfernt waren.

Seine Nase fuhr langsam an ihrer Ohrmuschel entlang, was sie mit einem leichten Schnurren kommentierte.

»Lass uns nur noch ein bisschen so sitzen, ja?«, antwortete sie mit weicher Stimme. Anstatt einer Antwort bedachte er ihren Hals mit einer Vielzahl sanfter, langsamer Küsse, bevor er sein Kinn wieder auf ihre Schulter legte. Sie fuhr Fluchs mit der Hand durch die Haare. So saßen sie noch eine Weile und sahen dabei zu, wie die Sonne sich immer weiter vom Horizont erhob.

Erst als sie bereits eine Hand breit über dem Horizont am Himmel stand, lösten sich beide aus ihrer innigen Umarmung und standen auf. Gemeinsam aßen sie Brot, das sie reichlich mit Käse und Wurst von Bauer Jorgens belegten. Vor der Abreise steckte Fluchs noch so viele Zweige und Äste in seinen Rucksack, wie er irgendwie hineinpacken konnte. Falls sie es nicht bis zur Dunkelheit ins Kloster schafften, konnten sie sich so vielleicht vor dem Erfrieren retten. Er streckte noch ein letztes Mal die Arme in die Höhe, dann schnallte er sich wieder den schweren Rucksack um. Sein Rücken hatte sich in den letzten Wochen gut an das Gewicht gewöhnt, welches täglich Stunden lang auf seinen Schultern lastete. Fluchs war sich sogar sicher, dass er einige Muskeln an Stellen fühlen konnte, von denen er vorher nicht gedacht hätte, dass sie überhaupt über Muskeln verfügten.

Sie verließen ihr Nachtlager in Richtung Norden und ihre schnellen Schritte fanden sofort einen gemeinsamen Rhythmus nebeneinander. Nya machte etwas kürzere Schritte als er, darum achtete er darauf, nicht zu schnell für sie zu gehen. Ihm schien heute jedoch alles wesentlich leichter als noch in den letzten Wochen. Sie unterhielten sich ausgelassen während des Marsches und erreichten bereits nach einer kurzen Zeit den Fuß des Berges. Nun begann der Aufstieg. Währenddessen erzählte Fluchs von seinem Heimatdorf und davon, was er alles hatte tun müssen, um diese Reise möglich zu machen. Er erzählte von Trella und Bauer Jorgens, ebenso von dem Haus, welches er mit seiner Schwester bewohnte.

»Eines Tages möchte ich dir das Haus einmal zeigen.«

»Das können wir gerne machen«, antwortete Nya.

Fluchs schaute zu ihr herüber. Ihre Augen waren starr auf den Weg gerichtet.

»Wie wäre es, wenn du nach dem Konzert mit zu mir nach Hause kommst und dir das Dorf einmal ansiehst? Ich würde dich auch gerne meiner Schwester vorstellen.«

Nya antwortete nicht.

Fluchs wartete ein wenig, doch eine Antwort blieb aus. War seine Frage unhöflich gewesen? Nein, das konnte er sich nicht vorstellen. Fluchs überlegte weiter. Er hatte noch nie ein Mädchen mit nach Hause gebracht. In seiner Jugend war er nie sonderlich beliebt gewesen, außerdem hatte er damals mit dem Tod seiner Eltern so viel Last gehabt, dass er sich nicht viel aus anderen Menschen machte. Später hatte sich das zum Glück gebessert, eine Geliebte hatte er jedoch nie gehabt. Doch war sie überhaupt seine Geliebte? Vielleicht wollte sie wirklich nur das Geld von dem Auftritt und würde dann gehen wollen. Fluchs verlor sich in einer unendlich langen Kette aus Ängsten und Sorgen.

»Ich würde gerne mitkommen«, antwortete Nya endlich nach der endlos wirkenden Pause und riss Fluchs damit wieder zurück in die Gegenwart. Er bemerkte, dass Nya während der ganzen Zeit beinahe nichts Persönliches von sich erzählt hatte.

Sie war eine junge Frau und eine Diebin. Außerdem hatte sie ein großes Herz und ihn aus der Kälte gerettet. Ebenso wusste er, dass sie lieber Wein als Bier trank und seine Auftritte mochte. Doch abseits solcher Trivialitäten hatte er keine Ahnung, mit wem er sich eigentlich eingelassen hatte.

»Sag mal«, setzte er an, »war das eigentlich wirklich dein Haus, in dem wir waren, als wir in Sonnenfeld aufgebrochen sind?«

»Ja, war es«, antwortete Nya. »Warum fragst du?«

»Na ja, ich habe da nicht viel Persönliches von dir gesehen«, fuhr Fluchs mit seiner Frage fort. »Da dachte ich, dass du vielleicht nur dort abgestiegen bist.«

»Du hast gedacht, ich hätte das Haus gestohlen?« Nyas Stimme hob sich und war nun schroffer als sonst.

»Nein, nein.« Fluchs versuchte, seinen vorherigen Satz abzumildern. »Ich hatte lediglich gehofft, etwas Persönliches von dir zu sehen.«

»Was hast du denn erwartet?«, fragte Nya mit herausforderndem Unterton.

»So genau weiß ich das nicht. Bei mir zu Hause erkennt man auf den ersten Blick, dass das Haus bewohnt ist. Es stehen einige Becher auf dem Tisch, manchmal bringe ich auch Blumen mit und stelle sie in die Vase. Solche Dinge eben. Oder Schmuck, oder«, er dachte kurz nach und lachte, »keine Ahnung, Wolle und Stricknadeln. Was weiß ich.«

»Also möchtest du mir eigentlich sagen, dass mein Haus keine Persönlichkeit hat, weil ich mein Zeug nicht überall liegen lasse?«

Fluchs fiel darauf keine gescheite Antwort ein. »Vielleicht hast du recht. Entschuldige bitte.«

Er lachte verlegen und sie stimmte ebenfalls mit ein.

»He, warte mal!« Nya blieb stehen und drehte sich um. Fluchs hielt an, folgte ihrem Blick und drehte sich ebenfalls um. Hinter ihnen erstreckte sich ein weiter Blick über die Ebenen des Fürstentums. Die Sonne wurde nur gelegentlich von einigen Wolken unterbrochen, deren dunkle Schatten langsam über die Felder, Weiden und Wälder hinweg zogen. »Ich bin noch nie so hoch über der Welt gewesen.« Nyas Hand schloss sich sanft um seine.

»Es ist wirklich einmalig. Sieh mal, in dieser Richtung müsste Sonnenfeld liegen.« Er zeigte in die Richtung, in der er Sonnenfeld vermutete, ohne es jedoch aus dieser Entfernung erkennen zu können. Durch ihre angeregte Unterhaltung hatten sie bereits sehr viel des Weges hinter sich gebracht. Er sah hinab und musste sich beherrschen, damit ihm nicht schwindlig wurde. Der Weg unter ihnen zog sich ziemlich steil hinab bis zum Tal. Er führte dicht gedrängt an der Felswand den Berg hinauf und gelegentlich hatten sie Treppen hinaufsteigen müssen, die vor Jahrhunderten direkt in den Stein gehauen worden waren. Fluchs drehte sich um und sah an der Felswand hinauf.

In geringer Entfernung erspähte er eine Felskante, an der er den Pfad aus den Augen verlor. Darüber erhoben sich die steinernen grauen Hänge des Berges. An den Stellen, wo sie nicht zu steil waren, hatte sich dicker Schnee abgelegt. Trotz der Höhe würden sie noch wesentlich weiter hinauf steigen müssen. Die Luft hier erschien ihm klarer und es war bereits deutlich kälter als am Boden.

»Na los, lass uns weiter klettern. Wir müssen das Tageslicht, so gut es geht, nutzen.«

Nya willigte ein und sie setzten ihren Weg fort. Die Kante, die er gesehen hatte, lag tatsächlich weiter von ihnen entfernt als gedacht. Entfernungen schienen hier nicht so gut einschätzbar zu sein, da ihnen bekannte Fixpunkte wie Bäume oder Sträucher gänzlich fehlten. Sie erreichten die Stelle erst nach zwei weiteren Stunden und der Aufstieg hatte sehr viel Kraft gekostet. Der Pfad wurde immer steiler, auch wenn Fluchs das für unmöglich gehalten hatte. Sie stiegen die letzten Stücke zur Kante über eine Treppe hinauf, hinter der sie endlich eine geringere Steigung erwartete.

Wie ein Gang schlängelte sich eine Felsspalte zwischen den hohen Wänden entlang, die sich zu beiden Seiten mehrere Meter hochzogen. Offensichtlich erklommen sie nicht den ganzen Berg, vielmehr gingen sie nun in einer Felsspalte zwischen ihm hindurch. Allmählich nahm das Licht im Gang ab und das, obwohl sich der Weg so sehr verbreitete, dass nun vier Männer nebeneinander hätten laufen können. Besorgt blickte Fluchs nach oben.

»Wir sind nicht schnell genug«, sagte er, nachdem sie eine Zeit lang durch die Schlucht gegangen waren.

»Zumindest liegt hier kaum Schnee«, entgegnete Nya und erst jetzt bemerkte Fluchs, was sie meinte. Lediglich an den Seiten des Pfades lag Schnee, nämlich dort, wo er von den Felskanten weiter oben abgerutscht war.

»Wir sollten in der Mitte gehen«, entgegnete er. Von nun an versuchten beide, den Wänden nicht zu nah zu kommen. Die Dunkelheit zog schneller auf als in den Ebenen und schon bald konnten sie kaum sehen, wohin sie ihre Füße setzten.

»Wir werden immer langsamer!«, dachte Fluchs erschrocken.

Als ihre Sicht so weit nachgelassen hatte, dass Fluchs überlegte zu stoppen und zu rasten, bemerkten sie hinter einer Abzweigung einen kaum wahrnehmbaren Lichtschein. Trotz der Dunkelheit folgten sie dem Gang weiter und standen völlig unvermittelt in einem gemauerten Durchgang. Der Pfad mündete hier in einen erleuchteten Platz, der etwa hundert Schritt zu ihrer Rechten in einen weiteren Durchgang führte.

In einer Ecke des Platzes ragten zwei hell erleuchtete Säulen bis kurz unter die Kante des Felsens über ihnen. Sie waren in den Stein gehauen, ebenso wie einige große Tore und Fenster, aus denen ein warmer Lichtschein auf sie und die Wände geworfen wurde.

»Das muss das Kloster sein«, sagte Fluchs bewundernd mehr zu sich selbst als zu Nya.

»Dann sollten wir uns beeilen«, antwortete Nya. »Bis zum Gasthaus wird es nicht mehr so weit sein.«

Fluchs sah ungläubig zu ihr. »Du willst doch nicht wirklich bei dieser Dunkelheit weiter gehen, oder?«

»Natürlich will ich das«, antwortete Nya. »Der Alte hat uns doch gewarnt!«

»Ich verstehe nicht, was du meinst.«

»Sehen die beiden Säulen für dich nicht auch aus wie die zwei Arme aus Stein, von denen der blinde Mann im Gasthaus gesprochen hat?«

»Nya, der Alte ist verrückt!«

»Das kannst du nicht wissen! Ich weiß allerdings, dass mich keine zehn Pferde da rein kriegen.«

Fluchs seufzte. »Ich bitte dich, denk doch mal nach. Es ist kalt, wir sind müde und da drinnen sieht es aus, als wäre dort ein warmes Feuer. Komm schon, lass uns hierbleiben.«

Doch Nya schüttelte den Kopf und ging auf den Gang zu ihrer Rechten zu. »Du kannst ja gerne hierbleiben und mich alleine weiter gehen lassen.«

Er konnte ihr angesichts dieser Aufforderung nicht widersprechen. Egal, was passierte, er hatte ihr versprochen, sie nie wieder im Stich zu lassen. Resigniert trottete er unwillig hinter ihr her, achtete aber ebenso darauf, etwas schneller zu gehen als sie, bis er endlich zu ihr aufgeschlossen hatte.

»Manchmal kannst du sehr fies sein«, murmelte er, was sie jedoch keiner Antwort würdigte. Sie traten am Ende des Platzes durch den steinernen Durchgang und bereits nach einer Abzweigung standen sie fast völlig im Dunkeln.

»Und was machen wir jetzt?«, fragte Fluchs. »Ich sage dir, wenn wir ...«

»Wehe du fängst jetzt wieder mit dem Kloster an«, zischte Nya. »Warte kurz.«

Er hörte ein Rascheln und sah, wie sich ihre Silhouette über etwas beugte und im Schatten verschwand.

»Nya?«

»Ja. Warte bitte kurz.«

»Was machst du da?«

»Ich suche etwas.« Nach einem Klicken und Rascheln fuhr sie fort: »Es muss doch hier irgendwo sein.«

»Wenn du mir sagst, was du suchst, kann ich dir vielleicht helfen.«

»Das glaube ich ni ...... *A-ha*! Da ist es ja.«

Neugierig machte Fluchs einen Schritt nach vorne, dabei schob er seine Fußspitze zuerst nach vorn, um nicht gegen Nya oder einen Stein zu treten. Er vernahm ein Geräusch, so als hätte Nya auf den Boden gespuckt. Was tut sie da bloß?, dachte er.

»Es werde Licht!«, rief Nya.

Triumphierend erhob sich vor Fluchs der Umriss von Nyas Körper, als sich ein einzelner kleiner grüner Leuchtpunkt entwickelte. Er schien sich in ihrer Hand zu befinden und war gerade einmal hell genug, um bis zu den Spitzen ihrer Finger zu reichen. Fluchs beugte sich vor, um zu sehen, was es war, das in ihrer Hand leuchtete, konnte jedoch nichts erkennen.

»Weit kommen wir damit nicht«, kommentierte er die kleine Lichtquelle.

Nya pikste ihn mit der freien Hand in die Seite und er zuckte zusammen.

»Sei nicht so ein Miesmacher und gib mir lieber deinen Wasserschlauch.«

Er band den Wasserschlauch los und reichte ihn ihr. Sie ging erneut in die Hocke, beugte sich über das Licht und goss vorsichtig etwas Wasser aus. Weitere Leuchtpunkte entstanden, es wurde etwas heller und Fluchs konnte nun viel besser sehen. Das Licht schien aus einem Glas zu kommen!

»Hier, nimm.« Sie reichte ihm den Schlauch, er nahm ihn entgegen und band ihn wieder an seinen Rucksack.

»Ist das etwa Glas?!«

»Was denkst du denn?«, antwortete Nya. »Hast du etwa noch nie Glas gesehen?«

»Doch, ein Mal«, gestand Fluchs. »Wir hatten es für wirklich viel Geld in der Schenke angeschafft. Aber nur einige Abende später ist die Hälfte der zehn Gläser, die wir hatten, bei einer Schlägerei zersprungen. Den Rest hat Brentar dann unter der Theke versteckt und nie wieder heraus geholt.« Er grinste bei dem Gedanken an Brentar, der tagelang nach diesem Vorfall noch immer nicht aufgehört hatte zu fluchen.

Nya verschloss das Glas vorsichtig mit einem großen Stopfen aus Kork und schüttelte es mehrfach. Dabei entwickelte das Licht einen immer helleren grünen Schein. Als sie aufhörte zu schütteln, konnten sie ungefähr zehn Meter weit sehen. Etwas Derartiges hatte Fluchs noch nie in seinem Leben zu Gesicht bekommen.

»Was ist das für ein Zeug? Ist das Magie?«, fragte er voller Neugier.

»Das ist eine Yi-Lampe«, antworte Nya, so als ob das die Frage vollständig beantworten würde.

»Geht es nicht etwas genauer?«

»Die Kräuterfrau in Sonnenfeld nennt es Yi-Kraut, aber eigentlich ist das wohl ein Moos. Es wächst in den Sümpfen der südlichen Reiche und ist bei uns ziemlich teuer. Sobald sich im Herbst die trockenen Teile der Sümpfe mit Wasser füllen, beginnen die Moose für eine Nacht zu leuchten. Wenn man sie also vorher erntet, bleiben sie getrocknet so lange haltbar, bis sie mit Wasser in Berührung kommen.«

»Unglaublich.« Fluchs staunte, doch Nya ging wieder los.

»Komm schon! Wir können noch reden, wenn wir im Warmen sind. Ich friere mir noch die Füße ab.«

Auch Fluchs spürte nach der langen Pause, wie sehr er fror. Seine Füße und Finger schmerzten vor Kälte und sowohl sein Leinenhemd als auch seine Leinenhose hatten den Kampf gegen die Kälte bereits vor Stunden verloren. Jeder Schritt spannte seine Muskeln an, was durch die Kälte zu einer schmerzhaften Tortur wurde. Sie gingen weiter und zwei Stunde später verließ der Weg, auf dem sie gingen, die Schlucht und trat an die schneebedeckte Oberfläche.

Sie mussten nun durch den kniehohen Schnee gehen. Einige in den Boden gesteckte Holzstäbe verrieten ihnen dabei, wo der Weg entlang führte. Schon bald konnte er weder seine Füße noch seine Beine spüren. Immer wieder sahen sie sich um, in der Hoffnung, die wärmenden Lichter des Gasthauses zu erkennen - erfolglos.

Plötzlich blieb Nya stehen und hob die Hand mit der Leuchte weit nach oben, was den Lichtschein etwas vergrößerte.

»Ich glaube, da vorne ist es!«, rief sie Fluchs durch den aufpeitschenden Wind zu, doch dieser konnte nichts erkennen. Er folgte ihr einfach, denn sie hatten nun nichts mehr zu verlieren. Sie verließ den Pfad und bog querfeldein ab, immer weiter durch den tiefen und eisigen Schnee, bis sie wie angewurzelt stehen blieb. Er schloss zu ihr auf, sah sie an und folgte ihrem Blick. Zuerst konnte er trotz des Lichtes nichts außer Dunkelheit erkennen, da der Wind immer mehr Schnee in sein Gesicht blies. Doch dann, als der Wind einen kurzen Moment lang nachließ, sah auch er, was Nya entdeckt hatte.

Vor ihnen lag das Gasthaus. Doch es gab keinen hellen Lichtschein, der aus seinem Inneren hervor kam. Stattdessen blickten sie auf ein völlig dunkles, hölzernes Gebäude, das zur Hälfte im Schnee versunken war. Er sah zu Nya, die ungläubig neben ihm stand und mit einem leeren Ausdruck auf das Gasthaus starrte.

»Komm schon!«, rief er ihr zu. »Wir müssen aus dem Schneesturm raus!«

Er ergriff ihre Hand und zog sie hinter sich her, während er voranging. Dank der Fenster konnte er erahnen, wo sich die Tür befinden musste und tatsächlich fand er sie, ohne lange zu suchen.

Der Schnee ragte knapp über die Türklinke hinüber. Fluchs hoffte, dass der Mechanismus nicht eingefroren war, und drückte sie mit aller Kraft hinunter. Das knackende

Geräusch von berstendem Eis drang aus der Tür hervor doch sie bewegte sich keinen Spalt. Er warf sich dagegen, doch die Tür hielt stand.

»Nya! Hilf mir!« Er wandte sich zu ihr und schüttelte sie an den Schultern. Ihr apathischer Blick verriet Fluchs: *Sie hat aufgegeben.*

Erneut warf er sich mit seiner gesamten Kraft und seinem Gewicht in die Tür und tatsächlich gaben die Scharniere der Tür mit einem lauten Krachen nach. Fluchs fiel nach vorn über einen halben Meter tief in das Gasthaus und landete unsanft mit dem Gesicht auf den Holzdielen. Nya folgte ihm langsam. Noch immer hatte sie das Licht in der Hand, doch es war deutlich schwächer als noch einige Stunden zuvor. Dicke Eiskristalle hatten sich an den Wänden des Glases gebildet. Schnell schloss er die Tür hinter ihnen beiden und lehnte sich von innen dagegen. Vor ihm lag der verlassene Schankraum, in fahles grünes Licht getaucht und eiskalt.

KAPITEL 17

Sie saßen im fahl grünen Licht der Yi-Lampe und starrten in die Dunkelheit des Gastraumes. Über ihnen knackte und ächzte das morsche Holz im Dachstuhl unter der schweren Last des Schnees. Auch die Fenster schienen von der Kälte zum Bersten gespannt. Leise knisterte das Glas unregelmäßig und doch hätte Fluchs schwören können, dass es sich in Harmonie mit den restlichen Geräuschen des Hauses befand.

»Hallo?«, rief er laut in die Dunkelheit des Hauses, bekam jedoch keine Antwort.

Nya hatte sich an eine der Wände gelehnt und schien völlig in sich zurückgezogen zu sein. Sie antwortete ihm nicht und hob nicht einmal den Blick, als er sich direkt vor sie kniete. Ihre Lippen waren blau angelaufen und sie zitterte unaufhörlich am ganzen Körper. Fluchs stand auf und sah sich um, konnte jedoch keinen Kamin oder etwas Derartiges erkennen.»

»Ich nehme dir die Lampe nur ganz kurz aus der Hand, ja?«, fragte er Nya, während er sich ihr langsam wieder entgegen bückte. Doch diese krallte sich mit aller Kraft um das Glas.

»Komm schon, Nya, bitte. Sei vernünftig und gib mir die Lampe.« Er strich ihr sanft über den Kopf, doch bekam keine Antwort. Er versuchte, ihr das Glas aus der Hand zu nehmen, schaffte es jedoch nicht, ohne noch mehr Kraft aufzuwenden. Sie sollte in ihrem Zustand nicht auch noch Schmerzen erleiden.

»Nya«, begann er erneut, »ich brauche jetzt wirklich ...«

»Ich kann nicht ...«, flüsterte Nya kaum hörbar.

»Warum nicht? Du bekommst das Glas bestimmt gleich wieder, versprochen.«

Er streckte seine Hand aus und zog an dem Glas, doch sie ließ noch immer nicht los.

»Es ... ist festgefroren«, flüsterte Nya.

Fluchs bekam Angst. Er musste sofort etwas tun, hoffte, ihre Hände wären hoffentlich noch nicht ganz erfroren.

»Keine Sorge, wir schaffen das schon«, entgegnete er, sprang auf und drehte sich um.

Vor ihm im Gastraum standen einige Tische und Stühle, nur in sehr dünnem Lichtschein war der Rest des Raumes bis hin zur Theke zu sehen. Das Licht in dem Glas hatte bereits nachgelassen und wurde mit jeder Minute zusehends schwächer.

Er ging auf einen der Tische zu und warf ihn mit einem harten Tritt um. Das Holz krachte zu Boden und das ganze Haus bebte wie zur Antwort. Danach schob Fluchs den Tisch, so weit es ging, aus dem Weg des Lichtscheins. Er wiederholte diesen Vorgang mit allen weiteren Tischen und auch den Stühlen, bis der Raum etwas besser ausgeleuchtet wurde. Am hinteren Ende befand sich der Tresen und war nun deutlicher zu erkennen, einfach gebaut und aus Holz, jedoch mit einigen aufwändig gearbeiteten Verzierungen in der Vorderseite.

Das Licht war allerdings noch immer zu schwach, um von seiner Position aus etwas erkennen zu können. Links von ihm stand der große Haufen aus Möbeln, den er soeben aufgebaut hatte und auf der rechten Seite befand sich eine kahle Wand.

Zwei dünne Steinsäulen stützten den inneren Teil des Hauses direkt an der Wand ab. Fluchs stockte und ging näher auf die Säulen zu. Es waren keine einfachen Säulen. Zuerst vermutete er einen Erker oder etwas Ähnliches, doch als er noch etwas näher gekommen war, atmete er voller Freude aus. Ein Kamin! Zwar war es zu erwarten gewesen, hier eine Feuerstelle vorzufinden, doch hatte er sie weiter hinten in einer Küche erwartet.

Schnell ließ er seinen Rucksack von den Schultern gleiten und holte die Holzstücke hervor, die er am Morgen eingepackt hatte. Er nahm das Holz in beide Hände und schob es in die Richtung in den Schatten, in der er die Öffnung vermutete. Seine Finger fanden ein abruptes Ende und konnten das Holz nicht weiter voranschieben. Mit den Fingerspitzen tastete er weiter nach vorne und stieß auf eine harte Schicht aus gefrorenem Schnee. Der Kamin war eingeschneit und es war unwahrscheinlich, dass er darin ein Feuer würde entzünden können.

»Verdammt nochmal!«, rief er verärgert aus. »Das kann doch nicht wahr sein!«

Er stand auf, ging zu einem Stuhl und trat ihn verärgert um. Dann stellte er sich auf eines der am Boden liegenden Stuhlbeine und zog an der Lehne. Das Holz ächzte verächtlich unter seinen Bemühungen, hielt jedoch stand.

»Aaaarrrrrr!« Er hob den Stuhl auf und schleuderte ihn mit einem Wutschrei an die Steinwand neben dem Kamin. Tatsächlich zerbrach das Holz in einige Einzelteile.

»Nya, hilf mir! Wir müssen unbedingt das Feuer anzünden!«

Doch Nya antwortete nicht. Er sah kurz zu ihr hinüber, doch sie saß noch immer regungslos neben der Tür. Das grünliche Licht ließ ihre Haut kränklich und beinahe gespenstisch aussehen. Das liebevolle Lächeln, in das er gestern Abend geblickt hatte, war vollständig aus ihrem Gesicht verschwunden. Er griff sich ein langes Stück des Stuhlbeines und begann sich blind nach vorne in den Kamin zu graben. Dabei stieß er das Holz mit all der Wut, die er gerade empfand, tief in das Eis, bis er irgendwann den Widerstand der hinteren Steinwand zu spüren glaubte. Verzweifelt legte er sich auf den Rücken und begann damit, das Holz wie eine Armverlängerung immer tiefer nach oben in den Schornstein zu stoßen. Schwarz verrußte Eisstücke rieselten auf ihn nieder und trafen ihn im Gesicht. Einige der Eisklumpen verfingen sich zwischen seinem Hals und den Schultern, doch er grub unbeirrt weiter, so lange er konnte.

Einmal stand er kurz auf und schüttelte sich das Eis vom Körper, nur um gleich wieder in dem Loch aus Dunkelheit und Kälte zu verschwinden. Die Arbeit war mühsam und er kam nun nur langsam voran. Außerdem musste er sich immer weiter strecken um noch tiefer in den Kamin hinein zu reichen, bis er endlich das Eis ausreichend gelockert hatte.

Mit einem lauten Rauschen rutschte der Pfropf aus Eis und Schnee auf ihn herab. Er versuchte zurückzukriechen, doch es bereits zu spät. Eine harte Decke aus kalten Eiskristallen schloss sich wie ein gekühltes Nadelkissen um die Haut seines Gesichts. Er ruderte mit den Armen und konnte sich nur mit einem beherzten Ruck von der Last befreien. Als er endlich wieder Luft bekam, zog er seinen Kopf aus dem Schlot hervor und schüttelte sich die Mischung aus Asche und Schnee aus den Haaren. Dann schaufelte er weiter, bis er der Meinung war, genug Eis aus dem Kamin geräumt zu haben. Schwer atmend setzte er sich auf den Boden.

Er sah auf seine Finger. Gefrorenes Blut hatte sich auf ihnen gebildet und auf dem Stuhlbein verteilt. Er legte es zur Seite und steckte erneut die kleinen Äste und Zweige in die Kaminöffnung. Dieses Mal kam er wesentlich weiter. Das Zunderkästchen hatte er sich bereits vorsichtig neben den Kamin gestellt und versuchte mehrfach, eine Flamme zu entzünden. Doch durch die Kälte und robuste Arbeit hatten sich seine Finger völlig verkrampft.

»Nya! Ich brauche jetzt deine Hilfe!«, schrie er zu ihr hinüber, doch sein Ruf fand keine Antwort.

»Verdammt Nya!«, schrie er erneut, während ihm Tränen die eiskalten Wangen herunter kullerten und zu Eis erstarrten, noch bevor sie sein Kinn erreicht hatten. Er rieb sich die schmerzenden und zitternden Hände, die er kaum unter Kontrolle halten konnte. Die Reibung merkte er kaum noch und Wärme erzeugte sie nur wenig. Doch es reichte aus, um für einen kurzen Moment wieder ein Stück seiner

Fingerfertigkeit zurückzuerlangen. Erneut nahm er die Feuersteine zur Hand und schlug sie, so genau es ging, im richtigen Winkel gegeneinander. Ein Funke löste sich, erlosch jedoch, bevor er den Zunder erreichte, den Fluchs reichlich vor die Zweige gelegt hatte.

Ein weiteres Mal versuchte er sein Möglichstes, rieb noch einmal die Hände und versuchte alles einen Funken ins Leben zu rufen.

Er war der Verzweiflung nahe, doch konnte einfach nicht aufgeben. »Ich werde hier nicht sterben!«, wiederholte er immer wieder leise.

Ein letztes Mal schlug er die Steine konzentriert und fest gegeneinander, als sich endlich ein Funke löste. Wie eine Sternschnuppe verschwand er zwischen den feinen Fäden des Zunders und Fluchs hielt inne. Gebannt starrten seine Augen auf das kleine Bündel trockenen Zunders und er wagte es nicht, sich zu bewegen. Vorsichtig näherte er sich mit dem Mund dem Zunder und hauchte, so sanft es mit zitternden Lippen möglich war, hinein.

War das eine dünne Rauchschwade?

Erneut blies er hinein, dieses Mal etwas stärker.

Ja! Das war Rauch! Ein weiteres Mal blies er in den Zunder, den er nun noch ein kleines bisschen auseinanderzog, und tatsächlich glomm ein Funke zwischen seinen Händen rot auf.

»Jahahaahaaa!! Wir haben es geschafft!«, rief Fluchs vor Freude aus und pustete nun mit voller Kraft in den Zunder, der sich wie eine Gasflamme mit einem »Plopp« entzündete.

Er steckte das brennende Bündel unter die Zweige und pustete mehr Luft hinein.

Er jubelte und triumphierte lauthals. »Nya! Sieh mal! Wir haben Feuer!«

Keine Antwort. Er drehte sich um und blickte lachend vor Freude zu Nya. Sie saß in der Ecke und hielt das Glas mit grünem Schein in den Händen. Doch sie rührte sich nicht!

Voller Entsetzen sprang Fluchs auf und rannte zu ihr.

»*Oh nein! Sie ist bewusstlos!*« Die Erkenntnis traf ihn wie ein Donnerschlag.

»Komm schon, ich helfe dir.« Er umfasste ihren eiskalten Körper und zog sie an sich. Erst jetzt bemerkte er, dass sie völlig steif von der Kälte war. Mit aller Kraft stemmte er sich auf die Beine und zog Nya mitsamt ihrem Rucksack nach oben.

»Na los, ich mach es dir warm und gemütlich«, flüsterte er ihr liebevoll zu, während er sie zur Feuerstelle trug.

»Du wirst schon sehen, bald ist alles wieder in Ordnung. Warte es nur ab.«

Er wusste nicht, ob sie ihn hören konnte, nicht einmal, ob sie noch am Leben war.

»*Sie ist noch am Leben, hörst du? Red dir ja nicht ein, dass sie tot ist*«, dachte er voller Verzweiflung.

Am Feuer ließ er sie langsam herunter, so als sei sie aus Papier. Als nächstes griff er sich die Einzelteile des Holzstuhls und warf sie in das kleine Feuer. Ein weiterer Stuhl folgte dem Schicksal des ersten und zerschellte nur

Augenblicke später an der Wand neben dem Kamin, nur um dann ebenfalls im nun hell lodernden Feuer zu enden.

Fluchs kniete sich hinter Nya und schloss sie fast in seine Arme. Ihr Körper war ganz kalt und er begann, ihre Arme zu reiben, während er sich so eng an sie presste, wie es ging. Dicke Tränen rannen von seinen Wangen hinab, sein Körper schien nur noch aus Schmerz zu bestehen und doch galten alle seine Gedanken allein Nya. Wäre er nur mit ihr umgekehrt. Sie war ihm auf der Reise sehr ans Herz gewachsen und so wichtig wie sonst kaum ein Mensch. Dabei kannte er sie doch noch gar nicht so lange. Und doch, ihre gemeinsame Zeit war die glücklichste gewesen, an die er sich erinnern konnte. Sie hatte ihn zum Lachen gebracht, ihn beschützt und sogar vor dem sicheren Tod bewahrt. Das alles durfte einfach nicht umsonst gewesen sein.

»Komm schon, Nya, komm schon, Nya!«, flüsterte er immer wieder in ihr Ohr, während er sie in seinen Armen langsam vor und zurück wog.

»Ich flehe dich an ... verlass mich nicht. Bitte ...«

Er schluchzte und atmete ruckartig. »Bitte ... lass mich nicht allein!« Doch die Antwort blieb aus und auch ihr Brustkorb regte sich kaum.

»Lass mich nicht allein!«, schrie er sie an.

»Was ist denn das für ein Tumult?« Eine tiefe und bebende Stimme hallte von einem der oberen Zimmer herab und riss Fluchs aus seiner Trauer. Er fuhr erschrocken zurück und hielt den Atem an.

»Kann man hier nicht mal in Ruhe schlafen? Wer wagt es, mich zu wecken?«

Fluchs konnte sich nicht rühren, als eine starke Erschütterung auf die oberste Stufe einer Treppe aufschlug. Die Treppe war ihm die ganze Zeit, seit sie hier waren, nicht aufgefallen. Erst im Licht des Feuers war sie aufgetaucht.

Trotz seiner Angst schaffte er es, sich wieder unter Kontrolle zu bringen.

»Hier unten!«, rief Fluchs, so laut er konnte.

»Wir sind hier unten. Wir brauchen hier Hilfe!«

Er stieß die Worte in die Richtung der Treppe, als ein weiterer Schritt eine Stufe knacken ließ. Dann folgten noch weitere. Sie waren langsam und von solcher Kraft, dass sie das Eis aus den Fugen der Treppe herausrieseln ließen. Ungläubig starrte Fluchs auf die unterste Stufe in der Hoffnung, die bärenhafte Gestalt des Mannes besser erkennen zu können, dessen glitzernde Augen nun auf ihn gerichtet waren.

KAPITEL 18

Der Mann erreichte die unterste Stufe der Treppe. Fluchs versuchte, die Person besser erkennen zu können, doch durch seine tränenden Augen wirkte die gesamte Gestalt völlig verschwommen.

Dort, wo das Licht des Feuers die Kleidung des Mannes erhellte, schien er leicht zu flimmern, ähnlich wie das Eis, welches sie umgab. Ruhig trat er näher an Fluchs heran, der sich nun mit dem Stoff seines Hemdärmels die Augen trocknete. Als er wieder hinauf sah, stand der Mann direkt vor ihm. Er war von beeindruckender Größe, Fluchs schätzte ihn auf mindestens zwei Meter Höhe. Hinzu kam eine kräftige Körperfülle und Fluchs kam nicht umhin, die muskulösen Arme des Mannes zu betrachten. Allein der Oberarm maß doppelt so viel Umfang wie sein eigener und die Hand erinnerte Fluchs eher an eine Bärenpranke. Sie umschloss eine imposante Axt, an deren Schneide bereits mehrere Kerben aus dem polierten Eisen herausgebrochen waren.

»Bitte«, Fluchs sah flehend an der verwitterten Fellkleidung des Mannes hinauf, »bitte helft mir. Sie wacht einfach nicht auf.«

Er drehte sich zur Seite und Nyas blasses Gesicht fiel mitsamt ihrem Kopf nach hinten. Schnell stützte er den Kopf mit seinen Händen ab.

»Hmm«, brummte der Mann, »dann lass mich mal sehen, ob ich ihr helfen kann.«

Er ging in die Knie und zog Fluchs Nya aus den Händen. Dabei hob er sie so mühelos an, als sei sie ohne Gewicht. Nachdem er Nya längs auf den Boden gelegt hatte, sah der Mann zu Fluchs hinüber. »Hast du eine Decke?«

»Ja!« Fluchs nickte und wühlte in Nyas Rucksack, bis er die Decke hervorgezogen hatte. Dabei fiel ein kleines Kästchen aus einer der Taschen. Fluchs reichte dem Mann die Decke herüber, der sie mit einem Nicken annahm und über Nya ausbreitete. Währenddessen ging Fluchs ihm gegenüber auf der anderen Seite von Nyas Körper in die Knie. Ihr Gesicht war noch immer ohne jegliche Farbe.

»Sie atmet nicht mehr! Wir müssen irgendetwas tun ...« Erneut schossen ihm die Tränen in die Augen und er strich die Strähne aus Nyas Gesicht, die er schon so oft frech hervorstehen sah.

»Du liebst sie?«, fragte der Mann und Fluchs nickte.

»Dann wird sie es auch überleben. Bring mir heißes Wasser.«

Fluchs gehorchte. Er kramte den Topf hervor, in dem sie in den letzten Wochen so häufig gemeinsam ihre Suppe gekocht hatten. Gerade als er seinen Wasserschlauch öffnen wollte, unterbrach ihn der Mann: »Nein, nicht das Wasser. Hol lieber von draußen etwas Schnee.«

Fluchs legte den Wasserschlauch wieder zur Seite und ging mit dem Topf zur Tür, durch die sie in das Haus eingetreten waren. Als er sie öffnete, blies ihm ein eiskalter Wind ins Gesicht. Erst jetzt bemerkte er, wie gut das Feuer den Raum aufgewärmt hatte. Er schaufelte mit seinen Händen so viel Schnee in den Topf, wie dieser fassen konnte. Dann schloss er die Tür wieder hinter sich und stellte ihn auf das Feuer. Unterdessen hatte der Mann eine Art Singsang begonnen und rieb dabei beide Hände über Nyas Körper. Dabei murmelte er in den immer gleichen drei auf und absteigenden Tönen. Fluchs erkannte die Sprache nicht wieder, in der der Mann sang. Je genauer er zuhörte, desto fremder klangen die Laute in seinen Ohren.

»Na los, komm her. Ich brauche das Wasser.«

»Aber es ist noch nicht so weit. Es ist erst lauwarm«, entgegnete Fluchs.

»Jetzt!« Die donnernde Stimme ließ Fluchs zusammenzucken. Er griff nach dem Topf und reichte ihn dem Fremden hinüber. Dieser hielt seine noch immer zusammengepressten Hände über den Topf und öffnete sie.

Blätter und Stiele fielen hinunter in die warme Flüssigkeit, doch Fluchs konnte nicht erkennen, um welche Pflanzen es sich handelte, da sie sehr fein zerrieben waren. Der Mann rührte mit seinen Händen in dem Wasser herum. Von der Flüssigkeit stieg ein scharfer Geruch auf und verbreitete sich im ganzen Raum. Fluchs musste beim Einatmen einen leichten Husten unterdrücken. Die Dämpfe brannten sehr in Lunge, Augen und Nase und nur eine Minute später liefen ihm sowohl die Nase als auch die Augen in Strömen.

Der Fremde sah zu Fluchs hinüber und lächelte. »Jetzt ist es genau richtig. Hilf mir, ihr Hemd zu öffnen.«

Fluchs zog die Decke hervor und knöpfte vorsichtig Nyas Kleidung auf, achtete jedoch darauf, ihren Körper ausreichend vor den Augen des Fremden bedeckt zu halten.

»Jetzt reib die Flüssigkeit in ihre Haut ein. Achte darauf, dass du hin und wieder mit der Hand über ihre Nase fährst.«

Fluchs nickte.

»Aber halt die Flüssigkeit von ihren Augen fern, sonst wird sie blind, verstanden?«

Fluchs tauchte seine Hände in die Flüssigkeit, zog sie hervor und rieb dann seine Hände vollständig damit ein. Erneut tauchte er sie in die Flüssigkeit und benetzte dann vorsichtig die dünne Haut unter ihrem Hals. Sie war noch immer schrecklich kalt und er fürchtete, dass diese Behandlung keine Wirkung zeigen könnte.

»Was, wenn es nicht klappt?«, fragte er, als er wieder aufsah. Doch der Mann war wie vom Erdboden verschluckt. Fluchs hielt inne und sah sich um.

»Hallo?«, rief er und war sich sicher, der Mann wäre noch in der Nähe. Als die Antwort ausblieb, kümmerte er sich wieder darum, Nya einzureiben. Zuerst beschloss er, sich um ihren Hals zu kümmern, und rieb mit sanft kreisenden Bewegungen die Flüssigkeit auf ihre Haut. Dann fuhr er mit seinen Händen weiter herab zu ihren Schultern und rieb auch diese ausgiebig mit der Flüssigkeit ein. Dabei musste er mehrmals seine Hände erneut benetzen, da der Sud regelrecht zu verdampfen schien. Als er die Schultern vollständig eingerieben hatte, fuhr er mit etwas Abstand über Nyas Nase und hielt inne.

Konnte er wirklich den Rest ihres Körpers einreiben? Es erschien ihm falsch, ihre Brust einzureiben, ohne vorher ihre Genehmigung einzuholen, so etwas gehörte sich einfach nicht. Fluchs schüttelte den Kopf.

Er tauchte seine Hände vorsichtig in die Flüssigkeit und rieb nun ihren Oberkörper bis hinunter zum Hosenbund ein, vermied es allerdings aus Respekt, ihre Brüste zu berühren. Er rieb immer nur so weit, dass er die Wölbung am Brustansatz erreichte und kehrte dann um. Nachdem der Oberkörper eingerieben war, zog er Nya behutsam die Stiefel und die Hose aus und legte sie zur Seite. Dann rieb er ihr die Beine ein, vom Ansatz der Oberschenkel hinunter bis zu den Knöcheln. Mit dem letzten Rest der Flüssigkeit rieb er dann ihre Füße und Hände ein, bevor er ein letztes Mal die Dämpfe über ihre Nase wehte.

Als er seine Arbeit beendet hatte, zog er die Decke über Nya und stand auf, um sich zu strecken. Sein Rücken schmerzte von der gebückten Haltung, und als er sich umsah, bemerkte er, dass es draußen bereits hell wurde.

»Ich muss sie stundenlang eingerieben haben«, dachte Fluchs. Er brach einen weiteren Stuhl entzwei und warf das Holz in die Glut des Feuers, das weit heruntergebrannt war. Als er sich umdrehte und zu Nya sah, bemerkte er, wie von der Stoffdecke Dampf aufstieg. Schnell kehrte er an ihre Seite zurück und nahm ihre Hand in seine.

Ihre Hand war warm! Fluchs konnte es kaum glauben.

»Nya?«, fragte er mit sanfter Stimme. »Nya, kannst du mich hören?«

Langsam schlug sie die Augen auf. Als sie ihn erkannte, lächelte sie ihn an, müde, so als sei sie nach einem langen Schlaf erwacht.

»Wo bin ich?«, fragte sie mit schwacher Stimme.

»Wir sind in dem Gasthaus. Erinnerst du dich nicht?«

Sie sah an die Decke. »Das Gasthaus? Ja doch, ich erinnere mich.«

Fluchs kroch ebenfalls unter die Decke und sie legte ihren Kopf an seine Schulter. »Was ist passiert?«

»Du wärst mir fast erfroren, wäre der Fremde nicht gewesen.«

»Welcher Fremde?«, unterbrach ihn Nya mit skeptischem Blick.

»Hier war ein Mann. Der hat mir den Sud zubereitet, mit dem ich dich retten konnte.«

»Wo ist dieser Mann?« »Nachdem er mir den Topf gegeben hat, ist er verschwunden.«

Nya sah nachdenklich an die Decke. Doch dann sah sie Fluchs mit einem frechen Grinsen tief in die Augen. »Du hast mich also eingerieben?«

»Ja«, antworte Fluchs wahrheitsgemäß, »ich hab dich am ganzen Körper eingerieben, bis der Topf leer war.«

»Am ganzen Körper also, hm?« Sie küsste ihn sanft auf die Lippen.

Als sich ihre Lippen nach einem endlos scheinenden Kuss wieder aus ihrer innigen Umarmung lösten, antwortete Fluchs dennoch.

»Nicht am ganzen Körper. Ich hab einige Stellen ausgespart.«

»Meine Brüste?«

»Unter anderem.«

Sie ließ ihre linke Hand seinen rechten Arm hinunter gleiten, der sie fest umschlungen hatte. Sanft nahm sie seine Hand in die ihre und zog sie vorsichtig an ihrer Hüfte hinauf bis zum Ansatz ihrer Brüste.

Fluchs spürte ein Kribbeln, das seinen Körper von den Zehen bis zur Stirn durchzuckte und sich in seinem Bauch zu sammeln schien. Gleichzeitig merkte er, wie ihm das Blut durch die Adern pumpte.

Er konnte seine Augen nicht von Nyas lösen, als diese zärtlich seine Hand langsam höher schob, bis diese genau auf ihrer Brust ruhte. Sie küsste ihn.

Zuerst liebkoste sie seine Unterlippe, dann wurden ihre Küsse leidenschaftlicher, bis sie mit ihrer Unterlippe zwischen seine Lippen drängte. Er gab dem Druck nach und öffnete seinen Mund. Ihre Zungen trafen sich und begannen einen sanften Tanz, während Nyas Hände damit begannen, seinen Körper zu erforschen. Sie strich mit ihren Fingerspitzen sanft, kaum spürbar, über seinen Rücken, während die andere Hand seine Haare durchstreifte.

Zuerst verharrte er, ohne sich zu bewegen, und genoss die Zärtlichkeiten. Dann jedoch wich seine Zögerlichkeit und die Neugier gewann die Oberhand. Er umspielte ihre Brüste, und fuhr von dort aus mit seiner Hand weiter ihre samtweiche Haut entlang, bis er ihre Hüfte erreicht hatte. Von dort aus ließ er seine Finger über ihren Rücken nach oben tänzeln, bis sie kurz unter dem Haaransatz im Nacken eintrafen. Immer enger umschlangen sie sich, bis sich Nya mit dem linken Bein über Fluchs' Hüfte schob. Sie saß nun über ihm, verharrte einen kurzen Moment und senkte sich hinab.

Fluchs gab sich ihr hin und folgte ihren Bewegungen.

Nachdem sie sich im flackernden Licht des Feuers geliebt hatten, schlief Nya eng an ihn gepresst zufrieden und erschöpft ein. Dabei konnte Fluchs erst einschlafen, als er sich so hingelegt hatte, dass er fühlen konnte, wie sich ihr Bauch langsam hob und senkte. Das Gefühl ihres Atems auf seiner Brust verschaffte ihm ein zwar Gefühl der Sicherheit, doch einige Gedanken ließen ihn einfach nicht los.

Er fragte sich, woher der Fremde gekommen war, denn bei ihrer Ankunft wirkte das Haus völlig leer. Hatten sie sich geirrt? Außerdem stand ihnen morgen noch ein langer Weg durch die Kälte bevor. Sie würden vielleicht nicht noch einmal so viel Glück haben. Irgendwie mussten sie von diesem verfluchten Berg herunter.

Nya atmete tief aus und schloss ihre Arme fester um ihn. Sanft ließ er seine Hand ihren Rücken auf und wieder herunter fahren. Diese wundervolle Frau warm in seine Arme schließen zu können vermittelte ihm das Gefühl, bereits jetzt der reichste Mensch der Welt zu sein. Kein Geld der Welt konnte ihm dies ersetzen.

»Ich liebe dich«, flüsterte er Nya leise zu, ohne sie aufzuwecken. Dann schlief auch er, von der Erschöpfung überwältigt, ein.

KAPITEL 19

Es war bereits am frühen Nachmittag, als Fluchs von einem unbekannten Geräusch geweckt wurde. Er blinzelte mehrmals und sah sich um, doch der Gastraum stand noch immer so leer wie am Abend zuvor.

Mit dem Unterschied, dass Nya noch immer fest auf seiner Brust schlief. Er gähnte leise und strich mit einer Hand über Nyas Kopf. Doch etwas schien ihm trotzdem anders zu sein. Er hielt den Atem an und lauschte. Zuerst nahm er das Knistern und Knacken des verbliebenen Holzes im Kamin wahr. Er sah auf und bemerkte, dass die Flammen vollständig erloschen waren.

Das Licht im Raum kam von verhangenem Sonnenlicht, welches draußen vom Schnee in den Raum reflektiert wurde. Es machte sich an der Decke wie tausende glitzernde Kristalle bemerkbar. Er hörte auch Nyas leises Atmen, welches hin und wieder von leisem Schmatzen begleitet wurde. Er musste bei dem Gedanken lächeln, dass Nya vermutlich gerade im Schlaf etwas aß.

Dem Geräusch ihres Atems sehr ähnlich war das leichte Säuseln des Windes, der unnachgiebig draußen um die hölzernen Balken des Gasthauses wehte. Immer wieder knackten die schweren Holzbalken unter dem dumpf klingenden Druck, direkt gefolgt von einem hohen Säuseln, wenn sich der Wind in einer der Holzritzen verfing.

Doch dann hörte er noch etwas anderes. Es klang wie ein Summen, oder Brummen und doch ganz anders. Zuerst glaubte er, sich zu irren, glaubte gar, seine Fantasie spiele ihm einen Streich. Doch je länger er dem Geräusch zuhörte, desto klarer konnte er es von den Umgebungslauten unterscheiden. Es kam eindeutig von draußen.

Er wand sich sachte aus Nyas Umklammerung und stand auf, deckte Nya jedoch sofort wieder zu, damit sie nicht auskühlte. Nur auf dem Vorderfuß auftretend schlich er zum Fenster, um zu sehen, was die Ursache des Geräusches sein konnte. Zu seiner Enttäuschung versperrte ihm der hohe Schnee die Sicht. Durch die Wärme des Innenraums war zwar der Schnee, der unmittelbar gegen das Fenster gedrückt hatte, geschmolzen, dahinter erhob sich jedoch noch immer ein hoher, weißer Berg in knapp einem Meter Höhe. Er musste höher steigen, um etwas sehen zu können. *Die Treppe!*

Fluchs ging zu der Holztreppe, von der am Abend zuvor der Fremde so unvermittelt herunter gestiegen war. Zumindest was das anging, war er absolut sicher, dass er sich die Erscheinung nicht eingebildet hatte. Die Stufen knarrten leise, als er mit dem Fuß hinauf stieg, doch die Treppe hielt seinem Gewicht stand.

Oben angekommen konnte Fluchs endlich erkennen, was am Abend zuvor noch in der Dunkelheit gelegen hatte. Ein Gang zog sich einmal an den gesamten Innenwänden entlang. Ein Geländer gab dabei den Blick auf den im Erdgeschoss liegenden Gastraum frei, wo sie ihr Nachtlager aufgeschlagen hatten. Hier oben gab es allem Anschein nach mehrere Zimmer. Fluchs zählte insgesamt zwölf Türen, von denen einige allerdings nur noch halb in den Angeln hingen oder ganz fehlten.

Auf der Seite, auf der sich auch die Eingangstür befand, stand eine Tür offen und ließ Licht in den Gastraum und das Zimmer fallen. Zielstrebig ging er auf der Balustrade entlang, bis er das Zimmer erreicht hatte. Gespannt trat er ein. Die Einrichtung war spärlich und in schlechtem Zustand. Es gab einen Schrank, ein Bett und ein kleines Tischchen, an dem ein oder zwei Stühle Platz gehabt hätten. Abgesehen davon gab es jedoch noch ein überraschend großes Fenster.

Fluchs wusste, dass Fenster aus Glas eine echte Seltenheit waren. In diesen Höhenlagen ein ganzes Haus mit dem Glas in der nötigen Dicke zu versehen war nicht nur ein schwieriges Unterfangen, sondern auch äußerst kostspielig. Wer würde ein solch teures Gasthaus einfach den Elementen überlassen und leer stehen lassen? Er warf einen Blick aus dem Fenster. Vor ihm erstreckte sich nichts als eine karge leere Ebene aus Schnee und Eis.

Zu seiner Linken konnte er die Felsen der Schlucht erkennen, aus der sie gestern Nacht gekommen waren. Sie war weiter entfernt, als er geglaubt hatte, und es grenzte an ein Wunder, dass sie tatsächlich einen so weiten Weg hinter sich gebracht hatten, ohne zu erfrieren.

Zu seiner Rechten konnte er in beinahe genau so weiter Entfernung einen kleinen Turm erkennen. Sein spitzes Dach ragte wie eine Pfeilspitze aus den Schneewehen hervor, daneben erkannte er noch ein flacheres Dach.

Er hörte in die Leere der Landschaft und bald schon wurde das summende Geräusch immer lauter, bis er endlich etwas erkennen konnte.

Aus dem Pfad in der Schlucht sah er eine Gestalt auftauchen, sie ging aufrecht und wurde gefolgt von weiteren Personen. Ein Mensch nach dem anderen tauchte so zwischen Felsen und Schnee hervor. Sie marschierten in einer Reihe, wobei einige von ihnen deutlich gebückt gingen, die anderen jedoch nicht. Neugierig sah Fluchs dabei zu, wie sich die Reihe langsam einen Weg durch den Schnee bahnte. Das Brummen, welches er vorhin wahrgenommen hatte, entwickelte sich, je näher sie ihm kamen, zu einem Gesang. Er konnte die Worte zwar erkennen, jedoch schienen sie in einer anderen Sprache verfasst zu sein, die Fluchs nicht zu verstehen vermochte. Sie kam ihm irgendwoher bekannt vor. Die gebückten Menschen trugen wallende grüne Gewänder und keinerlei Kopfbedeckung. Im Allgemeinen waren sie für diese Kälte ebenso wenig passend gekleidet wie Nya und er selbst.

Die Begleiter hingegen trugen dicke Fellmäntel und Metallhelme, leuchtend rote Wappenröcke und außerdem ... Speere und Schwerter! Er rannte zurück zur Balustrade und sah hinunter.

»Nya! Wach auf! Du musst dir das ansehen!«

»Was ist denn?«, murmelte Nya, die von seinen Rufen aufgeschreckt hochfuhr und sich den Schlaf aus den Augen rieb.

»Schnell! Komm hoch! Da draußen geht etwas vor sich!«

Er drehte sich um und rannte zurück zum Fenster, achtete jedoch dieses Mal darauf, nicht direkt vor dem Glas zu stehen, sondern lehnte sich an die Seite des Fensters und lugte hinaus ins Freie. Das Knacken der Treppe kündigte Nya an, die nur wenige Sekunden später lediglich mit Hemd und Unterwäsche bekleidet das Zimmer betrat.

»Was ist denn los?«

Fluchs zog sie zu sich, als sie auf das Fenster zuging.

»Dort, siehst du? Da sind einige Männer in grünen Gewändern. Und dann sind da noch einige bewaffnete Wachen in Rot. Was hat das zu bedeuten?«

Nya sah durch das Fenster und erstarrte.

»Das sind turanische Soldaten!«

»Turaner? Hier?«, fragte Fluchs.

»Ich weiß es auch nicht. Ich dachte, wir wären noch weiter von Turana entfernt.«

»Na und? Das kann uns doch egal sein, oder?«

»Verstehst du das nicht? Die Turaner sind Fremden gegenüber äußerst feindselig.«

Sie duckte sich hinter einen Holzbalken.

»Vielleicht gehen sie ja vorbei. Da hinten ist ein Wachturm, da wollen sie bestimmt hin.«

Gebannt verfolgten sie die Gruppe, die sich in Richtung des Turmes bewegte. Sie war beinahe auf der Höhe des Gasthauses angekommen, als der vorderste Soldat seinen Arm hob. Der Zug hielt sofort an.

»Sieh mal,« flüstere Nya, »der Erste hat etwas entdeckt. Hoffentlich sind das nicht unsere Fußspuren.«

»Es hat doch die ganze Nacht geschneit. Da sollte nichts mehr zu sehen sein.«

Doch der Mann bückte sich genau an der Stelle, an der sie zum Gasthaus abgebogen waren.

»Mist«, fluchte Nya. »Komm schon, wir müssen uns verstecken.«

Ohne ein Zögern rannte sie aus dem Zimmer. Fluchs jedoch behielt die Lage weiterhin im Blick. Der Soldat drehte sich um und rief etwas zu seinen Gefährten, die sofort vom Weg abbogen und direkt auf das Gasthaus zugingen. Zwei Soldaten blieben bei den grün gekleideten Menschen zurück.

Die Treppe knackte laut und Fluchs drehte sich um.

»Hier, fang!«, rief Nya, die blitzschnell um die Ecke herum wirbelte und ihm seinen Rucksack zuwarf. Das Leder traf ihn im Gesicht und er konnte den Aufprall nur zum Teil mit seinen Armen abfangen.

»He, spinnst du? Was ist denn in dich gefahren?«

»Sie dürfen uns nicht hier finden, hörst du! Los, versteck dich im Schrank!«

Fluchs sah widerwillig zum Schrank hinüber.

»Findest du nicht, dass du überreagierst? Komm schon, lass uns bitte in Ruhe nachdenken.«

Doch Nya war bereits ohne ein weiteres Wort im Türrahmen verschwunden.

»Ich hole den Rest!«, rief sie ihm zu, während sie mit einer katzenhaften Geschicklichkeit die Treppe hinab sprintete. Er sah noch einmal zum Fenster hinaus und erschrak. Die Soldaten hatten ihre Waffen gezückt und gingen in einem Halbkreis auf das Haus zu.

»*Sie umzingeln uns!*«

Fluchs rannte zum Schrank, riss die Türen auf und warf seinen Rucksack hinein. Er stellte sich dazu und nahm den Rucksack zwischen die Knöchel, während er sich dicht an das Holz presste. Hoffentlich hatte man ihn von draußen nicht bemerkt. Kurz darauf stürzte Nya in den Raum und quetschte sich mitsamt ihrem Rucksack neben ihn. Dann schlossen sie die Türen und horchten in die Stille, die lediglich von Nyas schnellem Atmen unterbrochen wurde.

Es dauerte nur einige Atemzüge, bis ein lautes Geräusch von berstendem Holz die Ruhe spaltete. Offenbar hatten die Soldaten die Tür aufgetreten. Lautes Gepolter und Stimmengewirr waren zu hören, allerdings konnte Fluchs keine einzelnen Worte ausmachen. Dann hörte er, wie die Treppe mit lautem Ächzen ankündigte, dass mindestens einer der Soldaten die Balustrade erreicht hatte.

Fluchs griff nach der Hand von Nya, die mittlerweile fast geräuschlos atmete. Er versuchte, etwas zu erkennen, und fand ein kleines Astloch in der Schranktür. Es ermöglichte ihm einen sehr begrenzten Blick auf den Fußboden des Zimmers und war somit nicht zu gebrauchen.

Nacheinander hörte er, wie die Türen der Zimmer krachend nachgaben, als sie von etwas Schwerem getroffen wurden. Plötzlich traten zwei schwere Plattenstiefel zu ihnen ins Zimmer. Mit dumpfem Hall schritten sie weiter hinein und blieben stehen. Fluchs hielt den Atem an und auch Nya war neben ihm nicht mehr zu hören, allerdings krallte sie sich mit spitzen Fingernägeln in seine Hand. Sie verharrten regungslos in der Dunkelheit. Fluchs konnte nur seinen eigenen Herzschlag immer schneller und lauter hören. Er versuchte, die Luft weiter anzuhalten, konnte es aber nicht viel länger aushalten. Leise, atmete er langsam aus der Nase aus und zählte dabei unweigerlich seine Herzschläge. Als er bei über dreißig Schlägen angekommen war, und sein Herz den Rhythmus zu ändern schien, atmete er langsam wieder ein. Erneut zählte er bis dreißig. War der Soldat schon wieder aus dem Zimmer heraus, ohne dass er es bemerkt hatte? Er atmete langsam und vorsichtig aus, schaffte dieses Mal jedoch nur zwanzig Schläge.

Von unten hörte er eine Stimme durch das Haus dringen. »Im Keller ist nichts, Herr Kommandant!« Die Stiefel stapften schnell aus dem Zimmer. Erneut waren Rufe zu hören.

»Im Hinterhaus ist ebenfalls alles sauber, Herr Kommandant!«

»Sehr gut«, antwortete die Stimme, die ihnen am nächsten war. Fluchs vermutete, dass diese von dem Mann in den Plattenstiefeln kam.

»Bringt die Gefangenen rein!«

»Jawohl, Herr Kommandant!«

Schnelle Schritte durchquerten das Untergeschoss, um bald mit mehreren anderen zurückzukehren. Sie lagen wesentlich sanfter und leiser auf dem Holz als die der Soldaten. Deutlich war nun der monotone Gesang zu hören, der Fluchs vertraut in die Ohren drang. Es war eine ähnliche Melodie wie jene, die der Fremde am Abend zuvor gesummt hatte. Auch die Sprache kam ihm sehr ähnlich vor.

»Haltet endlich die Klappe!«, brüllte der Mann oben auf der Balustrade, doch der Gesang blieb unverändert. Die schweren Panzerstiefel schritten mit einem Krachen die Treppe hinab, die mit dem lauten Geräusch berstenden Holzes unter dem Gewicht des Mannes nachgab und in sich zusammen fiel. Ein lauter Schmerzensschrei erklang, gefolgt von unflätigen Flüchen in einem fremden Dialekt.

»Herr Kommandant! Seid Ihr verletzt?«

»Lass mich!«

Erneut hörten sie Holz bersten und Schritte ungleichmäßig über den Holzboden stolpern. Der Kommandant hatte eine hohe und beinahe gurgelnde Stimme, die sich immer wieder überschlug.

»Wisst ihr was, Männer? Ich habe keine Lust, diesen Abschaum bis ins Tal zu eskortieren. Was meint ihr? Wollen wir das Problem nicht einfach beseitigen und uns die Arbeit sparen?«

»Jawohl, Herr Kommandant.«

Fluchs horchte angestrengt in das darauf folgende Gewirr aus Geräuschen, konnte jedoch keines isolieren. Es vermischte sich eine laute Kakophonie aus Rufen, Schritten, unterdrückten Schreien und Gepolter. Auf einmal war jedes Geräusch verschwunden. Ebenso versiegte der bis zuletzt klar hörbare Gesang.

Nyas Fingernägel bohrten sich noch tiefer in Fluchs' Handfläche, doch er merkte den Schmerz kaum.

Ungläubig horchte er ins Nichts, voller Hoffnung, dass der Gesang wieder einsetzen würde, während sich seine Augen mit Tränen füllten.

Doch das Einzige, was die Stille aufhob, war die Stimme des Kommandanten in den Plattenstiefeln.

»Na los, machen wir uns auf den Weg nach Hause, Männer.« Es folgten weitere Befehle, die Fluchs schon nicht mehr verstand. Seine Gedanken verloren sich bei dem Versuch, das Geschehene zu begreifen.

Nachdem die Schritte das Haus verlassen hatten und eine Zeit lang nichts zu hören war, öffnete Nya vorsichtig die Tür des Schrankes. Fluchs erkannte sofort, dass auch sie geweint hatte, und gemeinsam traten sie zurück in den nun sonnendurchfluteten Raum. Ohne sich loszulassen, schlichen sie vorsichtig aus dem Zimmer heraus und an das Geländer der Balustrade. Sie blickten hinunter auf den Boden des Erdgeschosses und starrten auf die grausame Szene, welche sich vor ihren Augen erstreckte.

Unten lagen sechs leblose Körper auf dem Boden. Ihre leuchtend grünen Gewänder waren an einigen Stellen vom Blut rot gefärbt. Drei hatte man erstochen, den anderen waren offenbar die Kehlen aufgeschlitzt worden. Was Fluchs jedoch den Schock noch tiefer in die Knochen trieb, war die Erkenntnis, dass man jedem von ihnen die Zunge herausgeschnitten hatte.

Lautlos sank Nya neben ihm auf die Knie und er folgte ihr.

»Was machen wir jetzt?«, fragte sie heiser.

Fluchs schüttelte angewidert den Kopf.

»Keine Ahnung. Aber ich weiß, dass wir hier wegmüssen.«

»Und was geschieht, wenn wir denen in die Arme laufen?«, fragte Nya.

Er schaffte es nicht, ihr zu antworten. Nicht, dass alles gut werden würde und auch nicht, dass sie mit Vorsicht diesen Bestien aus dem Weg gehen konnten. Im Moment konnte er nur noch an eines denken. Ein Wort, welches ihm unentwegt wie ein Kanon durch die Gedanken zog. Vergeltung.

»Gehen wir«, sagte er mit fester Stimme und gemeinsam standen sie auf.

»Ich setze keinen Fuß da hinunter«, flüsterte Nya.

»Die Treppe können wir eh nicht benutzen«, antwortete Fluchs und blickte auf den chaotischen Holzhaufen am Boden. Er sah nach draußen und versicherte sich, dass von den Soldaten kein Zeichen mehr zu erkennen war. Dann trat er fest gegen das Fenster, welches daraufhin in tausend kleine Splitter zerplatzte.

Sie sprangen hinab in die Tiefe, wo der Schnee ihren Aufprall sanft abfederte. Gemeinsam, Hand in Hand, bahnten sie sich einen Weg zurück zu dem Pfad, von dem sie gekommen waren, und schlugen von dort aus den Weg in Richtung des Turmes ein.

Fluchs war tief in Gedanken daran versunken, was nun vor ihnen lag. Irgendwie mussten sie unbemerkt den Wachturm passieren und den Weg ins Tal finden. Das ging nur in der Nacht. Da bereits jetzt die Sonne dem Horizont entgegenging, war er sich sicher, dass sie den Turm unbemerkt umgehen konnten. Vor ihnen lag nur noch eine kalte und dunkle Nacht. Er drehte sich zu Nya um.

»Bist du bereit?«

Nya nickte. »Lass uns gehen. Ich will runter von diesem verdammten Berg.«

KAPITEL 20

Auf die anfängliche Wut folgte ein Gefühl der Leere, das sowohl von Fluchs als auch von Nya langsam Besitz ergriff. Als sie lange nach Anbruch der Dunkelheit ermattet die Hänge des Berges erreichten, hielten sie kaum inne, um den Blick auf das Tal zu genießen.

Stattdessen stiegen sie den Pfad wortlos, schnell und leise hinab und einen Augenblick lang fühlte sich Fluchs, als würde er gehetzt von einer Meute blutrünstiger Wölfe. Ihr nächstes Ziel lag unmittelbar vor ihnen am Fuße des Berges.

Es war ein kleines Dorf von vielleicht zwei Dutzend Häusern und Höfen. Obwohl der Berg nun hinter ihnen lag und auch die Kälte weitestgehend erträglicher geworden war, fühlte sich Fluchs anders als noch einige Tage zuvor. Die Kälte hatte ihm zugesetzt, ebenso wie die Erlebnisse oben auf dem Pass. Er versuchte, die schlimmen Erinnerungen sofort wieder zu verdrängen, wenn die Bilder aus dem Gasthaus unerträglich wurden.

Diese Bilder verfolgten ihn und suchten ihn immer wieder heim. Er zählte seine Schritte und versuchte sich auf jeweils den nächsten zu konzentrieren. Auch Nya blickte stur vor sich auf den Boden, was Fluchs bei der Dunkelheit nur recht war.

Ihre Anspannung wich erst in jenem Moment von ihnen, als sie in dem warmen Licht der ersten Häuser die feste

Straße eines Dorfes betraten. Wie ein sanfter Windhauch schien es ihnen die Last von den Schultern zu nehmen.

Sie erreichten Minuten später den Marktplatz des Dorfes. Hier waren die Häuser auffallend sauber. Nirgends lag Unrat herum und auf den Straßen war keine Menschenseele zu sehen. Sowohl der kleine Brunnen als auch die unzähligen Blumenkübel, die im Licht von sechs Laternenpfählen erstrahlten, wirkten freundlich und einladend.

Direkt an diesem Dorfplatz gelegen umrandeten mehrere Häuser den Platz, von denen sich zwei als Gasthäuser herausstellten. Fluchs erkannte sie sofort an den hölzernen Schildern über der Tür. Auch sie waren hell erleuchtet, jedoch drang aus ihnen nicht der übliche Klang von betrunkenem Gelächter und Gegröle hervor. Nya schritt, ohne all diese Details zu beachten, schnurstracks auf das Gasthaus zu, das ihnen am nächsten gelegen war.

Als sie den Gastraum betraten, wurden sie von einer Stille empfangen, die Fluchs noch in keinem Gasthaus zuvor erlebt hatte. Er war sich sicher, dass er seit dem Beginn seiner Reise ein Gespür für Gasthäuser entwickelt hatte, doch dieses hier war völlig anders als die vorherigen. Dabei war es nicht nur die Stille, die ihm auffiel. Während sich Nya zielstrebig auf die Theke und den Wirt zu bewegte, musterte Fluchs die mehr als ein Dutzend Gäste. Sie saßen an gut erleuchteten Tischen und aßen oder tranken, sahen jedoch nicht ein einziges Mal auf. Keiner von ihnen nahm etwas anderes zur Kenntnis als den eigenen Tisch. Lediglich zwei Männer in dicken Wappenröcken musterten sie auffällig, und erst als auch Fluchs die Theke erreichte, bemerkte er die Gefahr. Die Männer, neben die sie sich so arglos an die Theke gestellt hatten, waren eindeutig Soldaten der turanischen Armee.

Die roten Wappenröcke zeigten das bekannte weiß aufgenähte Schwert auf rotem Grund, welches an der Schneide von einer Faust umschlossen wurde. Fluchs erschrak und konnte die Überraschung seiner Erkenntnis nicht verbergen. Argwöhnisch sah ihn der größere der beiden Männer an und folgte von nun an jeder von Fluchs' Bewegungen. Nya stützte sich mit beiden Ellenbogen auf die Theke und rief nach dem Wirt.

»Was darf es sein, junge Dame?« Der Wirt eilte herbei und beugte sich beim Sprechen nach vorne, so dass sie ihn trotz seiner leisen Stimme gut hören konnten.

»Ein Zimmer für zwei.« Nya sah nicht auf, während sie in ihrem Geldbeutel einige Münzen hervorfischte.

»Das wären dann vier Kupfertaler.«

Nya ließ eine Hand voll Münzen auf die Theke fallen und wandte sich ab.

»Bringt uns etwas zu essen nach oben und einen großen Krug Bier. Außerdem erwarte ich frisches Wasser. Das Geld sollte reichen.«

»A-aber natürlich«, stotterte der Wirt mit einem sichtlich irritierten Blick zu den Wachen. »Es ist das Zimmer am Ende des Ganges. Geht nur die Treppe hinauf und dann geradeaus.«

Wortlos marschierte Nya in die Richtung, die der Wirt genannt hatte.

»Danke sehr«, antworte Fluchs an Nyas Stelle und folgte ihr dann mit schnellen Schritten. Sie betraten das Zimmer und schlossen die Tür hinter sich. Nya streifte den Rucksack ab und ließ sich mit einem tiefen Seufzer aufs Bett fallen. Fluchs jedoch stand noch immer voll bepackt an der Tür.

»Willst du hier wirklich übernachten?«, fragte er mit leiser Stimme.

»Natürlich will ich das. Hast du ein Problem damit?«

»Ob ich ein Problem damit habe? Weißt du etwa nicht, was das für Typen waren, die da neben dir standen? Das waren *Tu-ra-ni-sche* Soldaten, verdammt nochmal.«

»Und wenn schon. Ich will nur noch ein Bett und meine Ruhe«, murmelte Nya, die ihren Kopf tief in einem Kissen vergraben hatte.

»Außerdem«, fuhr sie fort, »werden wir nur die eine Nacht hier bleiben. Also leg dich hin und ruh dich aus. Wir müssen in zwei Wochen beim Schloss sein, oder hast du das etwa schon wieder vergessen?«

Fluchs wusste, dass sie recht hatte. Trotzdem wollte er so schnell nicht aufgeben.

»Hast du nicht gesehen, was die da oben mit den Mönchen gemacht haben?« Er machte einige Schritte auf sie zu, als sie mit einer schnellen Bewegung herumfuhr und aus dem Bett aufsprang.

Sie packte ihn am Kragen seines Hemdes und stürzte mit voller Kraft auf ihn zu. Der Aufprall ließ ihn das Gleichgewicht verlieren und riss ihn nach hinten, wo er wuchtig mit dem Rücken an die Holzwand des kleinen Zimmers prallte.

»He!« Der Druck des Aufpralls trieb ihm die Luft aus den Lungen. Gerade als er sich vorwärts bewegen wollte, um Nya von sich wegzustoßen, bemerkte er den kalten Stahl einer Klinge an seinem Hals. Ihre Augen leuchteten vor Wut und ihre Nase und Stirn warfen tiefe Falten, die sich mit ihren gefletschten Zähnen zu einer hässlichen Fratze des Zorns verbanden.

»Hör mir mal genau zu«, zischte sie durch die aufeinander gebissenen Zähne. »Ich werde die Bilder von da oben nie wieder vergessen. Ich habe einen Fehler begangen und bin deinetwegen mitgekommen. Und wenn du mir noch einmal dumm kommst, erlebst du dein blaues Wunder. Hast - du - mich - verstanden?«

Die letzten Worte flüsterte sie beinahe, jedoch mit so viel Druck, dass Fluchs in ihnen Nyas Wut gut erkennen konnte. Erschrocken nickte er. Dabei schnitt sich die Klinge leicht in die dünne Haut seines Halses ein, und er fügte noch hinzu:

»Es tut mir leid.«

»Erwähne diesen Berg nie wieder.«

»Ja, alles klar. Verstanden«, gluckste Fluchs und sank zu Boden, als Nya von ihm abließ und das schwungvoll gebogene Messer einsteckte. »Gut.« Sie setzte sich aufs Bett und begann damit, sich ihre Stiefel auszuziehen.

Fluchs rieb sich über seinen Hals und sah sich dann seine Hand an. Ein dünner Streifen Blut war zu erkennen, das Messer hatte ihn nicht sonderlich tief verwundet. Dennoch saß ihm der Schock tief in den Knochen und insbesondere in den Knien. Er schaffte es einfach nicht mehr, aufzustehen.

Sie hatte schon einmal eine Waffe auf ihn gerichtet, vor einigen Wochen. Er hatte es verdrängt, ja fast vergessen, und doch traf ihn dieses Gefühl der Schwäche und Hilflosigkeit so stark, als hätte sie ihm ihre Klinge tief ins Herz gestoßen.

Er saß nur da, an seiner Wand, und starrte Nya durch den Raum an, während diese ihre Sachen säuberlich anordnete. Als sie fertig war, kroch sie auf dem Bett zurück, bis sie mit dem Rücken an die ihm gegenüberliegende Wand lehnte und warf sich die Decke über. Erst jetzt erkannte er einige blaue Flecken an Nyas Beinen, die sie jedoch rasch verdeckte. Sie saßen einfach nur da und starrten sich an. Die Wut und Anspannung in Nyas Gesicht waren vollständig einer starren Maske gewichen. Ein Klopfen an der Zimmertür riss sie aus dem Schweigen heraus.

»Herein«, herrschte Nya dem Klopfen bestimmt entgegen.

Die Tür öffnete sich und ein Mädchen von vielleicht siebzehn Jahren betrat die Kammer mit einer Schale, in der ein Krug und zwei Becher lagen. Sie stellte beides auf einen kleinen Tisch des fensterlosen Raumes und wandte sich dann mit einem verwunderten Blick auf Fluchs Nya zu.

»Ich hole Euch gleich auch noch eine weitere Kerze und das Wasser. Soll ich Euch auch noch etwas zu essen bringen?«

»Ja«, antwortete Nya knapp, woraufhin das Mädchen mit einem verlegenen Lächeln aus dem Zimmer ging und die Tür leise hinter sich schloss.

Fluchs brauchte einige Anläufe, bis er sich von seinem Rucksack befreit hatte. Als er es endlich geschafft hatte, kniete er auf dem Boden und streckte sich. Dabei zog er die Arme abwechselnd nach hinten, rotierte dann etwas mit der Schulter und drückte so lange nach, bis er ein leises Knacken durch seinen Rücken fahren hörte. Die Erleichterung trat noch im selben Moment ein und er merkte erst jetzt, wie sehr ihn die Strapazen der Reise erschöpft hatten. Besorgt dachte er daran, was diese Ungelenkigkeit wohl auf sein Geigenspiel für Auswirkungen haben würde.

»Die Geige!«, sagte er mehr zu sich als zu Nya und löste den Geigenkoffer von der Seite des Rucksacks. Äußerlich zeigte der Koffer ähnliche Spuren, wie Fluchs Rücken innerlich gezeigt hatte. Es waren einige Schrammen, Kerben und zahlreiche Kratzer hinzugekommen. Sie hatten das Leder an einigen Stellen zerstört, welches das Innere vor Schaden bewahrte.

Vorsichtig legte er den Koffer vor sich hin und ließ die Verschlüsse aufschnappen. Mit besorgt zitternden Händen öffnete er den Deckel und atmete tief durch, als er das Instrument unbeschädigt in seiner Form liegen sah. Es war noch alles ganz. Er seufzte tief und befreite die Geige aus ihrem Gefängnis, als es erneut an der Tür klopfte.

»Treten Sie ein!«, rief Fluchs, dessen Laune sich mit dem Moment gebessert hatte, als er das kastanienrote Holz an seinen Hals legte und unter sein Kinn klemmte. Es war ein Gefühl, bei dem er stets alles um sich herum hatte vergessen können, und auch jetzt tat diese wunderbare Eigenschaft seines Instrumentes seinen Dienst. Die Last der Sorgen lüftete sich einen Moment lang von seinem Gemüt. Das Mädchen hatte unteressen das Zimmer betreten und stand wie angewurzelt mit einem Eimer Wasser und einigen Kerzen an der Tür. Ihr Mund und ihre Augen waren weit aufgerissen und starrten Fluchs ungläubig an. Als Fluchs den Geigenbogen hob, ließ sie den Eimer krachend zu Boden gehen und stürzte mit den Kerzen in der anderen Hand auf Fluchs zu.

»Nicht!« Sie griff nach seiner Geige, doch Fluchs schaffte es gerade noch, sich zur Seite zu drehen.

»Was zum ...« Er drückte sich an die Wand und stemmte sich nach oben, während das Mädchen mit beiden Händen nach seinen Armen griff. »Was soll denn das!?«, rief er.

»Bitte nicht, ihr dürft das nicht tun«, flüsterte das Mädchen eindringlich. »Bitte nicht!«

Auch Nya war nun auf den Beinen und hatte ihre Position auf dem Bett verlassen. Sie griff dem Mädchen von hinten mit dem rechten Arm um den Hals und zog es fest zurück. »Ganz ruhig jetzt«, sagte sie drohend. »Was soll das Ganze hier?«

Das Mädchen in ihrem Arm kam jedoch erst zur Ruhe, als Fluchs ihren Blick auf die Geige wahrnahm und sein Instrument schnell wieder im Kasten einschloss.

»Ist es jetzt besser so? Sieh nur, ich hab sie eingepackt.«
Er versuchte sie zu beruhigen. Mit erhobenen Händen stand
er langsam aus der Hocke auf.

Das Mädchen nickte und zog mit beiden Händen an
Nyas Arm.

Diese reagierte, indem sie noch einmal ihren Druck
verstärkte. »Ich werde dich jetzt langsam loslassen, aber du
wirst uns keine Probleme mehr machen, einverstanden?«

Sie nickte. Nya entließ die junge Frau aus ihrer
Umklammerung. Diese kniete sich hin und sah den
Geigenkoffer aus jedem Winkel an.

»Ist das ...«, sie senkte die ohnehin leise Stimme bis zu
einem Flüstern ab, »ein Musikinstrument?«. Ihre Augen
blickten nur schnell zu Fluchs und dann zu Nya, bevor sie
erneut den Koffer beäugte.

Fluchs versuchte freundlich zu lächeln.

»Ja, das ist eine Geige. Sag bloß, so etwas kennst du
nicht?«

Das Mädchen schüttelte den Kopf.

»Und warum wolltest du sie mir wegnehmen?«, fragte
Fluchs leise und einfühlsam, doch das Mädchen sah ihn nur
mit Verwunderung an, beinahe so als habe er sie zutiefst
gekränkt.

»Ich wollte sie doch nicht stehlen!«

»Sondern?«, herrschte Nya sie an. »Sag schon!«

»Ich wollte Euch davon abhalten, Musik zu machen.«

Fluchs sah sie verwundert an, warf dann einen Blick zu
Nya, die seinen Blick ebenso überrascht erwiderte, und
wandte sich dann wieder dem Mädchen zu.

»Warum denn? Magst du etwa keine Musik?«

»Ich weiß nicht. Ich darf das auch gar nicht wissen. Musik ist doch verboten!«

»Verboten?« Fluchs musste unweigerlich lachen, doch Nyas Blick verdüsterte sich.

»Wo genau sind wir hier?«, fragte Nya.

»Das hier ist Glindas, wir sind ganz im Süden von Turana«, antwortete das Mädchen und fügte, ohne die bestürzten Gesichter von Fluchs und Nya zu bemerken, unbeschwert hinzu: »Bei uns gibt es die besten Blumen des Landes. Wir verkaufen sie direkt an die Firetti der Hauptstadt.«

»Die Händler des Königreiches?«, fragte Nya.

Erneut nickte das Mädchen.

»Aber wenn ihr hier Musik spielt, bekommen Vater und ich ziemlich viele Schwierigkeiten.«

»Was kann denn an Musik so Schlimmes sein?«, fragte Fluchs neugierig.

»Wenn bei uns im Gasthaus jemand Musik spielt, wird er sofort eingesperrt. Mein Vater und ich bekommen dann Besuch von den Ermittlern des stillen Ordens und werden befragt. Wenn sich herausstellen würde, dass wir die Musik nicht verhindert haben, kommen wir auch ins Gefängnis und die Taverne wird verkauft.«

Nya und Fluchs sahen sich bestürzt an. Fluchs fand seine Sprache als erster wieder und dankte dem Mädchen. Dann rang er ihr jedoch das Versprechen ab, keiner Menschenseele von seiner Geige zu erzählen. Obwohl sie ihm glaubhaft versicherte, dass sie kein Sterbenswörtchen darüber verlieren würde, drückte er ihr noch ein Kupferstück in die Hand, woraufhin sie versprach, ihnen in Kürze das Essen zu bringen. Kaum hatte sie die Tür hinter sich geschlossen, atmeten Fluchs und Nya tief durch.

»Wo genau müssen wir eigentlich hin?«, fragte Nya.

»Wir müssen in ein ...«

»In ein Schloss, ja ich weiß«, ergänzte Nya seinen Satz. »Ich glaube, es ist an der Zeit, dass du mir genau sagst, wo unser Ziel liegt.«

Fluchs zog die Seiten seines Einladungsschreibens hervor. Auf der letzten Karte waren im Süden die Berge mit dem Kloster zu erkennen. Das Schloss war eine Wochenreise nordöstlich des Dorfes gelegen, in dem sie heute übernachteten.

Fluchs deutete auf die Stelle, die auf der Karte mit »Schloss« gekennzeichnet war und zeigte sie Nya.

»Wir sollen ein Konzert in Turana geben?«, fragte Nya mit einem zynischen Unterton. »Das kann *unmöglich* dein Ernst sein.«

Fluchs sah sie nachdenklich an. »Wusstest du, dass es in Turana ein Musikverbot gibt?«

»Ich habe von einem solchen Gerücht gehört, aber wer glaubt schon so etwas Absurdes?«

»Willst du umkehren? Ich kann dich wieder abholen, wenn ich das Konzert gegeben habe.«

Doch Nya schüttelte nur den Kopf. »Nein, keine Sorge. Aber von jetzt an müssen wir sehr viel vorsichtiger sein. Sonst ergeht es uns wie den singenden Mönchen auf dem Berg.«

»Die Mönche sind doch nicht getötet worden, weil sie gesungen haben! Das ist Unsinn!« Er weigerte sich, so etwas Verrücktes zu glauben.

»Vielleicht. Vielleicht auch nicht. Aber wenn ich an die herausgeschnittenen Zungen denke, möchte ich es ehrlich gesagt nicht darauf ankommen lassen.«

Fluchs stand auf und schenkte zwei Becher Bier ein. Nachdenklich ließ er sich auf einen Stuhl sinken. Auch wenn er mit Nya nicht einer Meinung war, was den Tod der Mönche anging, so stimmte er ihr doch in ihren Befürchtungen zu. Sie mussten von nun an viel vorsichtiger sein.

KAPITEL 21

Fluchs schreckte nass vor Schweiß aus dem Schlaf hoch. Im Traum hatte er erneut den Mord an den Mönchen erlebt, wobei er dieses Mal jedoch wie ein Beobachter unter der Decke des Gastraumes gehangen hatte. Dort hatte er das grauenvolle Geschehen vollständig mit angesehen. Von Angst erfüllt sah er zu Nya herüber.

Sie hatte ihren Kopf in dem großen weichen Kissen vergraben und atmete ruhig. Doch ihn graute es davor, erneut die Bilder des Schreckens in seinen Träumen zu erleben. Je öfter sie ihn heimsuchten, um so größer wurde sein Grauen. Wenn sie am nächsten Morgen nur nicht so früh aufbrechen mussten, dann hätte er sich bis zum Tagesanbruch wach halten können und am Tag geschlafen. Er lehnte sich im Bett zurück und blickte an die Decke, während er die Ereignisse der letzten Wochen erneut durchging.

War es wirklich eine gute Idee gewesen, einem Fremden einen Auftritt zuzusagen, ohne jedoch den genauen Ort der Aufführung zu kennen? Er spielte im Geiste verschiedene Szenarien durch, wie er hätte vorher herausfinden können, worauf er sich einlassen würde. Doch stets endete er bei dem gleichen Problem: Er kannte Turana nicht, als er aufbrach, und so wäre ihm selbst dieses Wissen nicht von Nutzen gewesen.

Langsam fielen ihm die Augenlider zu und er sank erneut in einen leichten Schlaf, doch er fand keine Ruhe. Ein unbestimmtes Geräusch ließ ihn aufhorchen. Eigentlich war es in dem Zimmer, das sie für heute Nacht bewohnten, ungewöhnlich still. Doch ein Brummen, kaum hörbar, drang dennoch an seine Ohren. Es gelang ihm, sich genauer auf das Geräusch zu konzentrieren, und da bemerkte er es: Der Ton des Brummens änderte sich!

Fluchs stand vorsichtig aus dem Bett auf und stellte sich in die Mitte des Raumes. Die wechselnden Töne waren so leise, dass er sie zwischen dem schnellen, dumpfen Pochen seines eigenen Herzens nicht ganz verfolgen konnte.

Er ging einen Schritt auf den Tisch zu. Leiser. Schnell zog er sich wieder zur Mitte des Raumes zurück und ging in Richtung der Tür. Tatsächlich! Die Töne nahmen an Lautstärke zu. Was Fluchs noch mehr wunderte, war die Erkenntnis, dass die Töne nicht einfach nur wahllos der Tonleiter folgten, sondern eine Melodie formten.

Schwungvoll, leicht und doch voller Spannung wiederholte sich immer wieder das gleiche Thema. Fluchs zog schnell seine Hose an und warf sich sein verschlissenes Hemd über, dann folgte er der Melodie und öffnete die Zimmertür. Im Flur war kein Licht entzündet, lediglich der helle Mondschein fiel durch ein Fenster in den hinter dem Gang liegenden Gastraum ein. Dort wo auch die Musik ihren Ursprung zu haben schien.

Auf Zehenspitzen schlich er langsam auf den rauen Holzdielen entlang, bis er den Gastraum erreicht hatte. Auch hier war keine Menschenseele zu sehen, allerdings war das von draußen scheinende Licht nun klarer erkennbar und wesentlich heller, als es für Mondlicht üblich war.

Fluchs öffnete leise die Haustür und trat hinaus in die Nacht. Sofort bemerkte er eine bläuliche Gestalt, die in der Mitte des Marktplatzes saß. Die Beine der Person waren wie zu einem Knoten in einander verschränkt und ihre Hände ruhten sanft auf den von blauen Nebelschwaden umgebenen Knien.

Überhaupt schien der Nebel auf dem Boden nicht überall gleich konzentriert zu sein, vielmehr schienen die Schwaden von der Gestalt auszugehen. Fluchs konnte kein Gesicht erkennen, war sich jedoch aufgrund der körperlichen Merkmale sicher, dass es sich um einen Mann handelte.

»Hallo? Könnt Ihr mich hören?«, fragte er mit gedämpfter Stimme, während er sich näher an den Unbekannten heranwagte.

Er erhielt keine Antwort. Ihn trennten jetzt nur noch zwanzig Schritte von dem Mann, dessen Kleider ihm irgendwoher bekannt vorkamen. Erst als er auf fünf Schritte herangekommen war, erkannte er die Kleidung und die Melodie und fiel vor Entsetzen auf die Knie.

Vor ihm saß einer der Mönche des Bergklosters. Die grün gefärbte Kutte schimmerte unter den blauen Nebelfäden hindurch und die Melodie war eben jene, die die Mönche kurz vor ihrem Tod gesungen hatten. Mit weit aufgerissenen Augen sah Fluchs ihn an, als dieser die Kapuze abnahm und ihm direkt ins Gesicht schaute. Es war nicht irgendein Mönch, der da vor ihm saß. Er war sich ganz sicher. Es war einer der Toten, die er noch vor einem Tag auf dem

Berggipfel zurückgelassen hatte. Es war jener Mönch, der an der Spitze der Gruppe auf das Gasthaus zugegangen war und auf der Stirn eine Bemalung in Form eines Schriftzeichens trug. Er kannte diesen Mann. Er hatte ihn sterben sehen!

Mit weit aufgerissenem Mund bahnte sich Fluchs ein Schrei von der Kehle den Weg hinauf. Doch versagten die entsetzten Stimmbänder ihrem Besitzer den Dienst.

Stumm sah er, wie der Mann aufstand und direkt auf ihn zuging. Kaum hatte die Gestalt sanft seine Schulter berührt, beruhigte sich Fluchs. Er konnte den Grund nicht genau erklären, doch er spürte bei der Berührung genau, dass von dieser Erscheinung keine Gefahr ausging. Die Gestalt blickte nach oben und Fluchs, der dem Blick folgte, sah in den Sternenhimmel. Inmitten der besonders hell funkelnden Sterne thronte der Vollmond. Fluchs sah zurück zu dem Mönch. Dieser hob nun einen Arm und zeichnete eine Linie entlang einer besonders auffallenden Sternenformation. Sie hatte die Form eines Pfeiles, dessen Spitze bis hinunter zum Horizont reichte. Dann blickte ihm die Gestalt in die Augen und löste sich direkt vor Fluchs' Gesicht in immer dünner werdenden Nebel auf, bis er sich wie von einem Windhauch fortgeblasen zerstreute.

Alleine und in zunehmender Dunkelheit stand Fluchs auf dem Marktplatz. Niemand war zu sehen. Er hob den Kopf und sah hinauf in den sich rasch verdunkelnden Himmel. Anstelle der vielen hellen Sterne waren jetzt nur noch dicke Wolken zu sehen, die selbst den Mond vollständig verhüllten.

In diesem Moment bemerkte er eine Schneeflocke, die langsam tänzelnd zum Boden hinab schwebte. Es folgten weitere vereinzelte Schneeflocken, bis schließlich hunderte aus der Dunkelheit des Wolkenhimmels auftauchten. Sein Atem bildete dünnen Dampf, der aus seiner Nase hervortrat. Fröstelnd wandte sich Fluchs dem Gasthaus zu. Nachdenklich ging er genauso leise in sein Zimmer zurück, wie er es verlassen hatte.

Was war das für ein Zauber, den er draußen gesehen hatte? Es musste eine Erklärung für das Geschehene geben, doch je länger er darüber nachsann, desto mehr drängte sich ihm eine erschreckende Vermutung auf.

Etwas Übernatürliches geschah hier und er befand sich mitten darin. Er wollte noch weiter über die Erscheinung nachdenken, doch kaum hatte er sich zu Nya ins Bett gelegt, drehte diese sich um und legte ihren Arm um seine Brust. Mit einem zufriedenen Seufzen legte sie ihren Kopf auf seine Schulter und schlief weiter.

Während sich die Wärme ihres Körpers wie eine warme Decke über seine kalten Arme und Beine legte, sog er mit jedem Atemzug den süßlichen Duft von Nyas Haaren ein. Wie weggeblasen waren die Erlebnisse und er schlief binnen weniger Sekunden ein.

KAPITEL 22

Fluchs beschloss am nächsten Morgen, Nya nichts von seinem nächtlichen Erlebnis zu erzählen. Er war sich nun auch gar nicht mehr sicher, ob es sich nicht doch um einen Traum gehandelt hatte.

Sie packten nach dem Frühstück ihre Rucksäcke und traten aus der Tür des Gasthauses hinaus auf den Marktplatz. Sie gerieten beide ins Staunen, als sie den belebten Platz vor sich sahen. Mehr als zwei Dutzend Händler hatten ihre Stände genau dort aufgebaut, wo noch gestern nichts als nackte Pflastersteine zu sehen waren.

Die Marktstände waren mit Stoffen in den schönsten Farben bespannt, die nun durch die hauchdünne Schneeschicht schienen, die darauf lag. Es duftete nach gerösteten Kastanien, die an einer Ecke des Platzes zubereitet wurden. Dicke Dampfschwaden zogen von der Pfanne des Verkäufers empor.

Direkt ihnen gegenüber hatte ein Gewürzhändler seine Körbe aufgestellt und stellte von Finntaler Pfeffer bis scharfem Pulver alle erdenklichen Gewürze zur Schau. Einige davon hatten Namen, die Fluchs noch nie gehört hatte, doch der Duft, der durch die kleinen Gassen zwischen den Ständen zog, war überwältigend. Er weckte die Neugier eines Entdeckers in Fluchs.

»Was meinst du«, er hob eine Augenbraue und sah zu Nya herüber, »wollen wir uns noch ein bisschen umsehen, bevor wir weiter ziehen?«

»Ich weiß zwar nicht, was an einem Markt so besonders sein soll, aber bitte - wenn du unbedingt willst, können wir ja eine Runde drehen.«

»Es interessiert mich einfach, zu sehen, was es hier alles zu kaufen gibt.«

»Du hast kein Geld«, erinnerte sie ihn.

Fluchs wiegte den Kopf hin und her und zog eine Grimasse, so als wolle er ihr nicht ganz zustimmen. Ein Grinsen lag auf seinen Mundwinkeln.

»Noch nicht, meine Teuerste. Noch nicht.«

Sie schlenderten langsam an den Ständen entlang, wobei sich Fluchs vor allem für die exotischen Waren interessierte. Die turanische Seide eines Händlers sah aus wie feinster Brokat, schimmerte jedoch wesentlich intensiver in Rot, Grün und Blau.

»Kein Wunder, dass sie dafür ein Goldstück haben wollen«, dachte Fluchs.

Nya hingegen interessierte sich hauptsächlich für die Stände, welche Werkzeuge, Dietriche oder Waffen feilboten. Besonders angetan hatte es ihr ein turanischer Langdolch. Die geschwungene Klinge war für turanische Verhältnisse äußerst filigran und so leicht, dass sie in dieser Gegend eher zum Ladenhüter taugte. Turaner waren eigentlich für ihre Vorliebe für schwere Dolche und Schwerter bekannt. Doch Nya konnte ihren Blick einfach nicht davon abwenden.

»Na? Verliebt?«, witzelte Fluchs. Nya war so tief in Gedanken versunken, dass sie vor Schreck herum fuhr.

»Was? Ich? So ein Unsinn. Wenn überhaupt, dann bin ich ...« Sie hielt mitten im Satz inne.

Fluchs sah, dass ihre Wangen von der Kälte gerötet waren. Oder war das etwa Schamesröte?

»Du meintest den Dolch!« Sie lachte verlegen. »Der ist wirklich sehr schön. Eigentlich brauche ich eine solche Waffe nicht. Aber andererseits wissen wir nicht, was uns noch bevorsteht.«

Fluchs wandte sich dem Verkäufer zu.

»Was soll dieser hier kosten?« Er hob den Dolch an.

»Sieben Silberstücke, mein Herr.«

Fluchs schluckte. So viel Geld besaßen sie nicht. Er schüttelte den Kopf und bedankte sich.

»Wir können den Dolch ja auf dem Rückweg kaufen, wenn du möchtest.«

»Dann lass uns besser weitergehen«, erwiderte Nya.

Plötzlich brach hinter ihnen ein Tumult los. Fluchs und Nya drehten sich zu den immer lauter werdenden Rufen und Gesprächen um.

»Soldaten!«, flüsterte der Waffenhändler mehr zu sich selbst als zu Fluchs und Nya. Neugierig gingen beide weiter auf die Quelle der Geräusche zu, hielten allerdings respektvollen Abstand.

Hinter den aufgehängten Körben eines Obsthändlers blieben sie stehen. Von hier aus hatten sie einen guten Blick auf den noch freien Teil des Marktplatzes neben dem

Brunnen. Es hatte sich bereits eine Menschenmenge gebildet, die sich dicht auf den Platz drängte.

Zuerst konnte Fluchs zwischen den Köpfen der Schaulustigen nichts Genaues erkennen, doch dann sah er, wie sich eine Reihe von Helmen entlang des Platzes aufstellte. Er erkannte die typischen roten Bänder an den Helmen, die die Soldaten als Mitglieder der turanischen Garde identifizierten. Er zählte insgesamt sieben Helme. Einer der Soldaten erhob die Stimme.

»Auf Befehl seiner Lordschaft König Belthor haben wir heute diese Frau festgenommen. Es wird ihr zur Last gelegt: der Besitz eines Musikinstrumentes.« Die Menge antwortete mit gellenden Pfiffen und wüsten Beschimpfungen. »Außerdem Verschwörung mit den Feinden des Herrschers und Widerstand gegen die Verhaftung. Ihre Schuld ist erwiesen und bestätigt.«

Ein Raunen ging durch die Menge und Fluchs spürte, wie sich eine aggressive Stimmung unter den Schaulustigen breitmachte.

»Als Zeichen der Gnade des Herrschers wird sie nun euch, seinen tapferen Bürgern, übergeben.«

Jubelschreie und Applaus drangen zu Fluchs und Nya herüber.

»Sie soll hier am Markt für zwei Wochen angebunden werden und allen ein warnendes Beispiel sein. Sie soll kein Wasser und kein Brot erhalten, kein Feuer und keine Decke. Wer ihr hilft, macht sich ebenso strafbar und wird mit Gefängnis bestraft werden. Wenn sie überlebt, wird ihr der

Herrscher in seiner Milde die Freiheit schenken. Der Herrscher ist groß!«

Den letzten Satz schrie er so laut, dass er von den Wänden der Häuser zurückschallte.

Die Menge antwortete: »Der Herrscher ist gnädig!«

Darauf deklamierte der Soldat nun wie eine einstudierte Formel: »Lang leben der Herrscher, die Königin und ihr Volk!«

Applaus und Jubel übertönten den Rest. Nya zog an Fluchs' Arm. »Komm schon, Fluchs. Das ist unsere Chance. Wir nehmen uns einfach, was wir brauchen, und dann machen wir, dass wir hier wegkommen.«

Er drehte sich um und sah sie fragend an. »Wie meinst du das?«

»Ich meine, dass wir stehlen, was uns gefällt. Eine so gute Gelegenheit gibt es vielleicht nicht wieder.«

»Bist du verrückt geworden? Hast du nicht gesehen, was die mit Leuten machen, die sich nicht an die Regeln halten?«

»Ist ja schon gut. Was sollen wir also machen?«

Fluchs dachte kurz nach. »Ich habe mir heute Morgen die Karte noch einmal angesehen. Zwischen uns und dem Schloss liegen vielleicht noch fünf Tagesreisen. Es gibt aber nur noch ein einziges Gasthaus auf dem Weg, der Rest ist Wildnis.«

Nya sah zu den Äpfeln, die direkt neben ihrem Kopf in einem Korb gestapelt waren.

»So lange werden unsere Vorräte nicht reichen. Und bevor du fragst, Geld haben wir auch fast keines mehr.«

»Hauptsache, wir kommen hier schnell weg. Ich gehe bei dem Fleischer etwas Trockenfleisch kaufen. Kannst du versuchen, dem Bäcker etwas hartes Brot abzuschwatzen?«

»Ich werde tun, was ich kann«, antwortete Nya und wandte sich zum Gehen, als Fluchs sie an der Schulter packte.

»Sei vorsichtig und denk daran: Es wird nichts gestohlen. Verstanden?«

Nya schüttelte seine Hand ab und ging ohne ein weiteres Wort davon. Sie verschwand zwischen den vielen Menschen, die nun vom Platz zurückkehrten.

Fluchs bahnte sich seinen Weg durch die Menge. Jetzt, wo die Kundgebung beendet war, konnte er viel einfacher zu dem Stand des Fleischers gelangen. Dieser befand sich direkt neben dem Brunnen und somit direkt an dem Platz, wo noch eben Dutzende Männer und Frauen die Verurteilung der Gesetzesbrecherin begafft hatten. Nervös ging er direkt auf den Stand zu und hatte seinen Geldbeutel bereits fest in der rechten Hand umklammert.

Zuerst wollte er nicht hinsehen, doch je näher er kam, desto besser konnte er eine Gruppe von vier Männern erkennen, die eine Stelle neben dem Stand umringten. Vor ihnen lag eine junge Frau zusammengekauert auf dem Boden. Sie streckte schützend die gefesselten Hände über den Kopf, während Beschimpfungen und Hiebe auf sie herabregneten.

Einer der Männer machte einen Schritt nach vorne und spuckte auf ihre blond glänzenden Haare. Es war ein kleiner und dicker Widerling, der die anderen um sich herum sogar noch anstachelte. Wut stieg in Fluchs auf. Die Frau, die dort lag, war hilflos und konnte sich nicht wehren und sie erinnerte ihn unweigerlich an seine Schwester.

Nur feige Schwächlinge vergriffen sich an wehrlosen Menschen. Er presste die Lippen vor Wut auf einander, seine Zähne schmerzten unter dem Druck seiner Kiefer und er ballte seine linke Faust so sehr, dass die Knochen weiß durch die Haut schimmerten. Einen kurzen Augenblick lang dachte er daran, den kleinen Anführer von hinten anzufallen.

Vielleicht würde das die Aufmerksamkeit der anderen ebenfalls von der armen Frau ablenken. Doch was dann? Es stand vier gegen einen, da hatte er mehr als nur schlechte Aussichten auf Erfolg. Vermutlich würden sie dann ihre Wut an ihm auslassen, sobald die Garde auch ihn an den eisernen Ring neben dem Brunnen gebunden hatte.

Nein, er musste sich etwas anderes einfallen lassen. Er spürte den Geldbeutel in seiner rechten Hand und hatte eine Idee. Er holte alle Münzen heraus, die er noch hatte. Ein Silberstück und sieben Kupfertaler. Das musste reichen. Er warf die Kupfertaler, ohne sich umzudrehen, über die Schulter, so dass sie hinter den Männern liegen blieben. Diese hielten in ihren Angriffen inne, drehten sich irritiert um und sahen zu Boden. Kaum hatte der erste einen der Kupfertaler entdeckt, warf er sich auf die Knie und hob ihn auf.

Seine Kumpane taten es ihm gleich und so suchten sie bald gemeinsam den Boden ab. Fluchs kaufte das

Trockenfleisch und bezahlte mit dem letzten Geld, das er noch hatte.

Als er sich zum Gehen abwandte, hatten sich die Männer wieder aufgerichtet und schritten in bester Laune auf die nächste Schänke zu. Zufrieden lächelte Fluchs und klopfte sich selbst anerkennend auf die Schulter.

Nur wenige Schritte später hörte er Splittern wie von einem zerbrechenden Tongefäß. Er sah sich um, konnte jedoch nichts erkennen. Die Geräusche kamen von der anderen Seite der Marktstände. Nya!

Das Geräusch kam genau aus der Richtung, in die sie gegangen war. Er rannte sofort los und kam nur Sekunden später am Stand eines Töpfers an. Hier waren gerade zwei turanische Soldaten damit beschäftigt, die wild um sich schlagende und fluchende Nya zu bändigen. Während der eine ihren Kopf auf den mit Schüsseln und Krügen bedeckten Tisch presste, hatte der andere Schwierigkeiten, ihr beide Hände mit einem Seil zu fesseln.

Nya wehrte sich mit aller Kraft, während ihre linke Wange von den groben Scherben zersprungener Tonkrüge gespickt war. Einige Kratzer im Gesicht bluteten ebenso wie eine Platzwunde über dem rechten Auge. Fluchs machte einen Schritt auf die Soldaten zu, als ihr Blick auf seinen traf. Sie hörte, für einen kurzen Augenblick auf sich zu wehren, und schüttelte fast unmerklich den Kopf. Fluchs verstand sofort und zog sich in die Reihen der erneut herbei geströmten Schaulustigen zurück.

Als der kleine Soldat Nyas Hände endlich gefesselt hatte, beugte er sich langsam zu ihrem Gesicht herunter.

»Heute muss wohl mein Glückstag sein, wie? Deine Verhaftung wird mir ein ganzes Silberstück einbringen.«

»Ich verstehe nicht, was ihr meint«, entgegnete Nya, deren Stimme gepresst klang. Der größere Soldat hatte seinen Ellenbogen in ihren Rücken gestemmt.

»Das wird dir der Hauptmann schon erklären.« Er richtete sich auf. »Na los, Korat. Abführen.«

Gemeinsam richteten sie Nya mit einem groben Ruck auf und stießen sie brutal die Gasse entlang, zurück in Richtung des Platzes, an dem noch wenige Minuten zuvor die letzte Verurteilung stattgefunden hatte. Fluchs folgte ihnen gemeinsam mit der Menge. Seine Gedanken sprangen hastig von einem Befreiungsversuch zum Nächsten, doch er fand keine Idee, mit der er sie jetzt befreien konnte.

KAPITEL 23

Die Verhandlung führte Hauptmann Teville, ein Mann von kräftiger Statur, dessen kernige Stimme wie Donner über den Marktplatz hallte.

Fluchs hatte bereits bei der Übergabe Nyas an den Hauptmann ein schlechtes Gefühl, das dadurch weiter bestärkt wurde, dass die Wachen mit Nya sehr rücksichtslos umgingen. Mit Wucht schleuderten sie sie zu Boden, wo sie direkt neben der anderen Gefangenen angebunden wurde. Der Hauptmann stand kerzengerade mit herausgestreckter Brust auf der obersten Stufe des Brunnens. Auf diese Weise konnten ihn auch weiter hinten stehende Schaulustige gut erkennen und seine Stimme war deutlich zu verstehen.

Fluchs stand in der zweiten Reihe zwischen einer älteren Frau, die sich mit einem Schultertuch vor der Kälte zu schützen versuchte, und einem stark angetrunkenen Jüngling. Er versuchte, sich so hinter die Menschen zu stellen, dass sein Gesicht nie ganz von einem der Wachleute gesehen werden konnte.

»Heute ist ein großer Tag für das turanische Imperium!«, begann der Hauptmann mit beschwingter Stimme.

»Nicht nur einen Dieb konnten wir fassen, sondern auch diese steckbrieflich gesuchte Diebin und Landesverräterin.« Er zeigte mit einem Finger auf Nya und Fluchs erschrak zutiefst. Landesverrat? Wie war das nur möglich? Nya hatte ihm doch erzählt, sie sei Färberin. Natürlich hatte er sie auch als Diebin erlebt, trotzdem ergab ein Vorwurf des Landesverrats in Fluchs' Augen keinen Sinn. Vielleicht hatten sie die falsche Person festgenommen und er würde die Sache später aufklären können.

»Als Hauptmann der turanischen Garde und der persönlichen Wache seiner Hoheit habe ich die Pflicht, ja sogar das Privileg, die Verbrechen dieser Verräterin zu verkünden. Der Angeklagten wird Folgendes zur Last gelegt.« Er rollte eine Schriftrolle aus und begann damit, den Inhalt zu verlesen.

»Erstens: Mitgliedschaft bei der in Ungnade gefallenen Familie Schwarzklinge.« Ein Raunen ging durch die Menge und Fluchs hörte, wie einige der Anwesenden leise flüsternd den Namen wiederholten und sich gegenseitig fragend ansahen.

»Zweitens: Überfall auf zwei Mitglieder der turanischen Händlergilde sowie einen Priester der turanischen Inquisition.« Die Menge wurde bei der Erwähnung der Inquisition still und keiner der Anwesenden wagte es, ein Wort zu sagen.

»Und drittens: Diebstahl eines requirierten Gegenstandes aus dem Besitz seiner Hoheit.« Er rollte das Papier wieder zusammen und erhob den Kopf. Sein Blick wanderte ruhig durch die Reihen der Anwesenden.

»Ihr alle seid wahrhaft gute Bürger. Eure Stadt ist sicher dank der Anwesenheit der turanischen Garde. Also rate ich euch, dem Herrscher jeden Tag treu dafür zu danken, dass er uns zu eurem Schutz hierher beordert hat. Sonst würden solche kriminellen Elemente sich frei unter euch bewegen können! Was nun die Strafe angeht, befinde ich die Angeklagte für schuldig. Da es sich bei ihr um eine Verräterin handelt, werden wir sie zwar hier anbinden, doch keiner ...«

Er machte eine kurze Pause und fuhr dann noch lauter fort: »Keiner von euch wird sie anrühren. Sie wird zu eurer aller Warnung hier angekettet und bis zum Eintreffen der Inquisition festgehalten. Wer versucht, sie zu befreien, wird umgehend verhaftet und hingerichtet.« Dann folgte erneut das Preisen und Danken des Herrschers, bevor sich die Menge wieder auflöste.

Unterdessen ketteten zwei Gardisten Nya an eine eigens dafür vorgesehene Öse am Brunnen und postierten sich neben den Gefangenen. Die Turaner verstanden es wirklich, das Recht anschaulich und warnend zu präsentieren, dachte Fluchs gequält und zog sich mit den anderen Schaulustigen zurück. Er kehrte mit einer Schar von schwatzenden Menschen in das Gasthaus ein und setzte sich an einen leeren Tisch. Ein Bier konnte er sich noch leisten.

Was war nun zu tun? Er konnte nicht glauben, was er bei der Verhandlung gehört hatte. Niemals handelte es sich bei Nya um eine Landesverräterin und selbst wenn, war es nicht seltsam, dass sie mit ihm zurück nach Turana gereist war? Warum hätte sie eine solche Gefahr auf sich nehmen sollen? Warum hatte sie es gewagt, im Gasthaus offen ein Zimmer zu nehmen? Warum war sie beim Anblick der turanischen Soldaten so unbesorgt gewesen? Er wurde aus ihr nicht schlau. Angestrengt dachte er nach.

Natürlich würde er all seine Kraft und seine Klugheit für ihre Befreiung nutzen. Eine direkte Rettung schien unmöglich, denn gegen zwei bewaffnete und ausgebildete Gardisten würde er keine Chance haben. Er musste sich selbst eingestehen, dass er sogar gegen eine Wache völlig machtlos unterliegen würde.

Der einzige Vorteil, den er hatte, war das Überraschungsmoment. Keiner wusste davon, dass Nya einen Komplizen hatte, der ihre Rettung planen würde. Fluchs biss sich auf die Zunge. Es ging hier nicht nur um Nya oder um ihn. Er dachte auch an seine Schwester. Ihr war er zuerst verpflichtet. Er hatte geschworen, auch sie zu schützen. Wenn er bei dem Versuch, Nya zu befreien, gefasst oder schlimmstenfalls sogar getötet würde, dann hätte er völlig versagt.

Die Wahrheit, der er sich stellen musste, war unangenehm. Es war äußerst riskant, Nya zu helfen, und wenn sie als Landesverräterin gesucht wurde, konnte sie ihn nicht bis ins Schloss begleiten. Doch ohne sie wollte er nicht weitergehen. Bisher hatten sie sich gegenseitig gestützt, vermutlich würde er allein erfrieren, verhungern oder getötet. Es blieb also nichts anderes übrig, als Nya zu befreien. Es musste einen Weg geben! Von dem letzten Kupferstück, das ihm geblieben war, bestellte er bei der Kellnerin ein Bier. Für ihn war die Situation wenigstens besser, als da draußen in der Kälte zu sitzen und zu frieren.

Einen Moment lang stutzte er, doch dann kam ihm die zündende Idee.

»Natürlich!«, rief er mit einem Lächeln und schüttelte den Kopf. Er hätte schon viel früher auf einen solchen Plan kommen können. Schnell stand er auf und lief der Schankfrau hinterher, bevor diese ihm sein Bier hatte einlaufen lassen.

»Bitte, gute Frau«, begann Fluchs sein Anliegen, »vergesst das Bier. Könntet Ihr mir stattdessen zwei Becher mit heißem Wasser bringen?«.

Die Frau sah ihn fragend an. »Nur heißes Wasser, oda soll et sonst noch wat sein?«

»Nur das Wasser bitte. Aber richtig heiß muss es sein. Siedend wäre es mir am liebsten. Reicht da ein Kupferstück aus?«

»Schon recht. Ich werd dir doch nicht noch Geld fürs heiße Wasser berechnen. Bin ja kein Unmensch.«

Fluchs bedankte sich und wartete ungeduldig an der Theke darauf, dass ihm das Wasser gebracht wurde. Sein rechtes Bein tippte dabei nervös auf und ab und auch seine Finger konnte er nicht im Zaum halten. Unaufhörlich trommelten sie auf dem Holz der Theke, bis endlich die beiden Holzbecher dampfend vor ihm standen. Schnell brachte er sie zu seinem Tisch zurück, setzte sich und begann in seinem Rucksack nach den Kräutern zu suchen, die ihm Trella am Anfang seiner Reise zugesteckt hatte.

Er war sich sicher, darunter ein Säckchen mit Bärenblatt gesehen zu haben. Eigentlich war es im Rohzustand dazu gedacht, das Fleisch zu würzen, und im Tee konnte eine Messerspitze selbst das stärkste Fieber senken. Doch Fluchs erinnerte sich auch noch an etwas anderes.

»Nimm auf keinen Fall zu viel davon, hörst du?«, hatte Trella ihm geraten. Und jetzt würde er sehen, was in einem solchen Fall geschehen würde. Er nahm einige Fichtennadeln und das gesamte Säckchen voll Bärenblatt und gab beides in die dampfenden Becher. Vorsichtig rührte er um und starrte auf sein Werk.

»Wie lange ich wohl warten muss, bis es durchgezogen ist?«, murmelte Fluchs zu sich selbst. Jedenfalls kurz genug, damit das Gebräu noch heiß war, wenn er es den beiden Wachen am Brunnen bringen würde. Es blieb nur zu hoffen, dass der Tee die beiden nicht umbringen würde. Er wollte ihnen nicht schaden, sondern lediglich genug Zeit gewinnen, um Nya zu befreien. Und - falls noch Zeit war - würde er die andere Gefangene auch noch befreien. Schließlich war es durchaus denkbar, dass auch sie zu Unrecht beschuldigt und übermäßig hart bestraft wurde. Wer so viele Schläge eingesteckt hatte wie diese Frau, hatte eine Nacht in der Kälte nun wirklich nicht verdient, egal wie gravierend das Verbrechen auch gewesen sein mochte.

Der harzige Duft, der von den Bechern hinauf in Fluchs' Nase stieg, riss ihn aus seinen Gedanken. Er steckte einen Finger in einen der Becher, zog ihn jedoch sofort wieder hinaus. Ja, der Tee war noch heiß. Vorsichtig fischte er mit seinem Löffel die festen Bestandteile aus dem Tee heraus und ließ sie unauffällig unter dem Tisch verschwinden. Er hatte nicht vor, diesen Ort noch einmal zu besuchen.

Er verstaute seine Utensilien wieder im Rucksack, hob die beiden Becher in je eine Hand und verließ dann die Schänke genau in jenem Moment, als einer der Bauern herein trat.

Freundlich hielt dieser ihm die Tür auf und Fluchs befand sich wieder auf dem Marktplatz.

Seit den späten Mittagsstunden hatten die Händler ihre Stände wieder abgebaut, und der Platz lag so leer vor ihm wie am Abend ihrer Ankunft. Lediglich am Brunnen sah es anders aus, denn an seinen unteren Stufen kauerten zwei Frauen, während zwei Wachleute mehr locker als stramm neben ihnen standen und sich unterhielten. Anscheinend bereitete die Kälte auch ihnen Unbehagen, rieben sie sich doch immer wieder die Hände und bliesen warme Luft auf die ausgekühlten Finger. Sonst war niemand auf dem Platz zu sehen. Jetzt war der richtige Moment, den Plan in die Tat umzusetzen. So locker es ihm möglich war, schlenderte Fluchs direkt auf die Wachleute zu. Sie bemerkten ihn und drehten sich zu ihm um, einer von beiden legte seine Hand warnend auf den Knauf seines Schwertes.

»Keine Sorge, meine Herren«, begann Fluchs. »Ich bringe euch nur einen Becher heißen Tee.«

Argwöhnisch blickten ihn die Männer an.

»Nein, wir dürfen nichts annehmen. Also scher dich weg, sonst werden wir ungemütlich.«

»Ganz wie ihr wollt«, antwortete Fluchs, während ihm der Angstschweiß auf die Stirn trat. »Dann gebe ich den Tee eben jemand anderem. Ich wollte lediglich als Bürger meine Pflicht tun und die Garde unterstützen.« Er drehte sich auf dem Absatz um und machte sich auf den Weg zurück zur Schänke. Sein Plan hatte nicht funktioniert. Schlimmer noch, jetzt hatten sie sein Gesicht bestimmt im Gedächtnis, ein weiterer Befreiungsversuch durch eine List schied somit aus.

»He! Warte mal!« Der zweite Gardist kam hinter ihm her und Fluchs drehte sich zu ihm um.

»Ja?«

»Was ist das denn für ein Tee?«

»Oh, ich kann Euch versichern, es ist nichts Besonderes. Lediglich ein einfacher Fichtennadeltee, so wie ich ihn mir immer zubereite, wenn ich auf der Straße unterwegs bin und mein nächtliches Lager aufschlage.«

»Seid Ihr ein Händler?«

Fluchs schüttelte den Kopf. »Aber nicht doch. Ich bin lediglich ein Bote aus dem Westen.«

Er merkte, wie der Soldat mit den Augen seine löchrige Kleidung und die Hose musterte. Als er bei den völlig abgelaufenen Schuhen ankam, bemerkte Fluchs ein Lächeln in den Mundwinkeln des kräftigen Mannes.

»Viel zahlt Euch Euer Herr wohl nicht, wie?«

Fluchs neigte leicht den Kopf. »Er zahlt, was er zu zahlen bereit ist. Ihr versteht sicher, dass man sich erst in bessere Aufgaben hinauf arbeiten muss.«

»Ha! Das ist ein wahres Wort. Hoffentlich muss ich jetzt das letzte Mal im Winter draußen Wache schieben.«

Fluchs hielt ihm die beiden dampfenden Becher hin.

»Dann trinkt ihn besser, so lange er noch heiß ist. Er wird euch auch die Finger wärmen.«

Der Soldat nickte ihm dankend zu und Fluchs erwiderte seine Geste, bevor er sich wieder dem Gasthaus zuwandte. Ohne sich umzudrehen, ging er näher an das Gasthaus heran, doch anstatt auf den Eingang zuzugehen, bog er nach links ab und betrat die Stallungen. Ein Bote würde sicherlich nichts Ungewöhnliches tun, wenn er sich noch um sein Pferd kümmern würde.

Erst als Fluchs den Stall betreten hatte, bemerkte er, dass hier lediglich ein Esel angebunden war. Jene Händler, die über Gespanne und Pferde verfügten, hatten sich wohl in der größeren Stallung am Ortsrand eingemietet. Er versteckte sich hinter einer der Holzwände und tastete sie in der Dunkelheit mit beiden Händen ab. Trotz unzähliger Spinnenweben und einigen Splittern, die seine Haut unangenehm durchbohrten, schaffte er es nach kurzer Suche, ein Astloch mit Blick auf den Brunnen zu finden. Er ging in die Hocke, hielt den Atem an und beobachtete die Männer.

Während er ihnen dabei zusah, wie sie langsam und genüsslich den Tee tranken und wieder in ihr Gespräch versunken waren, dachte Fluchs über die nächsten Schritte nach. Im besten Fall würden sie bewusstlos, dann würde er zu ihnen hinüber laufen, den Schlüssel nehmen und dann Nya befreien. Im schlechtesten Fall würde nichts passieren und seine Bemühungen würden vergebens sein. Dazwischen konnte alles Erdenkliche passieren. Doch was, wenn er nicht an den Schlüssel kommen würde? Für diesen Fall hatte er noch keinen Plan.

Seine Augen hatten sich nun besser an die Dunkelheit im Stall gewöhnt und so suchte er nach etwas, das er für Nyas Flucht verwenden konnte. Zuerst konnte er lediglich Strohballen und einen halb gefüllten Futtersack erkennen.

Die drei hölzernen Pferdeboxen waren bis auf jene leer, in der der Esel friedlich auf den nächsten Tag wartete. Dann erblickte er an einer Wand ein Wagenrad, doch auch damit ließ sich beim besten Willen keine Kette durchtrennen. Zuletzt bemerkte er eine Laterne, so wie sie die Grubenarbeiter in Minen verwendeten. Sie hing an einem der Holzbalken und war an einem Nagel befestigt.

»Besser als nichts«, dachte Fluchs. Zuerst nahm er die Lampe herunter und brach den oberen Metalldraht aus dem Holz. Zwar konnte er kein Schloss knacken, aber vielleicht war es Nya damit möglich, sich selbst zu befreien, falls sein Plan scheiterte. Zur Sicherheit zog er auch noch den Metallnagel aus dem splitterigen Holz des Stützpfeilers. Der Nagel war spitz. So hatte Nya zumindest eine Auswahl an Werkzeugen.

Das Öl aus der Lampe goss er über einen der Heuballen. Falls die Wachen keine Reaktion auf sein Gebräu zeigten, würde er sie mit einem Feuer ablenken und dann um die Schänke herum zu Nya laufen. Schnell kroch er wieder zu dem Astloch und spähte hindurch, doch die Wachen unterhielten sich noch immer. Hatten sie den Tee vielleicht nicht getrunken? Oder war es vielleicht einfach ein wirkungsloses Gebräu, welches er ihnen gebracht hatte? Fluchs beschloss, noch etwas zu warten. Dabei kam es ihm so vor, als verginge die Zeit noch langsamer, ja als sei sie gänzlich stehen geblieben.

Dann bemerkte er eine Veränderung. Zuerst hielt sich nur einer der beiden Gardisten die Seite. Er stellte seine Hellebarde neben dem Brunnen ab und rannte dann hastig in Richtung einiger Büsche am anderen Ende des Marktplatzes. Als der Erste gerade loslief, startete auch der Zweite völlig unvermittelt in dieselbe Richtung.

Fluchs stand auf, öffnete das Gatter des Esels und schlug Feuerstein und Stahl zusammen, bis das Stroh neben der Ölpfütze zu glimmen begann. Dann lief er schleunigst zu Nya.

Die Wachen waren noch immer nicht angekommen, einer von ihnen hatte allerdings noch im Laufen damit begonnen, sich seines Gürtels zu entledigen. Taschen und Beutel fielen zu Boden, doch er drehte sich nicht einmal nach ihnen um.

Geduckt und im Schutz der Dunkelheit erreichte Fluchs Nya.

»Nya! Schnell, wir müssen uns beeilen.« Er reichte ihr den Draht und den Nagel. »Kannst du damit was anfangen?«

Nya sah ihn einen kurzen Augenblick lang überrascht an, fing sich jedoch augenblicklich und nickte.

»Es wird schon gehen.«

Fluchs drehte zu der anderen Gefangenen.

»Warte kurz, ich schneide deine Fesseln durch.« Ohne das Funkeln in ihren Augen weiter zu beachten, zückte Fluchs das Messer, das in einer Schlaufe an seinem Gürtel gesteckt hatte, und zerschnitt das mehrfach geknotete Seil an ihren Händen. Diese waren blau und rot angelaufen, entweder wegen der Kälte oder vielleicht auch, weil das Seil zu fest geschnürt war. Mondlicht schien durch die Wolkendecke, als diese für einen kurzen Augenblick aufbrach, und tauchte die Umgebung des Brunnens nur einen kurzen Moment lang in helles bläuliches Licht. Doch dieser Moment genügte, um Fluchs das ganze Ausmaß der Verletzungen zu verdeutlichen, die diese Frau hatte erleiden müssen. An allen freien Stellen waren dunkle Flecken von den Schlägen am Mittag zu sehen, sogar an den Schläfen hatte sie Blutergüsse. Eine dicke Platzwunde mit getrocknetem Blut verunstaltete ihr Ohr. Voller Entsetzen hielt Fluchs mitten in der Bewegung inne und blickte sie mitleidig an. In diesem Moment hatte Nya das Schloss an ihren Ketten mit einem klickenden Geräusch aufschnappen lassen. Sie stieß Fluchs an den Arm. »Was ist denn los mit dir? Mach schon, wir müssen hier weg.«

Er schaffte es, sich von dem Anblick zu lösen und schnitt das Seil mit einigen weiteren Schnitten entzwei.

»Danke«, flüsterte die Frau mit einer heiseren und tiefen Stimme.

»Wir müssen hier schleunigst weg, bevor die Wachen zurückkommen«, warnte Nya. »Solange wir geduckt bleiben, können sie uns nicht sehen, aber das wird nicht immer so bleiben. Also los.«

»Warte noch.« Fluchs zog sie am Arm zurück. »Ich habe für etwas Ablenkung gesorgt.«

»Dabei kann ich auch helfen«, flüsterte die junge Gefangene mit einem mühsamen Lächeln. Sie drehte sich in der Hocke um und sprang mit einem Satz hoch.

Fibb.

Mit einem kurzen, zischenden Geräusch verpuffte der Körper der jungen Frau zu einem dünnen schwarzen Rauch und verschwand dann ganz. Nur ein Zwinkern später trat sie aus einer dünnen Rauchwolke an den Stallungen wieder hervor und ging hinein. Kurz darauf beobachteten Fluchs und Nya, wie Flammen zwischen den Brettern der Scheune ins Freie brachen.

Fubb, fibb fubb.

Die junge Frau bewegte sich so schnell, dass Fluchs und Nya Schwierigkeiten hatten, ihre Bewegungen zu verfolgen. Zuerst teleportierte sie sich auf das Dach der Schänke, von dort aus auf einen Sims eines der Wohnhäuser am Marktplatz und war dann verschwunden.

Just in diesem Moment galoppierte der Esel in voller Panik aus der Stallung, die - kaum hatte er sie verlassen - lichterloh in Flammen stand.

»Jetzt oder nie!«, rief Fluchs zu Nya, die ihre Erstarrung abwarf, und beide rannten auf der Hauptstraße in Richtung Norden. Sie mussten es lediglich bis zum Wald schaffen und Fluchs hoffte, dass sie die mehr als fünfhundert Schritte geschafft hatten, bevor man sie entdecken würde. Die Gardisten hatten derweil alle Mühe mit ihren Körpern - einer von ihnen hatte seine Blase noch immer nicht vollends unter Kontrolle, während der andere sich mit schmerzverzerrtem Gesicht an einem Baum krümmte. Fluchs schmunzelte trotz der Eile, mit der sie sich vom Dorfplatz entfernten.

So also war die Wirkung von Bärenblatt. Gut, dass er den Tee vorher nicht probiert hatte. Als sie das Tor erreicht hatten, warf Fluchs noch einmal einen Blick zurück. Die Gäste der Schänke liefen mit Eimern zum Brunnen, um sie zu füllen und das Feuer zu löschen, während mehrere

Fensterscheiben der dem Stall gegenüber liegenden Wohnhäuser mit einem lauten Krachen zerbarsten.

Ein kleiner, untersetzter Mann brach aus einem der Fenster heraus und landete unsanft auf den harten Steinen vor dem Haus. Trotz der Entfernung erkannte Fluchs ihn wieder. Es war der Anführer der Schlägertruppe. Anscheinend hatte die junge Frau nach ihrer Befreiung noch eine Rechnung mit ihren Peinigern offen und es war eindeutig, dass sie jetzt das letzte Wort haben würde.

Als sie den Waldrand erreichten, blieb Nya, weißen Dampf keuchend, stehen. »Halt, warte.«

»Was ist denn los?«

»Wir müssen zurück.«

»Das meinst du nicht ernst.«

»Ich muss den Ring aus meinem Rucksack holen. Ohne ihn kann ich nicht gehen.«

Fluchs packte Nya an beiden Armen und zog sie zu sich.

»Wenn wir das machen, sterben wir beide.«

»Dann sterben wir eben. Lieber will ich sterben als das Andenken an meine Familie bei diesen Schweinen zu lassen.«

Nya wand sich vor Kummer, und dicke Tränen rannen aus ihren Augen. Fluchs zog sie an sich und nahm sie in den Arm. »Komm. Bitte. Wir werden den Ring später holen, wenn sich die Aufregung gelegt hat. Vielleicht kann ich ihn einfach kaufen, wenn ich meinen Lohn erhalten habe. Wir können jetzt nicht wieder zurückgehen. Wir würden zu viel Zeit verlieren.«

Nya antwortete nicht. Stattdessen sah sie nur zurück auf das Dorf. Das Feuer hatte sich auf ein Nachbarhaus ausgedehnt und der helle Schein wirkte wie ein weit entferntes Kaminfeuer.

Sie nickte. »Du hast recht.«

Geduckt und mit schnellen Schritten verschwanden beide im Wald.

KAPITEL 24

Ohne eine Pause zu machen, liefen sie weiter durch den Wald und machten erst halt, als sie mitten in der Nacht eine Lichtung erreichten.

»Warte kurz«, bat Nya mit hechelnder Stimme, »lass uns kurz Pause machen.«

»Wir müssen so weit weg von diesem Dorf, wie es irgendwie geht.«

»Ich bin ja derselben Meinung. Aber ich muss einfach ein bisschen durchatmen.«

Fluchs wandte seinen Blick sorgenvoll von der Lichtung ab und blickte Nya an. Selbst bei dieser Dunkelheit konnte er ihre blauen Lippen deutlich erkennen.

»Sag mal, frierst du etwa?«

»Was denkst du denn? Natürlich friere ich.«

Bereits durch diese Pause schien Nya noch mehr zu frieren, immer stärker zitterte ihr Körper. Sie rieb sich die vor der Brust verschränkten Arme und versuchte sich aufzuwärmen.

»Na gut. Wir warten hier im dichten Unterholz und machen eine Pause. Ich denke nicht, dass die Wache uns heute Nacht noch verfolgen wird. Sie wird morgen beim ersten Tageslicht aufbrechen.« Fluchs begann damit, nach trockenem Holz oder Ästen zu suchen, brauchte aber wesentlich länger, als er gehofft hatte. Anscheinend hatte es in den letzten Tagen im Wechsel geregnet und geschneit.

Erst als er unter einigen geschützteren Büschen suchte, fand er trockenes Laub und einige kleine Zweige. Diese schichtete er wie ein kleines Zelt im Schutz eines toten Baumstamms auf und entzündete den letzten Zunder aus seinem Feuerkasten mit einigen Schlägen seines Feuersteins. Kaum war die erste Flamme aus dem Holz aufgestiegen, rückte Nya so nah an das noch kleine Feuer, dass ihre Hände fast die Flammen berühren konnten.

»Warte kurz, ich lege gleich einige größere Zweige darüber, dann wird dir noch wärmer.« Er war sich nicht sicher, ob Nya nickte oder ob sie einfach nur zitterte. Er legte einige Zweige von einem Daumen Durchmesser auf das auflodernde Feuer und hockte sich dann hinter Nya. Sanft legte er beide Arme um sie und zog sie dicht an sich heran. Auch er spürte die Kälte unter seine dünne Kleidung kriechen, unterdrückte ein Zittern jedoch, so gut es ging. Er wollte Nya nicht noch mehr entmutigen.

Als er ihren kalten Rücken an seine Brust zog, war es, als würde er einen Eisblock umarmen, und schon bald konnte er das eigene Zittern nicht mehr unterdrücken. In wenigen Minuten hatte das Feuer eine ansehnliche Größe erreicht und strahlte seine Wärme auf ihre Körper aus. Das Zittern ließ nach und Fluchs ergriff die Gelegenheit und setzte einen Topf auf die Glut, den er mit dem letzten Wasser aus seinem Wasserschlauch füllte. Er gab noch einige Fichtennadeln hinein und wärmte dann seine Finger an den Flammen.

»Das gibt einen guten Tee, du wirst schon sehen.«

Nya antwortete nicht sofort. Sie blickte gedankenverloren in das Feuer. Dann sah sie zu ihm hinauf und ihre Blicke trafen sich. »Danke, Fluchs.«

»Was meinst du?«

»Danke, dass du mich gerettet hast.«

»Ach, das war doch nicht der Rede wert«, antwortete er mit einem Schulterzucken.

»Oh doch. Ohne dich wäre ich vermutlich ...« Sie stockte.

»Was denn?«

»Ohne dich wäre ich vermutlich wie meine Eltern hingerichtet worden. Sie hätten mich mit Sicherheit gefoltert.«

»Nya, du musst nicht darüber sprechen, wenn du nicht willst. Ich habe dich nie gefragt, warum du die turanischen Händler bestohlen hast.«

»Warum eigentlich nicht?«

Er legte seinen Kopf auf ihre Schulter und sog ihren Duft tief ein.

»Weil es für mich keine Rolle spielt. In dem Moment, als du mit mir in der Schänke geredet hast, habe ich mich in dich verliebt.«

»Aber ich habe dich doch ausgenutzt! Und dich hätte ich bestimmt auch bestohlen!«

»Das mag ja sein, aber ich sehe das nun mal anders. Ich liebe dich ganz. Mit all deinen Fehlern und Eigenheiten. Und letztlich eben auch mit deinem Beruf.« Er lächelte sie verschmitzt an.

Nya erwiderte den liebevollen Blick. »Du bist verrückt. Ich möchte aber, dass du weißt, warum ich die Händler bestohlen habe.«

»Einen Moment noch.«

Fluchs stand auf, goss ihnen beiden einen Becher Tee ein und machte es sich dann an dem Baumstamm bequem.

»Jetzt bin ich so weit.«

»Meine Familie gehörte einmal zu den wohlhabendsten Familien in Jezir. Das ist die Hauptstadt des turanischen Kaiserreiches. Wir waren geachtet und hatten ein gutes Leben. Letztes Jahr wurde dann der turanische Rat vom Fürsten aufgelöst. Er hat sich selbst zum Herrscher aufgeschwungen, und weil die Generäle der Garde aus Mitgliedern desselben Fürstenhauses bestehen, haben sie ihn unterstützt. Alle Ratsmitglieder wurden entweder gefangen oder - wenn sie versuchten zu fliehen - getötet.«

»Waren deine Eltern denn auch im Rat?«

Nya schüttelte den Kopf. »Nein, waren sie nicht. Aber der Fürst wollte, dass sie ihm ihren gesamten Besitz überlassen. Staatsabgabe nannte er das. Sie weigerten sich und wollten mit mir das Land verlassen. Wir hatten schon unsere Habe zusammengepackt, als morgens die Garde in unser Haus eindrang. Ein Freund der Familie half mir, rechtzeitig zu fliehen.«

»Und was ist mit deinen Eltern geschehen?«

Nya versuchte, sich zu beherrschen, musste jedoch kurz innehalten und schluckte. Fluchs sah, wie sie mit den Tränen rang. Sie atmete schwer. Endlich fasste sie sich und konnte antworten.

»Ich weiß es nicht. Das Letzte, was ich sehen konnte, war, wie das Haus in Flammen stand. Dann wird in meiner Erinnerung alles sehr verschwommen.«

»Wie bist du dann in Sonnenfels gelandet? Das ist ja schon eine ziemlich weite Strecke.«

»Unser Diener hat mich für etwas Geld einem fahrenden Händler anvertraut. Dieser hat mich dann bis nach Sonnenfeld mitgenommen.«

»Was wolltest du ausgerechnet dort?«

»Erinnerst du dich noch an das Haus, in dessen Keller wir gerutscht sind?«

Fluchs nickte.

»Das war einmal unser Sommerhaus. Bald nach meiner Ankunft habe ich alles von Wert verkauft. So hatte ich genug Geld, um erst einmal zu überleben. Aber dann sind diese turanischen Händler auf dem Marktplatz aufgetaucht. Ich habe sie dabei belauscht, wie sie seltenen turanischen Schmuck verkaufen wollten.«

»Woher wusstest du, dass es um den Schmuck deiner Familie ging?«

»Verstehst du das denn nicht? Es geht nicht nur um den Schmuck *meiner* Familie. Sie haben unzählige Menschen, die sich geweigert haben, ihnen zu dienen, den Besitz entzogen. Sie haben sie diskreditiert, verleumdet oder einfach der Inquisition zur Befragung übergeben. Turana ist ein sehr kaltherziges Land geworden.« Sie ballte die Faust.

»Das habe ich gesehen. Wer hier Musiker ist, hat ein schweres Los.«

»Die Musik wurde verboten, weil sich die Akademie der Künste in der Hauptstadt offen gegen den Fürsten gestellt hat. Barden haben den Fürsten in Geschichten lächerlich gemacht, Maler haben seine Taten überspitzt festgehalten und Bildhauer sich geweigert, Statuen von ihm anzufertigen. Eines Nachts ist dann in der Akademie ein Feuer ausgebrochen. Viele Menschen kamen ums Leben. Gleich am nächsten Morgen trat das Musikverbot in Kraft.« Ihr Blick wanderte umher.

»Und der Ring gehörte deiner Familie?«

»Meiner Mutter. Sie hat ihn von ihrer Mutter geerbt. Es ist ein Familienerbstück, also eigentlich nichts Besonderes. Aber es ist nicht einfach nur ein Ring. Er ist graviert, mit dem Familienwappen und dem Familiennamen, sowie der Jahreszahl der Prägung. Mit ihm kann ich beweisen, dass ich ein Mitglied der Familie bin, vielleicht die letzte Überlebende. Und eines Tages kann ich mit seiner Hilfe Anspruch auf die Güter meiner Familie erheben.«

Fluchs dachte nach. »Dann bin ich dir also genau am richtigen Abend in die Hände gelaufen, hm?«

»Ich war eigentlich in der Schänke, um die turanischen Händler zu beobachten. Aber die waren nicht da. Dafür warst du dann da.« Sie blickte zum ersten Mal seit dem Beginn ihrer Schilderungen vom Boden auf und sah zu Fluchs herüber. Dieser Blick war es, in den er sich so hilflos verliebt hatte. Wie am ersten Abend fiel ihr eine Strähne frech ins Gesicht. Die Augen funkelten im Schein des Feuers hell, Wangen und Lippen hatten eine gesündere Farbe angenommen.

»Weißt du etwas von dem Schloss, zu dem ich reisen muss?«

»Nein. Ich kenne mich aber ohnehin nicht in diesem Teil des Landes aus. Meine Familie kommt aus dem Norden.«

»Dann haben wir ein Problem«, antwortete Fluchs. »Ich habe nämlich keine Ahnung, wo wir sind.«

»Aber du hast doch deine Karte.«

»Ja, eigentlich schon. Aber wir hätten auf der Handelsstraße weitergehen müssen. Jetzt sind wir mitten in der Wildnis.«

Nya dachte nach. »Also müssen wir zurück?«

»Darüber können wir uns morgen noch Gedanken machen. Lass uns erst einmal ausruhen.« Sie stand auf, setzte sich neben ihn und legte ihren Kopf auf seine Schulter. Er legte seinen Arm um ihre Hüfte und küsste sie sanft auf den Kopf. Ihre Haare rochen unverwechselbar nach ihr. Es war dar Duft von Veilchen, den ihr Körper immer noch, trotz der Strapazen der letzten Tage, verströmte. In dieser Position schliefen sie ermattet ein.

KAPITEL 25

Die Nachtruhe währte nur kurz. Fluchs hörte einige Geräusche und schreckte aus dem Schlaf hoch. Auch Nya hatte sich aufgerichtet und beide lauschten in die Dunkelheit des Waldes hinter ihnen. Entferntes Knacken und Stimmengewirr verrieten ihnen eindeutig, dass sich Menschen einen Weg durch den Wald bahnten.

»Mist«, fluchte Fluchs, »sie suchen doch schon nach uns. Zum Glück ist das Feuer fast herunter gebrannt. Ich trete es vorsichtshalber ganz aus. Hoffen wir nur, dass uns der Rauch nicht verrät.«

»Dann los, wir müssen weiter«, flüsterte Nya und packte das Geschirr in Fluchs' Rucksack. »In welche Richtung gehen wir?«

Fluchs sah sich nervös um. Die Lichtung war von diffusem Mondlicht spärlich erhellt. Zurück konnten sie nicht. Unschlüssig blickte er durch die Baumkronen zu den Sternen hinauf.

»Fluchs! Komm schon! Wir müssen los!«, flüsterte Nya, doch Fluchs reagierte nicht.

»Sie kommen näher. Los jetzt!«

»Moment noch«, entgegnete Fluchs, »wir sind nach Norden gelaufen, zumindest am Anfang. Dann sind wir im Wald gekreuzt, wer weiß wie oft.«

»Über die Lichtung, oder nicht?«

Erneut sah er hinauf. Vielleicht konnte er an den Sternen erkennen, wo Norden war.

»Das ist es! Die Sterne!« Fluchs sah noch einmal genauer hin und tatsächlich erkannte er in den Sternen genau jene Konstellation, die er in seinem Traum von dem Mönch gezeigt bekommen hatte.

»Wie kann das ...? Nya, Ich weiß, wo wir lang müssen.« Er streckte seinen Arm aus und fuhr mit dem Zeigefinger das Sternbild entlang, welches die Form eines Pfeiles hatte.

»Da lang!«

»Bist du dir sicher?«

»Ja, absolut. Also los.« Er ergriff ihre Hand und sie liefen los. Geduckt schritten sie über die Lichtung auf die dünnen Bäume in deren Mitte zu. Fluchs wollte direkt dahinter ihren Weg ein ganzes Stück nach rechts ändern, um so vielleicht ihren Verfolgern zu entkommen und in nordöstlicher Richtung ihre Flucht fortzusetzen. Dann würden sie nur noch geradeaus laufen. Das Unterholz war nun nicht mehr so dicht, und bald liefen sie auf einem weichen Pfad immer tiefer in den Wald hinein. Das Gelände stieg sanft an.

Als sie kurz nach Atem rangen, vernahmen sie immer noch die Stimmen ihrer Verfolger. Sie schienen ebenso wie sie die Richtung gewechselt zu haben.

»Dreh dich nicht um! Lauf einfach weiter!« Fluchs presste die Worte leise hechelnd hervor. »Sie können uns nicht gesehen haben.«

Nya lief dicht neben ihm durch das Gras auf einige junge Bäume vor ihnen zu. Als sie sie erreicht hatten, hockten sie sich zwischen den dünnen Stämmen hinter einen Busch, lauschten angestrengt in die Dunkelheit des Waldes und beobachteten die Umgebung. Noch war niemand auf dem Weg hinter ihnen zu sehen.

»Weiter?«

Nya nickte. »Aber leise.«

Sie verließen die Anhöhe und liefen wieder geduckt voran. Fluchs' Rücken schmerzte von der ungewohnten Haltung, was sich noch verschlimmerte, je öfter er in den Himmel blickte. Er wollte unbedingt sicher gehen, dass sie in die richtige Richtung liefen, wenn sie den Waldrand erreichten. Es würde viel schwieriger sein, auf einer Linie zu bleiben, sobald sie erneut unter dem sich allmählich lichtenden Blätterdach der Eichen und Buchen laufen würden. Das einzig Gute an den unberührten Bäumen hier war, dass sie sehr alt waren. Dadurch war unter ihnen genug Platz, um frei zu laufen. Die nächsten Bäume waren nur noch einige Schritte entfernt, als Fluchs sich ein letztes Mal umdrehte. Hinter ihnen waren nun verschwommen einige Gestalten zu erkennen. Er schätzte, dass es nicht weniger als sieben Verfolger waren, die sich über die Lichtung begeben hatten. Die Rufe wurden lauter und die im Mondlicht gespenstisch wirkenden Gestalten änderten ihre Richtung und liefen nun direkt auf sie zu.

»Mist!«, fluchte Fluchs und richtete sich im Laufen auf. »Sie haben uns entdeckt.«

»Lauf!«, rief Nya und legte noch an Geschwindigkeit zu, so dass Fluchs alle Mühe hatte, mit ihr Schritt zu halten.

Wie um alles in der Welt konnte sie nach einem so anstrengenden Tag noch genug Kraft für einen schnellen Sprint haben?

Der Boden im Wald stellte sich als tückisch heraus, wenn man in Eile vorankommen wollte. Sie liefen größtenteils auf dem vom feuchten Laub weichen Boden, doch sie konnten es nicht vermeiden, mit ihrem ganzen Gewicht auf manchen Ast zu treten, der unter dem Laub versteckt lag.

Sie mussten schneller vorankommen als ihre Feinde, aber so sehr sie sich auch in Acht nahmen: Sie waren nicht leise! Ihre eigenen Geräusche überdeckten die der Jäger, so dass Fluchs nicht abschätzen konnte, wo sie waren. Doch ein rascher Blick über die Schulter ergab, dass sie ihnen zumindest nicht unmittelbar auf den Fersen waren.

»Sollen wir uns hier verstecken?«, fragte er Nya, doch diese lief weiter, ohne zu antworten. Fluchs entschied sich, ihrem Beispiel zu folgen. Jeder Atemzug schmerzte, wenn die eiskalte Luft wie Feuer seine Lungen füllte. Seine Kleidung war so dünn, dass seine Haut der Kälte keinen Widerstand mehr entgegensetzte, während ihm gleichzeitig der Schweiß die Wirbelsäule hinunter lief.

Plötzlich scherte Nya nach rechts aus und rollte sich ab. Fluchs sah nach vorne, konnte jedoch nichts Auffälliges entdecken.

»Duck dich!«, rief Nya und er tat sein Bestes, anzuhalten und sich gleichzeitig zu ducken. Vergebens. Etwas streifte seinen Fuß, vielleicht eine Wurzel oder ein Ast, und brachte ihn ins Straucheln. Mit den Armen voraus fiel er zu Boden und erkannte noch gerade rechtzeitig die dünne Schnur, die in Hüfthöhe zwischen zwei Bäumen gespannt war. Er verfehlte sie so knapp, dass er sich sicher war, die Schnur habe seine durch den Fall nach oben stehenden Haare gestreift. Die Blätter federten seinen Sturz zwar sanft ab, trotzdem traf ihn ein dumpfer Stoß an der rechten Hüfte.

»Uhhh!« Der Aufprall presste ihm die Luft aus den Lungen und für einen Moment fürchtete er panisch, nicht mehr einatmen zu können. Er rollte sich schmerzerfüllt links herum auf den Rücken und krümmte sich, während er sich die schmerzende Hüfte hielt und nach Atem rang. Er hustete und keuchte, doch schon war Nya bei ihm und presste ihre Hand auf seinen Mund.

»Sschhhhhh!«, flüsterte sie ihm ins Ohr. »Du musst jetzt still sein, egal wie! Reiß dich zusammen!«

Er hustete dumpf und versuchte tief durch die Nase einzuatmen. Er unterdrückte mühsam den Hustenreiz und nickte. Als er zu Nya aufsah, bemerkte er, wie sie sich immer wieder umsah. Um sie herum war es leise. Kaum ein Geräusch drang an sein Ohr, allerdings hörte er sich selbst sehr laut atmen. Immer wieder hielt er nun die Luft für einige Sekunden an, um in die Dunkelheit hineinzuhören. So versuchte er herauszufinden, ob ihre Verfolger näher gekommen waren, doch er hörte nichts außer dem lauten Pochen seines Herzens im rechten Ohr.

Als er sich beruhigt hatte, zog er Nyas Hand von seinem Mund.

»Meinst du, wir haben sie abgehängt?«, flüsterte er Nya zu.

»Auf keinen Fall. Ganz im Gegenteil.«

»Wie kannst du dir da so sicher sein?«

Nya half ihm in die Hocke.

»Sieh dich mal um. Wir sind ihnen nicht entkommen, wir sind ihnen in die Falle gelaufen.«

Er sah sich um und erkannte mit Mühe die dünne Schnur, die ihn beinahe zu Fall gebracht hätte. Sein Blick folgte ihr und fand einen weiteren im fahlen Mondlicht glänzenden Faden, der straff gespannt war. Vom nächsten Baum gingen sogar gleich drei Schnüre aus.

»Was soll das?« Er konnte sich nicht erklären, welchen Nutzen so ein Netz haben sollte.

»Ganz einfach. Hier werden wir gezwungen, sehr langsam zu gehen. Wir können nicht mehr laufen.«

»Dann schleichen wir eben unter den Schnüren durch. Das wird *die* doch auch aufhalten.«

»Verstehst du es wirklich nicht?«, fragte Nya entnervt.

»Das hier ist bestimmt nicht nur für uns gebaut worden. Aber sie wussten, dass wir in diese Richtung laufen würden, sie haben uns hierher getrieben.«

»Du meinst, dass sie wollten, dass wir hier ankommen?«

Nya nickte vielsagend.

»Ich glaube, sie wissen von dieser Sperre und warten auf der anderen Seite auf uns.«

»Schneiden wir uns einfach hier hindurch. Dann sind wir schneller.«

»Wir haben keine andere Wahl, Fluchs. Aber wir müssen auf der Hut sein. Vielleicht gibt es hier noch mehr Überraschungen.«

Vorsichtig schlängelten sie sich durch die unzähligen gespannten Fäden hindurch. Dabei achtete Fluchs stets darauf, ob zwischen den Bäumen etwas erkennbar war. Auch den Boden suchte er ab und wählte seinen Weg so, dass er stets auf hellere Stellen im Boden trat. Diese kleinen, beleuchteten Inseln waren es, die er suchte und die überall dort entstanden, wo das Mondlicht eine Lücke im Blätterdach der Baumkronen fand.

Ihr Weg zog sich schier endlos hin und Fluchs hatte schon bald jegliches Gefühl dafür verloren, wie lange sie sich schon durch den Wald schlichen. Es schien beinahe so, als kämen sie nicht von der Stelle, als er unvermittelt stehen blieb. Mit gehobener Hand warnte er Nya davor, weiter zu gehen, und starrte auf den Bereich vor sich.

Zwischen einigen Bäumen war etwas aus einer der erleuchteten Stellen aufgeblitzt. Er konzentrierte sich auf genau diese Stelle, konnte jedoch nichts erkennen. Langsam lehnte er sich zuerst nach links und dann nach rechts und schwenkte seinen Oberkörper vor und zurück.

Da! Wieder blitzte etwas zwischen den Blättern auf. Er sah zu Nya, die nur eine Armlänge hinter ihm zwischen einigen Schnüren hockte und gespannt in dieselbe Richtung sah. Er zeigte zuerst auf sich und die Stelle, dann auf Nya und machte dann eine Geste mit der flachen Hand in Richtung Boden. Sie verstand sofort und duckte sich noch etwas tiefer, er jedoch setzte seinen Weg weiter in Richtung des Blitzens fort.

Als er die Stelle im Laub beinahe erreicht hatte, sah er sich noch einmal genau um. Er ließ sich dabei Zeit, denn er wollte nicht in einen Hinterhalt geraten. Doch es war nichts zu sehen. Der Wald lag wie ein schwarzer Vorhang vor ihm, lediglich die hellen Inseln legten einige Details offen.

Fluchs ging in die Hocke und tastete den Boden nach einem Ast oder Stock ab, fand einen dünnen, langen Zweig und hob ihn auf. Vorsichtig kämmte er damit den Boden vor sich genau dort ab, wo er das Glitzern gesehen hatte. Zuerst war nichts zu erkennen, also benutzte er den Zweig wie einen Besen und fegte die Blätter zur Seite. Nachdem er zwei Mal über die Stelle gefegt hatte, ließ er den Zweig fallen und kniete sich hin. Das Glitzern stammte von einem verbogenen Stück Metall. Es war etwa eine Elle lang und völlig mit Erde verschmutzt, stellenweise sogar schwarz. Er winkte Nya zu sich und rubbelte den Dreck grob mit seinen Fingerkuppen ab. Mehr Metall kam zum Vorschein und seine Bemühungen ließen bald darauf feine Linien und Kurven hervortreten.

»Und? Was hast du gefunden?« Nya war lautlos zu ihm getreten.

Er zuckte mit den Schultern und verzog unsicher den Mund. Dann reichte er Nya seinen Fund.

Diese betrachtete das kleine Metallstück einen Moment lang, dann nahm sie ihren Ärmel und begann darüber zu wischen. Immer wieder spuckte sie darauf und je öfter sie darüber fuhr, desto mehr spiegelte sich das Mondlicht darin wieder.

»Das ist eine Flöte,« flüsterte Nya, »was zum Teufel hat eine Flöte hier zu suchen?« Sie sah ihn verzweifelt an.

»Fluchs, wir sind nicht die Ersten, die hier durch den Wald laufen.«

»Na und? Lass uns lieber weitergehen.«

»Verstehst du das denn nicht? Es ist zwecklos!«

Sie packte ihn am Arm und rüttelte daran. »Wenn wir nicht die Ersten in diesem Wald sind, dann bedeutet es, dass die Garde genau weiß, wohin wir wollen.«

»Was willst du damit andeuten? Meinst du, wir sollen umkehren?«

»Ich sage dir, dass wir nicht mehr umkehren können. Die ganze Sache ist eine einzige Falle, Fluchs. Sie locken Musiker aus aller Welt hierher, um sie dann aus dem Weg zu räumen.«

»Ausgerechnet hier im Wald?« Er ergriff ihre Hand. »Nein, Nya, das ergibt keinen Sinn.«

»Auf jeden Fall werden sie auf uns warten und uns festnehmen. Wenn wir Glück haben.«

»Was sollen wir jetzt machen? Wir wissen, wo unser Ziel liegt. Sollen wir es nicht wenigstens versuchen?«

»Du kennst diese Menschen doch nicht! Wir würden so oder so in unser Verderben laufen.«

»Wenn du ein Feigling sein willst, kannst du ja hier stehen bleiben. Aber ich will jetzt endlich wissen, was hier los ist. Wir haben nichts mehr zu verlieren.«

»Wie hast du mich genannt?« Nya war wütend und dämpfte ihre Stimme kaum noch. Ihrer Nase entwichen weiße Atemwölkchen wie bei einem fauchenden Drachen.

»Ich werde es nicht wiederholen. Aber ich möchte nicht, dass wir resignieren und deinen Erzfeinden untätig in die

Arme laufen. Also kommst du jetzt mit, oder willst du hierbleiben und dich verkriechen?«

Ohne auf eine Antwort zu warten setzte er sich wieder langsam und vorsichtig in Bewegung. Als er über eine der Schnüre stieg, konnte er erkennen, dass Nya ihm zögernd folgte. Nun gab es nur noch einen Weg für sie. Voran.

KAPITEL 26

Als sie das Netz aus Schnüren überwunden hatten, fühlte sich Fluchs erleichtert. Endlich verschwand das beklemmende Gefühl, eingesperrt zu sein wie ein Insekt in einem Spinnennetz.

Nun folgte ein überschaubarer und lichter Teil des Waldes. Sie kamen besser voran, waren aber auch nicht mehr so vor Blicken geschützt wie bisher. Fluchs erwartete hinter jedem Baum den Angriff, den sie beide befürchtet hatten. Doch der Überfall blieb aus. Hin und wieder konnte Fluchs Spuren der Anwesenheit von Menschen erkennen, war sich jedoch nicht sicher, wie alt sie waren.

Mal steckte ein Pfeil in einem Baum, ein anderes Mal lag ein Stück angespitztes Holz oder ein Schwert im Laub. Seine größte Sorge galt dem Boden. Durch den dichten Laubteppich war es ihm unmöglich, eine darunter liegende Falle rechtzeitig zu erkennen. Er stockte jedes Mal, wenn sein Fuß unter den Blättern auf einen Widerstand traf, doch jedes Mal erwies sich seine Angst als unbegründet. Meist war es ein morscher Ast, der kurz nach seinem Darauftreten laut zerbarst, in allen anderen Fällen handelte es sich um einen Stein.

Auch Nya war die Anspannung deutlich ins Gesicht geschrieben. Wie eine gejagte Katze hob sie immer wieder den Kopf, um sich umzusehen. Manchmal hielten beide inne, wenn einer von ihnen etwas zu hören oder sehen geglaubt hatte, doch jedes Mal setzten sie ihren Weg nur wenige Augenblicke später unbehelligt fort. Dass der Morgen bald anbrechen würde, bemerkten sie erst, als die ersten Stellen bläulichen Himmels zwischen den Bäumen vor ihnen auftauchten.

»Psst!« Fluchs machte Nya auf den Weg vor ihnen aufmerksam. »Der Waldrand!«

Er zeigte in die Richtung, in der schwaches Tageslicht zu ihnen herüber zu grüßen schien. Sie schöpften wieder ein wenig Hoffnung. Vielleicht konnten sie den Wald tatsächlich unversehrt verlassen. Vielleicht hatte Nya die Aussichtslosigkeit der Falle überschätzt. Fluchs hatte es satt, die Umgebung nicht einsehen zu können, und auch vom nächtlichen Schleichen durch die Kälte hatte er genug. Der Waldrand gab ihm neuen Lebensmut und auch Nya schien er ein tröstlicher Anblick zu sein. Sie legte an Geschwindigkeit zu und er folgte ihr leise.

Sie erreichten die Baumgrenze, noch bevor die Sonne aufgegangen war, und ließen ihre Blicke über das vor ihnen liegende Tal schweifen. Die Hänge waren von brach liegenden Feldern bedeckt und ein Fluss schlängelte sich glitzernd durch die tiefste Stelle.

Zu ihrer Erleichterung erblickten sie im Osten die Mauern und Türme eines prächtigen Schlosses. Sie ragten aus einem kleinen Waldstück nahe den Feldern hervor.

Die Dachschindeln waren blau gefärbt und die Wände der Burg machten einen tadellosen Eindruck. Hinter den Mauern zog ein halbes Dutzend dünner Rauchschwaden in den stahlblau und orangerot schimmernden Himmel. Sie hatten ihr Ziel erreicht. Fluchs sah zu Nya hinüber und lächelte voller Freude.

»Wir haben es geschafft, Nya. Wir sind endlich am Ziel.« Doch Nya blickte sich ernst um.

»Noch haben wir gar nichts geschafft.« Mit dem Zeigefinger deutete sie nach links. Dort, wo aus ihrem Wald ein Weg in Richtung des Schlosses entsprang, konnte Fluchs Bewegungen zwischen den Bäumen wahrnehmen.

»Ich würde vermuten, dass das unsere Verfolger von der Lichtung sind«, gab Nya spitz von sich. Fluchs wunderte sich, wie kaltblütig sie angesichts der Gefahr war, in der sie schwebte.

Es waren einige hundert Meter, die sie von den Männern im Dickicht trennten, doch vor ihnen lag noch ein langer Weg bis zum Schloss. Keiner von ihnen wusste, ob sie dort überhaupt willkommen und sicher waren.

»Was schlägst du vor?«

»Was ich vorschlage?«, fragte Nya belustigt. »Du bist doch der Furchtlose von uns. Sag du es mir.«

»Ich weiß es nicht. Am liebsten würde ich versuchen loszulaufen, aber ich weiß nicht, ob ich noch weiter laufen kann.«

»Wir können auf jeden Fall nicht hierbleiben. Sobald die Sonne erst einmal über die Bergkette hinweg ist, sind wir so gut sichtbar, dass sie uns mit Leichtigkeit entdecken können.«

»Falls sie uns nicht schon entdeckt haben.«

»Genau«, nickte Nya.

»Also?«

»Ich sage, wir laufen.«

»Bist du dir sicher?« Fluchs sah sie besorgt an. »Ich will dich nicht zurücklassen.«

Sie küsste ihn sanft auf die Lippen und er erwiderte ihren Kuss. Wie bei ihrem ersten Kuss schien die Welt um ihn herum stehen zu bleiben und Fluchs genoss ihre Wärme, als seine Zunge die ihre fand. Dann löste sie sich von ihm und zwinkerte ihm lächelnd zu.

»Versuch einfach dran zu bleiben.«

Sie drehte sich in Richtung des Schlosses.

»Wir hören erst auf zu laufen, wenn wir an den Mauern ankommen, verstanden?«

Fluchs nickte.

»Bereit?«, fragte Nya und spannte ihre Muskeln an.

»Los!«, rief Fluchs und rannte zwischen den Bäumen hindurch auf die Wiese.

Die ersten hundert Schritte hatten sie bereits überbrückt, als hinter ihnen laute Rufe und Pfiffe ertönten. Fluchs blickte kurz über seine Schulter und stellte fest, dass mehr als zwanzig Männer und Frauen aus verschiedenen Stellen des Waldes hervor preschten. Schnell sah er wieder nach vorne, um nicht ins Straucheln zu geraten, und konzentrierte sich auf Nya. Wie angekündigt lief diese gut zehn Schritte voraus und schaffte die Strecke dabei wesentlich graziler als er.

Jeder Schritt, den er tat, ließ den Rucksack wackeln und schüttelte dessen wuchtigen Inhalt auf und ab. Innerlich verfluchte sich Fluchs selbst dafür, dass er nicht zumindest das Kochgeschirr herausgenommen hatte. Doch für diese Reue war es nun zu spät. Also zwang er sich, schneller zu laufen, und setzte wie ein Sprinter nur noch den Vorderfuß ein, was auch in seinem Rucksack für etwas Beruhigung sorgte.

Das Gefälle wurde nun flacher und vor ihnen sah er eine kleine Steinmauer. Sie war kniehoch und grenzte die Hangwiese, über die sie gelaufen waren, von einem Feld ab. Wenn sie es schafften, es zu überqueren, würden es nur noch knapp zweihundert Schritte sein, bis sie die Burgmauer erreicht hätten.

Nya übersprang die Mauer mit solcher Leichtigkeit, dass man sie ohne Bedenken mit einem jungen Reh hätte vergleichen können. Fluchs änderte seinen Rhythmus, um den linken Fuß genau so weit entfernt aufzusetzen, dass auch er sie überspringen konnte. Er legte so viel Kraft in den Sprung, wie er konnte, und zog nach dem Absprung die Beine leicht an.

Geschafft! Kaum hatte er seinen Fuß auf die andere Seite gesetzt, wollte er erneut beschleunigen, als sein Fuß an etwas hängen blieb. Unsanft und mit lautem Scheppern ging er zu Boden und überschlug sich mehrmals, bis er mit der rechten Hüfte auf einen Stein aufprallte und liegen blieb. Er jaulte vor Schmerzen auf und sah zu Nya, die langsamer wurde. Was tat sie da? Sie sollte doch weiter laufen!

»Lauf!«, rief ihr Fluchs zu, doch ohne darauf zu reagieren drehte sie um und rannte zu ihm.

»Komm schon, hoch mit dir!« Sie griff nach ihm, doch der Schmerz riss ihn herunter.

»Ich kann nicht!«

»Natürlich kannst du! Also los, stütz dich auf mich.«

Sie schlang seinen Arm um ihren Hals und gemeinsam humpelten sie Schritt für Schritt vorwärts.

Als sie einen gemeinsamen Rhythmus gefunden hatten, glaubte Fluchs, dass sie es tatsächlich schaffen könnten. Sie hatten seit der Mauer bereits ganze hundert Schritte geschafft, als Nya plötzlich einen Ruck nach vorne machte. Mit weit aufgerissenen Augen sah sie zu Fluchs hinüber.

»Was ist denn? Nya!«

Sie sank in die Knie und ließ ihn los. Gemeinsam fielen sie nach vorne und landeten im kurzen Gras der Wiese. Fluchs sah hoch und erkannte erst jetzt den Pfeil, der tief in Nyas linker Schulter steckte. Unter Schmerzen zog er sich zu ihr und griff nach ihrer Hand.

»Nya! Komm schon, sag doch was.«

Keine Antwort. Er sah zurück zum Hang. Die Männer waren nah herangekommen und einige von ihnen hatten bereits die Mauer übersprungen. Mit gezückten Schwertern liefen sie direkt auf ihn und Nya zu. Einer der Männer war stehengeblieben. Er hielt den Bogen fest in der linken Hand und hatte einen Pfeil eingelegt. Fluchs erkannte ihn sofort. Es war Hauptmann Deville, jener Gardist, der Nya verurteilt hatte. Als er die Sehne spannte, blickte Fluchs zu Nya, die neben ihm lag, und dann zu den Mauern der Burg vor sich. Sie waren so weit gekommen, und nun war ihr Schicksal besiegelt. Mit einem hohen Surren erhob sich der Pfeil in die Luft und Fluchs warf sich schützend über Nyas Oberkörper.

Er legte die Hände über seinen und ihren Kopf und duckte sich. Mit geschlossenen Augen drückte er sein Gesicht an Nyas Hals und wartete ab. Der vertraute Veilchenduft ihrer warmen Haut drang in seine Nase. Dann traf ihn ein dumpfer Schlag im Rücken und drückte ihn noch näher an Nya. Der Aufprall war so stark, dass ihm die Luft aus den Lungen wich und er husten musste.

»Ich liebe dich, Nya. Bitte vergiss das nicht.«

Ohne eine Antwort zu erwarten gab er sich dem Schmerz hin, der in großen Wellen seinen Körper überschwemmte. Sie hatten so vieles ertragen und durchlitten. Es war an der Zeit, seinem Körper etwas Ruhe zu gönnen. Ein letztes Mal hob er den Kopf und sah zurück. Seine Sicht war verschwommen.

Mühsam blinzelnd konnte er erkennen, wie bläulich leuchtende Hände aus dem Boden hervor kamen und die laufenden Männer auf der Wiese an den Füßen packten. Fluchs sah mit an, wie ihre Seelen unter lauten Schmerzensschreien in die Erde entwichen. Als leere Hüllen fielen die leblosen Körper zu Boden. Er versuchte, genauer hinzusehen, doch sein eigener Körper gab den Schmerzen und der Erschöpfung nach.

War das wirklich? Ein schwarzer Schleier legte sich über seine Augen und Fluchs bettete seinen Kopf wieder an Nyas Hals. Es wurde schwarz um ihn herum und immer leiser. Die Stimmen und Schreie verschwanden in der Entfernung und bald war es nur noch still. Lediglich der vertraute Duft von Veilchen blieb.

KAPITEL 27

Fluchs schrak hoch und sah sich um. Er saß aufrecht in einem prachtvollen Bett, ein dickes Fell lag über seinen Beinen. Doch das Zimmer erkannte er nicht wieder.

Lange blaue Vorhänge mit güldenen Verzierungen hingen vor kaltem Mauerstein und dem Bett gegenüber prasselte ein Kaminfeuer. Es hüllte den Raum in orange flackerndes Licht und ließ die Schatten an den Wänden bedrohlich zucken. Zu seiner Linken entdeckte Fluchs eine Holztür und an der Wand daneben hing ein Gemälde, das eine Landschaftsmalerei zeigte.

»Bin ich ...« Er tastete seinen Körper ab, konnte jedoch keine Verletzungen finden. Tatsächlich. Er war noch am Leben. Mit dem Handrücken der rechten Hand fuhr er an seinem Nacken hinab zu der Stelle, wo er den dumpfen Schmerz verspürt hatte. Es war keine Verletzung zu finden, obwohl er sich sicher war, von einem Pfeil in den Rücken getroffen worden zu sein, als er sich über Nya geworfen hatte.

Nya! Er zog die Beine unter dem Fell hervor und setzte sich auf die Bettkante. Von der Hüfte aufwärts fühlte sich sein Körper ungewöhnlich verspannt an, so als habe man ihn in viel zu enge Kleider gesteckt. Da er jedoch lediglich ein langes Nachthemd aus Leinen trug, war das mehr als ungewöhnlich. Er setzte zuerst den linken Fuß auf den kalten Steinboden, dann den rechten und stemmte sich mit beiden Händen auf die Bettkante, um aufzustehen. Er stand auf und verzog das Gesicht, als seine Hüfte sich mit einem stechenden Schmerz zu Wort meldete.

Mit der rechten Hand griff er nach dem gusseisernen Bettpfosten und stützte sich ab. Eigentlich hätte er sich lieber etwas anderes angezogen als das dünne Nachthemd, doch seine Kleider konnte er nirgends im Zimmer entdecken. Im Spiegel neben der Tür konnte er betrachten, wie seine Rippen unter dem Stoff zum Vorschein kamen.

Er hatte in den letzten Wochen deutlich an Gewicht verloren. Bei genauerem Hinsehen bemerkte er jedoch auch, dass sich seine Muskeln an den Armen, besonders aber an den Beinen wesentlich vergrößert hatten. Er lächelte unweigerlich, als er diesen Fortschritt anerkennend bemerkte. Sogleich fühlte er sich stärker.

Mit wackeligen Beinen taumelte er bis zur Tür, drückte die Klinke hinunter und trat aus seinem Zimmer heraus in einen breiten Flur. Der Gang, in dem er sich befand, führte sowohl nach rechts als auch nach links weiter. Nach wenigen Schritten versank er in völliger Dunkelheit.

Fluchs blinzelte, um seine Augen an das fehlende Licht zu gewöhnen, und entschied sich ohne besonderen Grund, nach links zu gehen. Mit einer Hand tastete er sich an der Wand entlang und nutzte seinen rechten Fuß, um vorsichtig den Bereich vor sich abzutasten. Schließlich wollte er nicht eine Treppe hinunter stürzen oder gegen eine Wand laufen. Während er sich seinen Weg durch die völlige Dunkelheit bahnte, fragte er sich, ob dies das Schloss war, auf das er mit Nya zugelaufen war. Er schien kein Gefangener zu sein, ansonsten hätte man seine Tür bestimmt nicht unverschlossen gelassen. Und doch war nirgends eine Menschenseele zu sehen. Keine Diener, keine Wachen ... es schien beinahe so, als sei dieser Ort völlig verlassen. Das einzige, was gegen diese Theorie sprach, war der makellose Zustand seines Zimmers. Selbst im Gang roch es nicht nach Staub oder moderigem Holz.

Fluchs hielt inne. Wonach roch es denn eigentlich? Er legte den Kopf ein wenig nach hinten und schnupperte. Es lag etwas in der Luft, schwer, süß und vertraut. Es wollte ihm nicht einfallen, woran ihn der Geruch erinnerte. Vorsichtig tastete er sich weiter voran, bis seine linke Hand ins Leere griff. Er blieb stehen und drehte sich zur Seite, wo er in einiger Entfernung einen orangefarbenen Punkt bemerkte.

»Eine Tür«, dachte Fluchs.

Dort drüben war Licht und das konnte nur eines bedeuten: andere Menschen. Etwas schneller tastete er sich nun tiefer in den abzweigenden Gang hinunter, bis er die Tür erreicht hatte. Er blieb stehen und lauschte, konnte jedoch nur ein leises Knistern hören. Er öffnete die Tür etwa schulterbreit und steckte den Kopf durch den so entstandenen Schlitz.

Dieses Zimmer war noch prachtvoller als seines und auch um einiges größer. Neben einigen Schränken und Kisten thronte am anderen Ende des Raumes ein prächtiges Bett. Es war so groß, wie Fluchs es noch nie in seinem Leben gesehen hatte. Von so viel Reichtum hätte er nicht einmal zu träumen gewagt. Die Bettlaken und die Bettdecke waren aufwändig mit feinster Spitze verziert und an den Seiten des Bettes lagen Wolfspelze am Boden.

Erhellt wurde der Raum sowohl von einigen Fackeln als auch von einer großen Feuerstelle, die in Steinsäulen eingefasst war. An einer der Säulen schlängelte sich ein steinerner Drache empor, während auf dem Kaminsims eine Jagdszene mit Rehen und Wildschweinen in den Stein gehauen war. Fluchs trat ganz in den Raum hinein und griff nach einer Fackel, die neben einigen Schwertern in einer Wandfassung hing. Dann verließ er das Zimmer wieder. Er wollte schließlich nicht dabei ertappt werden, wie er in einem fremden Zimmer herumstöberte.

Er verließ den Gang und sah sich um. Offensichtlich gab es in diesem Teil des Schlosses noch viele weitere Türen und Zimmer, die meisten standen zu großen Teilen leer. Nicht einmal Möbel waren dort zu finden. Doch sie alle waren frei von jeglichem Unrat, Staub oder Spinnenweben. Es schien beinahe so, als hielte dieser Ort Winterschlaf.

Nachdem Fluchs einen weiteren Raum durchsucht hatte, hörte er plötzlich ein Geräusch. Es kam aus einer Richtung, die er noch nicht erkundet hatte. Er entschied sich nachzusehen. Mutig ging er in die Richtung, aus der er das undefinierbare Geräusch vernommen hatte. Kaum hatte er einen weiteren Gang betreten, hörte er wieder etwas scheppern. Vorsichtig schlich er über den Steinboden und erreichte nach einigen Schritten eine steinerne Wendeltreppe. An den Wänden zeichnete sich ein fahler

Lichtschein ab und Fluchs stieg hinab. Mit jeder Stufe, die er mit seinem Fuß erreichte, stieg in ihm die Spannung.

Als er die unterste Stufe erreicht hatte, stand er unmittelbar vor einer Tür. Er trat vorsichtig näher und legte ein Ohr auf das Holz, um die Stimmen dahinter genauer hören zu können.

»Ich habe euch doch schon hundertmal erklärt, dass ihr die Zwiebeln für die Pasteten *klein* schneiden sollt«, tönte eine hohe Frauenstimme belehrend. Sie hatte etwas Strenges und Mütterliches zugleich.

»Und Linda! Habe ich dir nicht gesagt, du sollst vorsichtig mit den Töpfen sein? Räum das sofort wieder auf!«

»Natürlich! Ich kümmere mich sofort darum.« Die Stimme der zweiten Frau klang zaghafter. Dann hörte Fluchs noch einige andere Personen durcheinander reden.

»Los, los!«, übertönte die resolute Stimme die anderen, »bringt schon mal die Suppe hinaus. Gawin! Warum steht das Brot noch auf der Anrichte!? *Gawin*!«

Fluchs hatte offensichtlich die Küche des Schlosses gefunden, was auch den verführerischen Duft erklärte, der in seine Nase zog. Sein Magen quittierte diesen Sinneseindruck mit einem lauten Knurren und erst jetzt merkte Fluchs, wie hungrig er war. Seit ihrer Flucht vor der Garde hatte er nichts mehr gegessen. Wie viel Zeit war seitdem wohl vergangen?

Unvermittelt wurde die Tür aufgestoßen und jemand trat heraus. Das Holz traf ihn am Kopf und die Wucht des Aufpralls warf ihn zu Boden, so dass er schmerzlich auf dem Hintern landete. Hinter der Tür schepperte etwas und seine Hüfte sandte einen stechenden Schmerz in sein Bewusstsein.

»Verdammt noch mal!«, jaulte er laut auf.

»Was ist denn da hinten los? Linda! Ich habe dir doch gesagt, du sollst vorsichtig sein!«

Die Tür öffnete sich nun ganz und Fluchs sah einer jungen Frau direkt in die Augen. Bestürzung und Verwunderung spiegelten sich in ihrem Gesicht wieder, doch ihr Blick war nicht auf ihn gerichtet, sondern auf eine zersprungene Schüssel vor ihren Füßen.

»E-Es t-t-tut mir leid«, stotterte sie und Fluchs erkannte ihre zaghafte Stimme wieder.

»Du meine Güte!«, entfuhr es ihr, als sie nun auch Fluchs wahrnahm.

»Das tut mir wirklich leid,« antwortete Fluchs, doch noch bevor Linda antworten konnte, wurde sie mit einem kräftigen Schub zur Seite gestoßen. Vor ihm baute sich nun eine kleine Frau mit grimmigem Blick auf. Einige rote Haarsträhnen lugten fettig unter der Kochmütze auf ihrem Kopf hervor, die Ärmel der Schürze waren bis zu den Ellenbogen hochgekrempelt und ihre Hände stemmte sie kraftvoll in ihre Hüften.

»Und was glaubst du, was du hier zu suchen hast? Das hier ist *meine* Küche und ich glaube nicht, dich hier schon mal gesehen zu haben, Bursche.«

»Ja, nun«, begann Fluchs hilflos, »das ist so. Ich habe mich hier etwas verlaufen. Als ich hier Licht gesehen habe, dachte ich ...«

»... dachtet Ihr, Ihr könntet hier einfach so hereinschneien und meine ganze Küche durcheinanderbringen, wie?«

»Ganz so ist das nicht«, fuhr Fluchs fort, doch erneut wurde er unterbrochen.

»Gawin! Du kehrst die Scherben weg. Matthew - haben wir noch genug Suppe und eine weitere Schüssel?«

»Ja, Köchin!«, rief eine kernige Stimme aus einem hinteren Teil der Küche.

»Gut«, antwortete die Köchin. »Linda, du kümmerst dich um das Brot. Und jetzt zu dir. Ich habe keine Ahnung, wer du bist, aber hier bist du falsch. Und dann noch in einem solchen Aufzug!«

»Nun, ich konnte meine Sachen nicht finden«, stammelte Fluchs.

»Das ist mir ganz egal. Hätte ich heute einen nackten Mann auf meiner Türschwelle finden wollen, hätte ich das sicherlich den Herren wissen lassen. Nun steht endlich auf! Ihr macht Linda ja noch völlig verlegen!«

Erst jetzt bemerkte Fluchs, dass sein Nachthemd während des Sturzes nach oben gerutscht war und nun wesentlich mehr preisgab, als ihm lieb war. Linda hatte ihren Kopf zur Seite gedreht und hielt sich die Hand vor den Mund und doch bemerkte Fluchs jetzt, dass sie noch immer zu ihm hinunter sah. Ihre Wangen hatten sich sichtbar gerötet und er hätte schwören können, ein Lächeln unter ihrer vorgehaltenen Hand erkennen zu können. Schnell raffte er sich auf und richtete sein Nachthemd.

»Na, dann kommt mal mit, der Herr.« Die Köchin griff seine Hand und zog ihn hinter sich her den Gang entlang.

»Soll der Diener seiner Lordschaft entscheiden, was mit Euch zu tun ist.«

»Entschuldigung«, bat Fluchs, »aber könnt ihr mir sagen, wo wir hier sind?«

»Du hast wirklich einen seltsamen Humor, Bürschchen. Warte hier, wir sind da.«

Ohne zu klopfen, trat sie in ein Zimmer ein, hielt Fluchs' Hand dabei jedoch fest umschlossen. Wie ein Schraubstock krallte sich ihre Hand um seine, die von dem Druck bereits anfing zu schmerzen. Offensichtlich betraten sie eine Art Verwaltungszimmer oder Bibliothek. Die Wände waren mit Bücherregalen bestückt, deren Böden sich unter der Last schwerer Folianten und Papierstapel bogen. In der Mitte des Raumes stand ein massiver Schreibtisch. Ordentlich sortiert lagen Papiere, Tintenfässer und Federkiele darauf verteilt, auch konnte Fluchs Siegelwachs und Briefumschläge erkennen.

Hinter dem Schreibtisch saß ein dürrer Mann. Mit erhobenen Augenbrauen sah er überrascht von einem Pergament in seinen Händen auf und legte es vor sich hin. Seine große Nase passte nicht zur sonst so gebrechlichen Erscheinung, der kurze Bart war mehr grau als braun und die Halbglatze verriet ein fortgeschrittenes Alter.

»Meine liebe Olianna! Was ist denn das für ein Aufruhr?«

»Dieser Mann hat soeben halbnackt vor meiner Küche gelegen! Der armen Linda hat es ganz die Sprache verschlagen. Und eine Schüssel mit Suppe hat er auch zerbrochen!«

»Und all das hat Euch vergessen lassen, wie man sich benimmt? Ich nehme mal an, dass Ihr dennoch hättet anklopfen können, so wie es sich gehört.«

»Das ist mir alles gleich. Ich habe eine Küche zu führen. Kümmert euch um dieses Problem!« Sie ließ Fluchs' Hand los, drehte sich mit einem Ruck um und stapfte zur Tür.

»Ich werde es den Herren wissen lassen, wie zuvorkommend Ihr wart, meine Liebe«, rief ihr der hagere Mann hinterher.

»Tut, was ihr nicht lassen könnt!«, antwortete die Köchin und ließ die Tür krachend hinter sich ins Schloss fallen.

Der Mann lachte leise. »Ihr müsst es ihr nachsehen. Dieser Tage hat sie viel zu tun. Das große Bankett beginnt ja bereits morgen Abend. So bleibt ihr nur noch heute Nacht, um die letzten Vorbereitungen zu treffen.«

Fluchs verschränkte die Hände vor seinem Nachthemd und legte seinen linken Fuß auf den rechten, um ihn zu wärmen.

»Das ist schon in Ordnung. Ich hätte ihr nicht im Weg stehen dürfen«, antwortete er.

Der Mann nickte. »Nun, dann wäre das ja geklärt. Und da meine Manieren besser sind als die unserer lieben Olianna, darf ich mich Euch vorstellen. Mein Name ist Izir, oberster Diener und Chronist hier auf Schloss Hohenstein.« Er beugte sich leicht vor.

»Mein Name ist Fluchs. Ich bin als Musiker eingeladen worden, doch meine Freundin und ich wurden auf dem Weg hierher überfallen.«

»Ah, Ihr seid unser Neuankömmling, wie schön. Ich habe bereits viel von Euch gehört. Roland war ganz begeistert davon, euch gefunden zu haben, und jetzt, da ich euch in Fleisch und Blut sehe, verstehe ich, was er meinte.«

»Roland ist hier?«, fragte Fluchs. Er hatte ganz vergessen, dass auch der Adjutant hier sein musste.

»Natürlich. Es sollten alle hier sein. Ihr wart der Letzte, der noch fehlte. Habt Ihr bereits mit Fürst Belias gesprochen?«

»Nein, ich bin ihm noch nicht begegnet. Doch wisst ihr, was mit meiner Freundin passiert ist? Sie heißt Nya und wir waren gemeinsam unterwegs.«

»In der Tat weiß ich von Eurer Begleiterin. Doch ich fürchte, Ihr werdet sie erst morgen Abend bei dem Bankett sehen können. Sie erholt sich gerade von ihren Verletzungen und der Leibarzt hat ihr strikte Bettruhe verordnet.«

»Kann ich sie nicht wenigstens kurz sehen?«, flehte Fluchs sein Gegenüber an.

»Ich bedauere es sehr, doch nein. Bitte geduldet Euch bis morgen, dann werden sich alle Eure Fragen bestimmt beantworten. Außerdem habt Ihr selbst bis morgen noch so einiges zu erledigen.«

Fluchs zog den Kopf zurück und verkniff die Lippen.

»Und was soll das sein?«

»Nun«, begann Izir und trat hinter dem Schreibtisch hervor, »in diesem Aufzug werdet Ihr morgen nicht auftreten können. Wenngleich es sicherlich zur Erheiterung des Abends beitragen würde.«

»Da bin ich mir sicher!«, lachte Fluchs.

»Kommt, mein junger Herr. Beschaffen wir Euch neue Kleider.«

Izir ging voran aus dem Zimmer und Fluchs folgte ihm. Gemeinsam schritten sie durch die kalten Gänge und Fluchs versuchte mehr über das Schloss in Erfahrung zu bringen. Bereitwillig erklärte ihm Izir alles, was er wissen wollte.

»Das Schloss stand noch vor einem Jahr leer und drohte zu verfallen. Der Fürst hat es von einem turanischen General erworben, nachdem dieser in die Hauptstadt beordert wurde. Dafür gab er einen großen Teil seines Vermögens aus. Roland war bereits bei ihm, als sie hier einzogen, kurz darauf stellten sie mich und Olianna in ihre Dienste. Damals gab es jedoch noch keine Dienerschaft.«

»So verfallen konnte das Schloss doch nicht sein. Ich habe in die Zimmer gesehen, sie sind alle sauber und auch das Mauerwerk ist sehr gut erhalten.«

Izir lachte. »Darauf sind wir besonders stolz. Würdet ihr mir glauben, wenn ich euch erzählen würde, dass noch vor zehn Monaten der komplette Dachstuhl aller Häuser größtenteils *in* den Zimmern lag? Hier war alles zerstört. Der General war wirklich ein sehr nachlässiger Mann.«

»Da fällt mir ein: Ich habe vom Berg aus ziemlich viele Rauchschwaden gesehen. Wie viele Menschen leben in den Mauern?«

»Nun, wir benötigten natürlich Hilfe bei dem Wiederaufbau des Schlosses. Also heuerte der Fürst die Handwerker der umliegenden Dörfer an, und weil wir hier gute Arbeit und Lohn bieten, sind einige mit ihren Familien hierher gezogen. Insgesamt leben hier zwei Dutzend Familien und etwa noch einmal so viele Alleinstehende.«

»Wie könnt Ihr das so genau sagen?«

»Ich bin der oberste Diener! Es gehört zu meinen Aufgaben, über *alles* Bescheid zu wissen, was den Fürsten interessiert. Ich sorge dafür, dass hier alles so läuft, wie es erwartet wird. Rei-bungs-los.«

»Dann ist dies das erste Bankett, welches morgen stattfindet?« Fluchs entsann sich, dass Roland ihm vor Beginn seiner Reise erzählt hatte, dass es ein jährliches Fest sei.

»Korrekt. Dies ist das erste Bankett und doch ist es ein überaus wichtiges Ereignis.«

»Warum holt man dann mich hierher? Wegen des Musikverbots in Turana? Es gab doch bestimmt besser geeignete Musiker aus der Nähe.«

»Das wird Euch der Fürst sicherlich persönlich erzählen wollen. Es steht mir nicht zu, ihm dieses Vergnügen vorwegzunehmen. Ich hoffe, Ihr versteht das.«

»Warum darf ich hier überhaupt musizieren? Handelt sich der Fürst damit nicht große Probleme ein?«

»Wie gesagt. Ihr müsst Euch noch etwas gedulden. Außerdem sind wir am Ziel.« Tatsächlich standen sie vor einer Tür und Izir lächelte Fluchs an. Er klopfte zweimal an und wartete, bis jemand sie hereinbat. Der mit prächtigen roten Teppichen ausgelegte Raum war hell erleuchtet, Öllampen standen auf einigen Simsen und Tischen. Was diesen Raum jedoch so besonders machte, waren die vielen Gerätschaften, die darin verteilt standen. Ein Spinnrad stand in einer entfernten Ecke, mehrere lange Tische waren mit hölzernen Schablonen, Scheren und Nähzeug überhäuft und die Regale an den Wänden waren bis unter die Decke mit Stoffballen und Garnen gefüllt.

Ein freundlich lächelnder Mann stand neben einer hölzernen Nachbildung eines Menschen und vernähte gerade den Ärmel eines Hemdes, legte sein Nähzeug jedoch beim Blick auf Fluchs zur Seite und trat ihnen entgegen.

»Ah, mein lieber Izir. Wen bringst du mir denn da?«

»Dies ist Herr Fluchs, er ist einer unserer Gäste für morgen Abend.«

Fluchs machte einen Schritt auf den Mann zu und verbeugte sich leicht.

»Wie wunderbar! Ich bin Gilat, der Hofschneider. Lasst euch mal ansehen!« Er machte mit der rechten Hand eine Drehbewegung und Fluchs drehte sich einmal langsam im Kreis. Er lächelte verlegen.

»Ich lasse euch zwei dann mal alleine. Glaubt mir, Gilat wird sich gut um Euch kümmern. Wenn Ihr hier fertig seid, bringt er Euch auf Euer Zimmer. Ich lasse Euch etwas zu essen und zu trinken dort hinbringen.«

»Vielen Dank, Izir«, erwiderte Fluchs.

»Aber gerne doch. Nun kümmert Euch erst einmal um die Kleidung.« Izir verließ das Schneiderzimmer, und noch bevor Fluchs ein weiteres Wort verlieren konnte, hatte Gilat bereits damit begonnen, mit einem Maßband seinen Oberkörper zu vermessen.

KAPITEL 28

Die Zeit bis zum Beginn des großen Banketts verging für Fluchs so schnell, dass er kaum einen Moment fand, um an etwas anderes zu denken. Seine Anstrengungen galten nur noch dem bevorstehenden Auftritt.

Die schönste Nachricht hatte er von Gilat erhalten: Er würde Nya lebendig wiedersehen. Das war alles, was für ihn zählte. Izir hatte Maß genommen und mit Fluchs gemeinsam Farbe und Stoff für die Tunika ausgewählt, die er am nächsten Abend tragen würde. Danach hatte er sich auf sein Zimmer begeben, wo ihn ein üppiges Mahl erwartete. Gilat hatte nicht zu viel versprochen und Fluchs genoss die gebratenen Kartoffeln, das würzige Gemüse und die mehr als leckeren Wachteln. Fluchs verschwieg beim Lob von Oliannas Essen jedoch vorsichtshalber, dass er noch nie zuvor Wachteln gegessen hatte.

Er schlief bis zum folgenden Mittag. Er probte kurz auf seinem Zimmer und war überglücklich, dass sowohl seine Hände als auch seine Geige, die er sorgfältig stimmte, die lange Reise ohne Schaden zu nehmen überstanden hatten. Danach wusch er sich in einer Waschschüssel und stellte zu seiner Bestürzung fest, dass das Wasser schwarz von seinem Gesicht und den Händen hinunter rann. Zum Glück war ein Zimmermädchen bereit, ihm den Weg zu einem Badezuber zu zeigen.

Ohne auf warmes Wasser aus der Küche zu warten, stieg Fluchs hinein und schrubbte sich mit den bereit liegenden Bürsten und Seifen. Die Seife roch herrlich nach Blumen und Kräutern. So etwas hatte er bisher nur auf den Wagen der wohlhabendsten Händler gesehen. Selber bezahlen konnte er solch einen Luxus nie. Nach dem Bad fühlte er sich zum ersten Mal in seinem Leben völlig sauber.

Ein Diener betrat Fluchs' Zimmer mit der fertigen Tunika samt Schuhen. Höflich bat Fluchs den Mann um Hilfe bei der Ankleide. Noch nie zuvor hatte er ein so aufwändig genähtes Hemd gesehen, denn anstatt es mit Knöpfen zu schließen, musste es gebunden werden. Filigrane Metallschnallen hielten dann die Bindung verschlossen. Der blaue Brokat seiner Anzugsrobe hatte an den Ärmeln feinste Spitze vernäht und die schwarze Hose fiel glatt auf die blank geputzten Schuhe. Es war eine teure Festtagsrobe, die ihm Izir geschneidert hatte. Ob er sie nach dem Auftritt wohl behalten durfte?

Kurz nach Sonnenuntergang war es dann so weit. Gilat persönlich klopfte an Fluchs' Tür, um ihn zum Festsaal zu geleiten. Dieser lag in einem Teil des Schlosses, den Fluchs bisher noch nicht zu Gesicht bekommen hatte. Auf dem Weg unterhielten sie sich beiläufig über Nichtigkeiten, doch er war so aufgeregt, dass er kaum zuhörte und sich an kein einziges Wort erinnern konnte, das Gilat und er während dieser Zeit austauschten. Als er die große Flügeltür des Saales vor sich sah, schlug sein Herz so schnell, dass er sich kaum mehr im Griff hatte. Gilat fasste ihn am Arm.

»Mein Herr«, begann er, »egal was Ihr auch denken mögt, Eure Musik wird sicherlich auf wohlwollende Ohren treffen. Macht Euch nicht zu große Sorgen.«

»Danke, Gilat«, antworte Fluchs mit einem verlegenen Lächeln. »Ich habe nur noch nie vor so vielen Menschen gespielt.«

Gilat zwinkerte ihm verschmitzt zu. »Das, mein Herr, wage ich zu bezweifeln.«

Dann öffnete er die großen Türen und sie traten in den langen Saal ein.

Fluchs war überwältigt. Große Steinsäulen ragten weit hinauf und bogen sich unter der runden Decke zu einer Kuppel, die bis zum Kopf des Saales führte. Prunkvolle Kronleuchter hingen von der Mitte der Kuppel herunter. Die detaillierten Deckenmalereien machten auf Fluchs einen ungeordneten, beinahe willkürlichen Eindruck. Figuren der verschiedensten Arten waren hier in Reihe angeordnet, jede von ihnen hatte einen eigenen Platz.

Was an diesen Bildern jedoch so chaotisch war, war der Stil, in dem sie gemalt wurden. Einige von ihnen waren bunt mit matten Farben verziert, andere mit Gold, doch jedes Bild ein beeindruckendes Unikat. Das Gleiche spiegelte sich in den Gemälden wieder, die an den Seiten des Raumes hingen. In drei Reihen sah er hier Porträts von den verschiedensten Männern und Frauen. Unter ihnen erkannte Fluchs sogar einige Wesen, die gemeinhin als ausgestorben galten, darunter Elfen und Dämonen. Auch waren viele verschiedene Berufe vertreten, was sich an den Werkzeugen, mit denen die Figuren porträtiert wurden, erkennen ließ. Schmiede, Zimmerleute und Kräuterkundige, sie alle waren abgebildet und die meisten von ihnen sahen freundlich aus.

Fluchs schritt eine kurze Treppe hinter der Tür hinab, in den weich beleuchteten Raum, wo eine lange Tafel bis zum Ende des Saales hinüber führte. Es mussten über hundert Stühle sein, die hier an den Tischen standen und an jedem Platz war ein volles Gedeck aufgelegt. Fluchs bemerkte zuerst hölzerne Becher und Teller am Anfang der Tafel, je weiter er an dem Tisch entlang ging, desto besser wurden jedoch auch die Gedecke. Doch alle Sitze waren leer. Alle bis auf den großen Stuhl am Ende der Tafel. Dort saß ein Mann von ungefähr sechzig Jahren in einer feinen Robe. Um seine Schultern hatte er ein mit Gold besticktes Tuch geschwungen, die Robe war aus feinstem Stoff geschnitten, jedoch ansonsten schlicht in ihrer Form.

Fluchs hatte ihn beinahe erreicht. Die gütigen grünen Augen strahlten ihn an und der Mann stand auf. Sein weißer Bart war kurz und perfekt in Form geschnitten, seine kurzen grauen Haare glänzten im Kerzenschein der Kronleuchter wie Silber.

»Herzlich willkommen, mein lieber Freund.«

»Guten Abend, mein Herr«, antwortete Fluchs.

»Ihr könnt Euch gar nicht vorstellen, wie froh ich bin, dass Ihr es zu mir ins Schloss geschafft habt. War die Reise beschwerlich?«

»Nun, wir hatten einige Probleme auf dem Weg hierher. Turana ist für Musiker nicht das einfachste Ziel.«

Der Mann lächelte. »Das glaube ich Euch gern. Wie Ihr sicher schon vermutet habt, bin ich Fürst Belias.«

»Mein Name ist Fluchs. Es ist mir eine Ehre, hier bei Euch spielen zu dürfen.« Fluchs verbeugte sich tief.

»Seid Ihr bereit für den Auftritt?«

Fluchs sah sich um. »Kommen denn keine weiteren Gäste?«

Der Mann lachte. »Nun, sie werden schon noch kommen. Glaubt mir nur. Ich hätte es jedoch gerne, wenn Ihr schon einmal beginnen würdet.«

»Natürlich, wie Ihr wünscht. Doch dürfte ich noch um etwas bitten?«

»Nur zu mein Freund. Was liegt Euch auf dem Herzen?«

»Gilat hat mir gesagt, dass ich heute Abend meine Begleiterin wiedersehen würde. Wisst Ihr, wo sie ist?«

Der Mann griff nach einem goldenen Glöckchen, das neben seinem silbernen Teller stand, und läutete. In der Flügeltür am Ende des Raumes erschien Gilat. Mit lauter Stimme meldete er sich. »Ja, bitte, mein Herr?«

»Bringt unseren zweiten Gast herbei. Sie wird heute neben mir an der Tafel speisen.«

»Jawohl, mein Herr.«

»Nun, sie wird in Kürze hier sein. Seid Ihr bereit zu beginnen?«

»Natürlich«, antwortete Fluchs und wandte sich zur Bühne. Sie war hinter dem Fürsten aufgebaut und hätte ohne Weiteres mehr als zwanzig Musiker tragen können. Das Podest war leicht erhaben, und während Fluchs die steinernen Stufen hinauf stieg, zählte er seine Schritte vor Aufregung. Dies alles war doch völlig unsinnig.

Warum sollte jemand ihn von so weit her bestellen, um nur einem einzigen Mann vorzuspielen? Und dann auch noch für eine so hohe Summe. Doch nun blieb ihm nichts mehr übrig, als den Auftritt so gut wie möglich hinter sich zu bringen. Er stellte sich mittig in den vorderen Teil der mit Holzdielen ausgelegten Bühne und stellte seinen Geigenkoffer vor sich hin. Wie gewohnt ließ er die Schlösser aufschnappen und hob den Deckel an, dann zog er vorsichtig die Geige heraus und wog sie in seiner Hand. Mit dem Bogen in der anderen Hand richtete er sich wieder auf und verbeugte sich.

Er atmete tief ein, hielt die Luft an und ließ den Raum auf sich wirken. Es war still und doch lag etwas Festliches in der Luft. Der Anlass war feierlich, also sollte er auch mit etwas Erhabenem beginnen. Er stieß die Luft aus.

»Mein sehr verehrtes Publikum!« Er sprach so laut, dass seine Stimme durch den Saal hallte und zurück in sein Ohr drang.

»Es ist mir heute eine Freude, bei diesem jährlichen Bankett für Eure Unterhaltung sorgen zu dürfen. Besonders freut es mich, hier in einem so prächtigen Saal zu Ehren von Fürst Belias spielen zu dürfen. Dürfte ich also den Fürsten fragen: Ist es Euch recht, wenn wir mit etwas Festlichem beginnen?«

Der Fürst drehte sich auf seinem Stuhl herum. »Ihr dürft spielen, wonach auch immer Euch ist. Aber: Spielt immer fort, ohne lange Unterbrechungen.«

»Euer Wunsch«, entgegnete Fluchs mit einer ausschweifenden Armgeste, »sei mir Befehl.«

Er hob die Geige an sein Kinn und begann in langsamen, feierlichen Bewegungen zu spielen. Zuerst nutzte er die tiefen Töne seines Instrumentes, um im Hall des Saales einen Takt zu unterlegen. Er steigerte sich dann, indem er sie mehr und mehr in eine Melodie übergehen ließ. So entwickelte sich sein Lied und steigerte sich immer weiter zu einem festlichen Stück, das den Hall wie weitere Geigen wirken ließ.

Immer schneller und wilder ließ er seine Finger über die Seiten fliegen und Fluchs musste die Augen schließen, um sich zu konzentrieren. Vor seinem inneren Auge sah er jeden Ton beinahe lebendig vor sich. In bunten Farben zog seine Musik im Geiste dahin und er fühlte sich großartig.

Plötzlich hörte er einen weiteren Ton, der nicht von seiner Geige kam. Er öffnete die Augen und sah sich um. Es war noch alles so wie vorher. Der Fürst saß ihm abgewandt an der Tafel, der Raum war leer und auch auf der Bühne war nichts zu sehen. Doch Fluchs war sich sicher, dass er eine weitere Geige hörte. Die zweite Geige wurde immer lauter, bis sie fast an die Lautstärke seiner eigenen heranreichte. Das wirklich Erschreckende daran war jedoch, dass die zweite Geige ihn begleitete, seine Melodie nicht nur verfolgte, sondern ergänzte.

Das war jedoch völlig unmöglich, denn er spielte eine Melodie, die er sich gerade hatte einfallen lassen, es war improvisierte Musik, die niemand Anderer kennen konnte. Mit zwei Geigen hörte sich diese Melodie jedoch noch schöner an, darum spielte er selbst dann weiter, als noch weitere Geigen und andere Streicher einsetzten. Fluchs genoss es sehr, seine Musik zum ersten Mal von einem Orchester gespielt zu hören. So etwas hatte er in seinem ganzen Leben noch nicht erlebt. Er steigerte sich noch einmal, kletterte mit den Tönen höher und verlangsamte dann am Höhepunkt sein Spiel.

In genau diesem Moment betrat Nya in einem langen, roten Abendkleid den Saal. Fluchs erkannte sie schon aus dieser Entfernung an ihrer unvergleichlichen Haltung. Da war sie. Lebendig und so schön, wie er sie in Erinnerung hatte. Langsam steigerte er das Tempo der Musik und nun setzte die volle Kraft eines ganzen Orchesters mit ihm ein: Trompeten und Posaunen, Pauken und Flöten, sie alle spielten seine harmonische Melodie, die in einem pompösen Höhepunkt endete.

Fluchs verbeugte sich, ohne jedoch Nya aus den Augen zu lassen. Sie lächelte ihn an, während sie langsam die Halle hindurch schritt und sich nach einem Knicks vor dem Fürsten an dessen Seite setzte.

»Meine Damen und Herren«, sagte Fluchs, »ich danke Euch vielmals dafür, an diesem zauberhaften Abend hier erschienen zu sein.«

Dabei zwinkerte er Nya zu, die ihren Blick nur selten von ihm abließ, um kurz dem Fürsten zu antworten, der sich mit ihr unterhielt.

»Das nächste Lied geht auf eine alte Sage zurück, derer zufolge jeder Musiker die Macht besitzt, die Welt zu verändern. Es handelt von dem fahrenden Spielmann

Tilares, der vor über hundert Jahren auf einen Berg eines entfernten Königreiches stieg.«

Mit seiner Geige spielte er eine Tonleiter hinauf, um den Aufstieg auf den Berg darzustellen, das unsichtbare Orchester hinter ihm folgte ihm.

»Kaum war der junge Mann am Gipfel angekommen, geriet er in einen wilden Schneesturm. Ohne sich beirren zu lassen, begann er zu spielen, so laut er nur konnte.«

Fluchs und das Orchester spielten eine kurze laute Passage, dann setzte er erneut ab.

»Die Töne brachten den umliegenden Schnee zum Bersten, er löste sich und ging als Lawine ins Tal hinunter, wo er genau zwischen zwei anrückenden Armeen liegen blieb. Die Soldaten mussten unverrichteter Dinge wieder abziehen.« Er spielte eine traurige Melodie.

»Der Spielmann erfror an Ort und Stelle und ist noch heute aus der Ferne gut auf dem Gipfel stehend erkennbar. Seit diesem Tag hat es nie wieder eine Schlacht am Fuße des Berges gegeben.« Er beendete diese Geschichte mit einem freudigen Tanz. Danach verbeugte er sich erneut.

Der Fürst klatschte. Zuerst nur leise, dann klatschte noch jemand, vermutlich Nya. Doch dann klatschten immer mehr Menschen. Fluchs richtete sich auf und sah sich um. Noch immer war niemand zu sehen.

Der Fürst stand auf und läutete mit dem Glöckchen.

»Liebe Gäste, ich freue mich, ebenfalls einige Worte an Euch richten zu dürfen. Wie Ihr sicher wisst, war der Weg bis zum heutigen Tag kein einfacher. Ihr alle erinnert Euch, wie furchtbar es war, die Akademie hinter uns zu lassen, nachdem man sie so feige niedergebrannt hat.«

Ein Raunen von vielen Stimmen hallte durch den Raum.

»Heute jedoch beginnt für uns eine neue Ära, denn heute feiern wir die Eröffnung der neuen turanischen Akademie der Barden!«

Applaus brandete auf und verklang wieder.

»Hinter mir sehr Ihr einen jungen Mann, der außer seiner Musik nichts besitzt. Und doch hat er sich auf den gefährlichen und mühsamen Weg zu uns gemacht. Dafür möchte ich ihm herzlich danken.«

Erneut erklang Applaus und Fluchs verbeugte sich. Das alles war äußerst seltsam. Vielleicht standen die Gäste draußen und der Applaus klang in den Saal hinein? Nein, unmöglich. Dann würde es viel mehr hallen. Etwas stimmte hier nicht.

»Nun bleibt mir nur noch eines zu tun.« Der Fürst drehte sich zur Bühne und stieg diese langsam empor. Als er oben angekommen war, legte er seine linke Hand auf Fluchs Schulter und sah ihn freundlich an.

»Mein lieber Herr Fluchs, es ist mir eine große Freude, Euch heute hier spielen zu hören. Daher mache ich Euch folgendes Angebot: Möchtet Ihr der erste Lehrer unserer neuen Akademie werden?«

Fluchs verschlug es die Sprache. Lehrer? Akademie? Was wurde hier gespielt? Er lächelte verlegen und der Fürst lachte auf.

»Wie mir scheint, habe ich Euch mit dieser Frage in Verlegenheit gebracht. Verzeiht mir.«

»Nicht doch«, erwiderte Fluchs, »es ist nur ... Warum fragt Ihr ausgerechnet mich?«

»Weil Ihr der Einzige seid, der es gewagt hat, hierher zu kommen. Ich möchte Euch daher das Angebot machen, hierzubleiben und zu unterrichten. Turana braucht seine Musik. Ohne Musik und Kunst, was bleibt denn dann noch? Wir haben hier in den letzten Jahren unfassbares Leid erfahren. Viele meiner Musikerkollegen und geschätzten Lehrer sind bei dem Sturm auf die Akademie getötet worden. Andere wurden gefangen. Von allen außer von mir hat man nie wieder etwas gehört.«

»Ich verstehe Euch gut«, antwortete Fluchs. »Aber ich bin mir nicht sicher, ob ich Euch helfen kann. Ich muss mich um meine Familie kümmern. Und außerdem ...« Er stockte.

»Außerdem habt ihr keine Schüler.«

»Ihr sorgt Euch also um die Familie. Das verstehe ich nur zu gut. Würdet Ihr also hierbleiben, wenn wir uns auch um Eure Schwester kümmerten? Sie hierher ins Schloss holten?«

Fluchs dachte nach. Mit dem Geld, das man ihm bezahlen würde, könnte er einen Arzt aufsuchen und seiner Schwester vielleicht für einige Jahre ein besseres Leben verschaffen. Aber für immer würden die Silbertaler nicht reichen und wie sollte es dann weitergehen?

»Wir dürfen auf Lebenszeit hierbleiben?«, fragte er leise, damit ihn niemand hörte, auch wenn er nicht wusste, wer noch anwesend war. Der Fürst nickte.

»So lange ihr möchtet. Es wird euch an nichts mangeln.«

Fluchs sah zu Nya herüber. Sie sah ihm direkt in die Augen. Fragend hob er Augenbrauen und seine Schultern. Nya lächelte und nickte langsam zustimmend. Er wandte sich wieder dem Fürsten zu.

»Dann willige ich ein. Ihr habt mein Wort.«

Der Fürst griff nach Fluchs' Hand und riss sie samt Geigenbogen in die Höhe.

»Meine lieben Freunde und Kollegen, hier ist er. Der erste Lehrer der Akademie der Künste!« Erneut brandete Applaus auf, und während sich Fluchs vor dem leeren Saal verbeugte, nahm der Fürst wieder seinen Platz ein. Dann klingelte er ein weiteres Mal mit dem Glöckchen.

»Und nun möchte ich Euch Eure Kollegen vorstellen, Herr Fluchs. Spielt etwas Feierliches!«

Fluchs hob seine Geige und begann ein langsames, erhabenes Stück zu spielen, das ihm gerade in den Sinn kam. Leise untermalten die Blasinstrumente seine Melodie, als Fluchs bemerkte, wie sich auf seiner Geige ein blauer Schimmer bildete. Ein dünner Nebel stieg zwischen seinen Seiten herauf und zog langsame Kreise um ihn herum. Dann lösten sich einzelne dünne Nebelschwaden und glitzernde Funken und füllten in den Saal. Kaum hatten sie das Ende des Raumes erreicht, entstanden dünne Nebelfäden. Sie verbanden sich mit den Gemälden an den Wänden und auch mit der Decke, worauf diese ebenfalls bläulich zu leuchten begannen. Ohne sein Geigenspiel zu unterbrechen, sah Fluchs dabei zu, wie die Personen in den Porträts sich langsam auflösten.

Es blieben nur Hintergründe in den aufwändig verzierten Bilderrahmen zurück. Die Nebelquelle aus seiner Geige versiegte allmählich und unter der Decke des Raumes hing nun ein dichter blauer Dunst, der sich langsam herabsenkte. Als der Nebel den Tisch erreicht hatte, blieb er an einigen unsichtbaren Silhouetten hängen und formte diese langsam in immer konkretere Konturen. An jedem einzelnen Platz am Tisch entstand eine menschliche Erscheinung. Doch was zuerst noch durchsichtige Umrisse waren, formte sich immer mehr, bis Fluchs lebensechte Menschen in der Halle sitzen sah. Jeder von ihnen war so klar erkennbar wie er selbst, Nya oder der Fürst. Einzig ein leichter blauer Schimmer war in ihren Haaren erkennbar.

Bei genauerem Hinsehen bemerkte Fluchs einige bekannte Gesichter. Neben dem Fürsten erkannte er das Gesicht von Roland dem Adjutanten. Freudig stieg Fluchs die Stufen hinab und änderte dabei die Melodie zu einem beschwingten Tanz. Im Takt seiner Musik schritt er nun zum Fürsten und verbeugte sich erst von Nya, um dann dankend Roland zuzunicken. Dann erkannte er noch weitere Gestalten. Die junge Frau, die er auf dem Marktplatz gerettet hatte, den Alten von der Hütte auf dem Berg und sogar den Einbeinigen, der sie vor dem Gipfel gewarnt hatte. Fluchs ahnte, was hier geschehen war, und ihm stiegen die Tränen in die Augen. Waren dies alles Musiker, die von der turanischen Armee getötet worden waren? Waren es Geister? In jedem Fall waren es seine Freunde, und während er noch spielte, ertönte die Glocke ein weiteres Mal. Diener betraten den Saal.

Jeder von ihnen trug eine große Schüssel oder Schale mit dampfendem Essen. Ihnen allen voran schritt Olianna, die gemeinsam mit einem jungen Mann eine große Platte mit Geflügel trug. Sie drehte ihren Kopf schnell wieder nach vorne, als Fluchs sie anlächelte.

Schon bald aßen, tranken und sangen alle Anwesenden gemeinsam und die Feierlichkeiten dauerten die gesamte Nacht an. Erst im Morgengrauen standen die ersten Gäste auf, traten an Fürst Belias heran und verabschiedeten sich von ihm. Einige von ihnen verneigten sich, andere schüttelten ihm hochachtungsvoll die Hand und wieder andere fielen ihm um den Hals. Dann gingen sie in Richtung der Tür, wo sie sich langsam in blauen Nebel verwandelten und dann gänzlich auflösten. Je mehr Gäste sich verabschiedeten, desto stiller wurde auch der Fürst, bis sie nur noch mit Roland gemeinsam am Tisch saßen. Fluchs hatte unterdessen seinen Platz neben Nya eingenommen und ebenfalls jene Gäste verabschiedet, denen er persönlich begegnet war.

»Bitte verlass mich nicht auch noch ...«, flüsterte Fürst Belias, als Roland sich zum Gehen von seinem Platz erhob.

»Deine Freundschaft war mir immer die wertvollste.«

»Wir haben wirklich vieles erlebt«, antwortete Roland.

»Und doch weißt du genau so gut wie ich, dass es nicht gut ist, so sehr an der Vergangenheit festzuhalten.«

Fluchs sah, wie der Fürst sich mit einer Serviette die Tränen aus den Augen wischte und mit den Worten rang.

»Aber was soll ich denn ohne dich machen? Ich schaffe es einfach nicht ohne euch alle. Ich hätte bei euch sein müssen, als es geschah. Und ...«

Roland unterbrach ihn. »Mach dir doch nicht so schwere Gedanken. Wir alle wussten, was geschehen würde. Und keiner von uns ist gegangen. Wir alle haben uns gefreut, dass wenigstens du es überlebt hast. In dir leben wir weiter.«

»Wie soll ich mit dieser Schuld leben? Wie kann ich jemals eurem Erbe gerecht werden?«

»Das musst du gar nicht. Du musst nur leben. Und unser Andenken bewahren, indem du weiterhin der Kunst und Freiheit in Turana ein Zuhause bietest.«

»Ich verspreche dir, mein Freund, dass ich dich niemals vergessen werde.« Dicke Tränen tropften von Belias Wangen.

Roland umarmte ihn und drückte ihn fest an sich, doch es lösten sich bereits einige dünne Rauchschwaden aus seinem Körper.

»Es ist an der Zeit. Ich muss gehen. Es war mir eine Ehre.« Dann wandte er sich an Fluchs und Nya.

»Passt gut auf euch und diese Akademie auf. Sie braucht all eure Liebe.«

Fluchs hielt Nyas Hand fester und nickte. »Versprochen.«

Dann löste sich Roland mit aufrechtem Gang ehrwürdig aus ihrer Gruppe und schritt der Tür entgegen. Mit jedem Schritt schien er an Masse zu verlieren, bis er sich vollständig aufgelöst hatte.

Der Fürst trocknete sein Gesicht und sah die beiden an.

»Ich danke euch, dass ihr heute bei mir wart. Fluchs, ohne Euch wäre dieser Abend nicht möglich gewesen. Zu vieles hätte gefehlt. Und Euch, Lady Nya.« Er verbeugte sich.

»Euch hier zu haben, ist mir eine besondere Ehre. Ich bedauere sehr, dass Eure Familie so große Opfer bringen musste. Doch wenn ihr es wünscht, können wir gemeinsam dafür sorgen, dass Turana wieder das freie Land wird, das es einmal war.«

Nya lächelte. »Meine Familie würde es sicherlich so wollen. Ich bleibe.«

Mit einem Blick trafen sich Nya und Fluchs und sie legte ihre Hand um seine Hüfte.

»Was nun?«, fragte Fluchs.

»Wir werden die Akademie weiter aufbauen. Es gibt noch viel zu tun. Einige Kollegen befinden sich noch in Gefangenschaft, und auch der Verbleib von Nyas Familie muss aufgeklärt werden. Natürlich holen wir auch Eure Schwester zu uns, sobald Ihr es wünscht. Seid Ihr bereit, ans Werk zu gehen?«

Fluchs nickte. »Ich bin so weit gereist, da macht es mir nichts aus, noch mehr von der Welt zu sehen.« Gemeinsam schritten sie durch den Saal. In den Gemälden hatten die Personen wieder ihre Plätze eingenommen, während orange glühende Sonnenstrahlen durch die Fenster einfielen. Ein neuer Tag war angebrochen. Fluchs freute sich. Er hatte es geschafft, seiner Schwester ein besseres Leben zu ermöglichen. Doch nie hätte er damit gerechnet, auf dieser Reise auch die Liebe seines Lebens zu finden.

Seine Musik hatte ihn so weit gebracht. Seine gute alte, geschundene Geige.